www.tredition.de

AF214865

Katrin McClean

AUS DEM TAKT

EIN OST-WEST-ROMAN

© 2020 Katrin McClean

Verlag und Druck: tredition GmbH, Halenreie 40-44, 22359 Hamburg

Covergestaltung: Barbara Landbeck

ISBN
Paperback: 978-3-7482-8659-2
Hardcover: 978-3-7482-8660-8
e-Book: 978-3-7482-8661-5

Katrin McClean wurde 1963 als Katrin Dorn in Thüringen geboren, studierte in Leipzig Psychologie und lebt seit 2001 als freie Autorin in Hamburg. Sie veröffentlichte Romane, Erzählungen und Krimis bei diversen Verlagen (u.a. Aufbau Berlin und dtv München) und schreibt Drehbücher für die Kinderhörspielserie „Fünf Freunde".

Mehr Informationen unter:
www.katrinmcclean.de

1

Seit Tagen höre ich nichts als das Rauschen der Ostsee. Und das Schweigen von Melanie. Wenn ein zehnjähriges Mädchen über Tage hinweg nicht ein Wort sagt, ist das wie ein Lärm, den man nicht eine Stunde länger aushalten möchte. Nur das Geräusch der Wellen, die in ihrer ruhigen Regelmäßigkeit über den Strand rollen, macht Melanies Schweigen erträglich. Und noch immer habe ich die Hoffnung, dass sich ihre Sprachlosigkeit in diesem großen Rauschen allmählich auflöst, bis sich das erste Wort wieder Bahn bricht. Dass Melanie sprechen kann, weiß ich.

In den ersten Tagen hier auf der Insel habe ich es noch mit Worten versucht, habe mich bemüht, mit ihr zu reden. Aber inzwischen glaube ich, dass sich in jedem meiner Worte wieder nur Ungeduld ausgedrückt hat, wieder nur dieses lösungsorientierte, versessene Streben nach Erfolg, dieses sinnlose Gebaren, vor dem ich sie eigentlich schützen wollte. Inzwischen schweigen wir gemeinsam. Gerade haben wir Kartoffeln geschält und dem Schaben unserer Messer auf der rohen gelben Kartoffel gelauscht, und dem Ein- und Ausatmen der Ostsee, in das sich unser eigenes Atmen mischte.

Doch nun hat jemand diese unvermeidlichen Geräusche der Zeit durchbrochen. Ein kleiner roter PKW ist auf den Parkplatz unter den Kiefern gerollt. Und Gabi ist ausgestiegen und mit zielsicheren Schritten durch das verlassene Hüttendorf auf unseren Bunga-low zugegangen. Schon von weitem habe ich sie an ihrem krausen blonden Kurzhaar erkannt und an ihrer athletischen Figur.

„Dachte ich es mir doch", sagt sie, jetzt, wo sie vor uns steht.

Ich stehe auf. „Was machst du hier?"

Mit ihr habe ich überhaupt nicht gerechnet. Höchstens mit der Polizei. Aber vor allem habe ich gehofft, dass gar niemand auf die Idee kommt, dass wir uns hier versteckt haben.

„Wieso entführst du ein Kind?", fragt sie mich zurück, und ich frage: „Wieso weißt du davon?"

Sie zerrt eine Zeitung aus ihrer Jackentasche. Ich erkenne gleich das Layout des Boulevardblattes. Gabi tippt auf eine Schlagzeile. „Ganz Hamburg weiß davon."

Ich packe sie am Arm und schiebe sie fort. Melanie schabt weiter langsam an einer Kartoffel. Ich glaube, dass ihr Schweigen das Gegenteil dessen ist, was sich in ihrem Kopf abspielt. Dort scheint so viel los zu sein, dass sie ihre Umwelt kaum wahrnimmt. Wir gehen so weit weg, dass ich sie gerade noch im Auge habe. Dann lese ich es nochmal: „Felicitas G. stöhnte für Sex-Hotline! Was hat sie mit dem Kind vor?"

Mir ist schon klar, wer das geschrieben hat. Hat er also doch seine Schlagzeile bekommen.

„Hast du wirklich auf der Reeperbahn als ..."

„Blödsinn", unterbreche ich Gabi, „aber für eine Schlagzeile schreiben die doch alles."

„Aber das Kind hast du entführt."

„Ich hab sie nicht entführt. Ich hab sie in Sicherheit gebracht. Sie braucht eine Pause."

„Eine Pause wovon?"

„Von dieser Welt!"

„Geht es genauer?"

Ich zögere, merke dass mir die richtigen Worte fehlen. „Du musst doch wissen, was ich meine", sage ich.

Sie mustert mich. „Nein, weiß ich nicht."

Jetzt bin ich es, die nichts mehr sagen kann. Weil ich gar nicht weiß, wo ich anfangen soll.

„Ich glaube, Du brauchst mal Zeit zum Nachdenken", sagt Gabi in einem Ton, der die ehemalige Lehrerin verrät. Sie lässt mich stehen, geht zu Melanie und beugt sich zu ihr.

„Komm mal mit. Wir gehen an den Strand. Den kenne ich sehr gut. Ich kann dir ein paar schöne Ecken zeigen."

Melanie legt Kartoffel und Messer weg und steht auf. Ich sehe ihnen nach. Die sportliche hagere Frau in der Lederjacke und das Mädchen im lila-rosa Anorak entfernen sich zwischen hohen Kieferstämmen und scheinen im milden Oktoberlicht zu verschwinden.

„Endstation", denke ich. Von hier kann es nicht mehr weitergehen. Dass ich hier auf dem letzten Zipfel von Rügen gelandet bin, mit einem gestohlenen Auto und einem kleinen Mädchen, das ich kaum kenne, erscheint mir jetzt wie die letzte Station eines langen Irrweges. Und der hat schon vor vielen Monaten begonnen, lange bevor ich Melanie zum ersten Mal traf, schon zu Beginn dieses Jahres. Anfang Januar bin ich nach Hamburg gezogen. Eine Stadt, in der ich vorher noch nie gewesen bin, und wo ich niemanden kannte.

In Berlin bin ich nicht mehr weitergekommen. Die Hauptstadt ist voll von Sozialpädagogen, die einen Job suchen. Und es werden immer mehr Stellen gestrichen. Ich würde wohl noch immer als Aushilfskraft in einer Eisdiele arbeiten, hätte nicht zufällig meine Freundin Nicole jemanden in Hamburg gekannt, der einen Nachmieter für seine billige Single-Wohnung suchte. Nicole meinte, das wäre meine Chance. Die Nachricht kam am Silvestertag 2001, also einen Tag vor der Einführung des Euro in diesem Jahr – 2002.

„Neues Geld, neue Stadt! Wenn das kein Signal vom Universum ist, Felicitas!"

„Es ist einfach Monatswechsel, da werden immer Wohnungen frei", räumte ich ein.

Aber Nicole kann nicht nur esoterisch. „In Hamburg ist die Arbeitslosenquote um sechs Prozent niedriger als in Berlin", teilte sie mir mit.

„Nicole, ich kenne dort niemanden!"

„Es gibt Telefone, Felicitas. Und wir sind doch sowieso immer verbunden!"

„Du meinst durch das Universum", vermutete ich.

„Natürlich! Für unsere Verbindung ist die Entfernung zwischen Berlin und Hamburg ein Katzensprung", erklärte sie. „Du würdest meine Freundschaft sogar noch am Nordpol spüren." Daran hatte ich nicht einmal Zweifel.

Nicole und ich kennen uns seit der ersten Klasse. Wir wuchsen beide in Leipzig auf und teilten gemeinsame Erlebnisse wie den Empfang des ersten Pionierhalstuches oder der Jugendweihe. Wir waren zusammen im Ferienlager und schwänzten die Unterrichtsstunden zur „Einführung in die sozialistische Produktion". Wir trampten zusammen nach Dresden, wo Nicole in einem Antiquariat ein Buch über Buddhismus kaufte. Als sie es gelesen hatte, erklärte sie mir, dass unsere Freundschaft die ideale Verbindung von Yin und Yang wäre. Da hatte sie wohl Recht.

Ich war diejenige, die ihr zuhörte, wenn sie über die Vor- und Nachteile der Jungs philosophierte, die alle in sie verliebt waren. Und wenn sich einer dieser Jungs nach einer Phase erfolgloser Verliebtheit in Nicole schließlich mir zuwandte, war sie diejenige, die mir gut zuriet, meine Chance zu nutzen.

Gemeinsam machten wir unser Abitur. Gemeinsam begannen wir ein Lehrerstudium in Leipzig. Aber dann kam die Wende und wir konnten unseren Wohnort und unser Studienfach plötzlich frei wählen. Ohne Nicole wäre ich nicht nach Berlin gezogen, wo wir beide etwas Neues studierten, ich Sozialpädagogik und sie Philosophie. Wir lebten in derselben Straße und sahen uns fast jeden Tag. Kaum hatte sie ihren Abschluss gemacht, gründete sie ein „Institut für spirituelle Selbstbefreiung" in ihrem Wohnzimmer, wo sie eine Mischung aus Entspannungstechniken und traditionellen Weisheiten aus aller Welt anbot. Mit Erfolg. Immer mehr Kunden wurden regelrecht abhängig davon, in Nicoles Wohnzimmer herumzuliegen, eine Stunde lang nichts zu tun und sich Nicoles unerschütterlichem Optimismus hinzugeben.

Mit ihren Weisheiten hielt sie auch mich über Wasser. Während ich mich nach dem Studium durch mies bezahlte Jobs und unbezahlte Praktika kämpfte und in Momenten größter Verzweiflung heimlich daran dachte, dass mir ein Studium in der DDR einen Arbeitsplatz garantiert hätte, munterte sie mich mit ihren Sprüchen auf. Wer die freie Wahl hat, der muss halt länger suchen – zum Beispiel.

Und jetzt ermunterte sie mich dazu, sie zu verlassen und wollte unsere Verbindung dem Universum übergeben. Und wie immer schaffte sie es, mich zu überzeugen. Neues Geld, neue Stadt, das klang irgendwie nach Erfolg.

Und dann auch noch Hamburg! Auch wenn die Wende nun schon 12 Jahre her war, war Hamburg für mich ein Mythos. Das Tor zur Welt, das sich Hunderte von Kilometern hinter jener Grenze befand, an dem die Welt achtzehn Jahre lang für mich zu Ende war! Das war etwas so Mystisches wie die Unendlichkeit des Unerreichbaren.

Doch nach dem Umzug stellte ich fest, dass sich mein neuer Wohnort gar nicht so sehr von meiner Heimatstadt unterschied. Meine Hamburger Wohnung zum Beispiel sieht aus wie die Leipziger Wohnung, die ich jahrelang mit meiner Mutter bewohnt habe. Der Unterschied ist nur, dass meine Mutter für unsere schlecht sanierte Altbauwohnung gerade mal dreißig Ostmark Miete gezahlt hat, während meine Hamburger Bruchbude dreihundert Euro kostet. Dabei sieht die Fertigdusche in der Küche genauso aus wie unsere Nasszelle von damals. Und wenn es kalt ist, heize ich genauso wie meine Mutter früher mit einem Kohleofen. Allerdings ist das wohl einer der letzten Kohleöfen von Hamburg, und der einzige Luxus besteht darin, dass der Kohlenhändler direkt unter mir wohnt. „Kohlen-Hornig seit hundert Jahren", steht auf dem Schild im Schaufenster.

Und meine Wohnung hat einen Telefonanschluss, den gab es in unserem DDR-Altbau nicht.

Vor meinem Wohnzimmerfenster fährt alle zehn Minuten eine S-Bahn vorüber. Die Bahnschienen sind die Grenze zum nächsten Stadtteil. Mein Haus ist das letzte, das noch zu Hamburg Ottensen gehört.

Auf der anderen Seite von Ottensen fließt die Elbe. Dort soll es sogar einen richtigen Sandstrand geben. Doch auf meinen Erkundungsgängen kam ich dort nie an, immer blieb ich in den Straßen, als würden mich die Häuserzeilen rechts und links vor irgendetwas schützen.

Nicole hatte mir geraten, in Cafés zu gehen und Leute anzusprechen. Gleich am ersten Tag war ich in das erstbeste Café gegangen und hatte zwei Frauen in meinem Alter entdeckt, die an einem Tisch saßen und jede für sich Zeitung lasen. Ich dachte, da kann ich gut mithalten und fragte sie, ob ich mich zu ihnen setzen könne. Die eine sah mich mit hochgezogenen Brauen an, und die andere sagte mit einem Lächeln: „Du kannst dich natürlich hier hinsetzen, wenn du möchtest, aber das Café ist noch voller freier Tische, falls du das noch nicht bemerkt hast."

Ich verstand nicht, warum sie lächelte, ich verstand nicht, warum sie das sagte, und ich war noch nie so unsicher gewesen wie in diesem Moment. Ich ging wieder nach Hause und rief Nicole an.

„Wenn man an einem Ort ankommen will, muss man ansehen, was schon dort ist", erklärte sie mir.

„Das ist unlogisch", erwiderte ich. „Wenn man noch nicht da ist, kann man noch gar nichts sehen."

„Herrje, sieh dich einfach ein bisschen um, da wird sich schon ein Anknüpfungspunkt eröffnen."

Ich fühlte mich zu unsicher, um mich schon für Jobs zu bewerben. Und ein kleines finanzielles Polster hatte ich noch. Um in Ottensen anzukommen, ging ich jeden Tag in diesem Stadtteil spazieren. Ich entdeckte noch einige Dinge, die mir ziemlich vertraut vorkamen. Überall in Ottensen erinnern Gedenktafeln an die historischen Anfänge des Hamburger Proletariats. In gläsernen Schaukästen hängen Fotos, die auch aus meinen Schulbüchern für Staatsbürgerkunde in der DDR stammen könnten. Sie dokumentieren das Leben der Arbeiterklasse zu den Zeiten von Karl Marx oder August Bebel. Während in Leipzig oder Berlin die Karl-Marx-Straßen und August-Bebel-Plätze schon vor vielen Jahren verschämt umbenannt wurden, erinnert man sich in Hamburg Ottensen noch immer voller Stolz an die sozialdemokratischen Traditionen.

Ich bestaunte die ehemaligen Industrieanlagen, die im vorletzten Jahrhundert hier erbaut worden waren. Von einer Fabrik für Schiffspropeller lief früher eine Schiene bis hinunter zur Elbe, über deren Reste man noch heute stolpern kann. Einige der ehemaligen Fabriken sind von Kino- und Konzertveranstaltern besetzt, ansonsten residieren in den einstigen Maschinenhallen und Werkstätten Büros von Werbeagenturen, Architekten, IT-Spezialisten und alle möglichen Institute für irgendwas. Und wo vor hundert Jahren Milchläden und Schuster waren, warten jetzt Boutiquen auf zahlungskräftige Kundinnen und stehen Haus an Haus miteinander im Wettbewerb.

Nur Kohlen-Hornig hat sich gehalten. Aber ich sah ihn fast nie Kohlen verkaufen. Ich glaube, ich war seine letzte Kundin. Ich habe ihn nie sprechen hören. Jedes Mal, wenn ich bei ihm war, überreichte mir der kleine alte Mann wortlos den Zwölferpack Brikettkohle, den ich verlangt hatte. Wochenlang war er mein einziger sozialer Kontakt, während ich sämtliche Gedenktafeln von Ottensen studierte.

Meine historische Lieblingsfigur wurde Alma Wartenberg, nach der ein zentraler Platz benannt ist. Alma Wartenberg war Mutter von vier Kindern und hat um 1910 ihre Schicksalsgenossinnen zum „Gebärstreik" aufgerufen. Eine weibliche Seite der Revolution, die uns der DDR-Staatsbürgerkundeunterricht verschwiegen hat. Dabei war Alma sehr erfolgreich. In Ottensen jedenfalls ging die Geburtenrate rasant zurück, und damit auch die Kindersterblichkeit. Inzwischen bekommt wohl nur noch jede zweite Ottensenerin im gebärfähigen Alter ein Kind, und bei dem einen bleibt es oft auch. Ausgerechnet an Almas Platz befindet sich der beliebteste Single-Treffpunkt von Ottensen und nennt sich ironischerweise „Familien-Eck". Und im Frühjahr, wenn es warm wird, versammeln sich vor Almas Gedenktafel die Hamburger Punks, um ihren täglichen Sitzstreik gegen die bürgerliche Gesellschaft abzuhalten. Ist das wirklich in Almas Sinne? Ich frage mich, ob sie prinzipiell was gegen Familien hatte, und ob sie einen Mann, der überhaupt keine Kinder will, besser gefunden hätte. Davon gibt es hier in Ottensen einige, wie ich inzwischen weiß. Entweder wollen sie keine Kinder, weil sie vor lauter Karriere keine Zeit dafür haben, oder sie wollen keine, weil sie der „scheißkapitalistischen" Gesellschaft nicht noch einen Arbeitssklaven schenken wollen. Vielleicht wäre Alma heute erschrocken über die weitreichenden Folgen ihres Gebärstreiks. Was soll aus einer Gesellschaft ohne Kinder werden, würde sie sich vielleicht besorgt fragen. Vielleicht würde sie heute sogar für ein Gesetz zur Begattungspflicht eintreten. In solche Gedanken versunken kehrte ich zurück und verzog mich jeden Abend in meine Wohnung über „Kohlen-Hornig seit hundert Jahren".

Die Abende vertrieb ich mir damit, Casting-Shows zu gucken. Mit Spannung verfolgte ich das Weiterkommen und Ausscheiden der Kandidaten im Fernsehen, und versuchte dabei zu ergründen, wann wohl der beste Zeitpunkt sein würde, um meine ersten Bewerbungen für Arbeitsstellen in Hamburg zu schreiben.

Bis ich eines Morgens schon um vier Uhr erwachte. Es war längst Frühling und die Vögel lärmten in den Sträuchern am Bahndamm. Im Moment des Erwachens sah ich meinen Dispokredit vor Augen, der in dieser frühen Stunde aussah wie eine tiefe Schlucht, in der ich mich bald zu Tode stürzen würde. Plötzlich lag die Sache klar auf der Hand, ich hätte mich schon vor Wochen bewerben müssen. Aber meine Angst, wieder nur Absagen zu bekommen, war groß. In Berlin hatte ich Hunderte von Bewerbungen abgeschickt, und wenn überhaupt Antworten, dann nur Angebote für Praktika zurückbekommen. Als ich daran dachte, hörte ich einen dieser Casting-Juroren sagen: „Dein Auftritt überzeugt mich nicht." Und ich sah einen deprimierten Kandidaten zum Ausgang schleichen, verfolgt von einer gnadenlosen Kamera, die einem Millionenpublikum den gebeugten Rücken des Ausgeschiedenen zeigte. Vielleicht, so dachte ich, musste ich ja auch etwas an meinem Auftritt ändern, also genauer gesagt, an meiner Bewerbung. Seit Jahren verwendete ich dasselbe Begleitschreiben, das vermutlich klang, wie das von Tausend anderen meiner Studienkollegen. Es gab nichts Außergewöhnliches, nichts, was einem Personalchef für immer in Erinnerung bleiben würde.

„Du musst mutiger werden", sagten die Juroren der Castingshows manchmal. „Wir wollen dich sehen und nicht den Versuch einer Kopie."

Vielleicht sollte ich mir das zu Herzen nehmen. Ich nahm mir vor, alle Vorsicht abzulegen und den Personalchefs zu schreiben, was ich ihnen wirklich zu sagen hatte.

Noch immer unter der Decke vergraben, dachte ich mir Formulierungen aus, verbesserte, feilte, verwarf und merkte nicht mehr, wie die Zeit verging. Als ich aufstand, war es fast Mittag. Ich duschte, frühstückte kurz und setzte mich mit einem dampfenden Milchkaffee vor meinen Laptop. Das Licht des Frühlings erhellte mein Zimmer und Buchstabe um Buchstabe entfaltete sich mein neuer Bewerbungstext auf dem Bildschirm.

„Sehr geehrte Damen und Herren, ich bin 30 Jahre alt, ledig und kinderlos und bis auf hundert Euro Begrüßungsgeld den Sozialämtern noch nie zur Last gefallen. Durch meine Kindheit und Jugend in der DDR sind mir soziale Ideale in Fleisch und Blut übergegangen. Sozialpädagogik zu studieren, war nur eine logische Folge. Ich bin vielseitig einsetzbar und gedenke nicht, meine wertvollen Potentiale in nächster Zukunft durch eine Familiengründung einzuschränken. Meine berufliche Einsatzfähigkeit wird derzeit in keinerlei Beziehung eingegrenzt. Ich wäre also Ihre ideale Bewerberin. Sollten Sie mich dennoch ablehnen, kann ich für nichts garantieren, schlimmstenfalls würde unsere Gesellschaft für immer eine überaus fähige Arbeitskraft verlieren."

Das saß. Fand ich. Doch ich blieb stecken. Ich starrte mindestens eine Stunde auf den Bildschirm, dann löschte ich den Satz „Ich wäre also Ihre ideale Bewerberin". Aber ich war mir nicht sicher, ob der Anschluss dann noch stimmte. Das Klingeln meines Telefons erlöste mich aus dem Gedankenkrampf. Es war Nicole.

„Du bist bestimmt die erste Bewerberin, die sich ihre Ablehnungsgrube gleich selber gräbt", sagte sie, kaum dass ich meinen neuen Text vorgelesen hatte.

Ich war froh sie zu hören, ihre verdrehten Redewendungen sind Heimatklang in meinen Ohren.

„Ich wollte sie auf die Tragweite ihrer Entscheidung aufmerksam machen", verteidigte ich mich.

„Du drohst ihnen mit Selbstmord!"

„Na gut, ich ändere das. Was hältst du von: Wenn Sie mich ablehnen, riskieren Sie meine erste Burn-out-Erkrankung."

„Das ist Quatsch."

„Ich dachte, das wäre witzig."

„Witzig? Du winkst mit dem Zaunpfahl, dass du nicht alle Latten an der Seele hast."

„Okay, du hast Recht. Es ist nicht witzig. Manchmal denke ich aber trotzdem, dass es richtig harte Arbeit ist, jeden Tag zu verkraften, dass man keinen anständigen Job hat."

„Ist es ja auch! Aber was soll es für einen Sinn haben, fremden Personalchefs deine ganzen Probleme auf die Nase zu schnüren?"

„Wieso welche denn noch?"

„Dass du jeden Job nimmst, den du kriegen kannst, das geht doch niemand was an. Du weißt schon, der Satz mit vielseitig einsatzklar. Den musst du streichen."

„Die sollen aber wissen, dass ich mir für nichts zu schade bin."

„Das wird vorausgesetzt. Aber die wollen das Gefühl haben, dass ihnen der Kaffee von der Taube vom Dach gekocht wird, und nicht vom Spatz aus der Gosse."

„Ach so."

„Herrje. Das kann doch kein Neuland für dich sein. Und was hast du dir eigentlich dabei gedacht, deine Privatsituation so auszubreiten."

„Ähm, ich dachte, das wirkt irgendwie beruhigend."

„Beruhigend? Du unterstellst einem Personalchef, dass er von dir verlangt, dass du als kinderlose alte Jungfer vertrocknest."

Schuldbewusst schwieg ich und Nicole sagte ungeduldig. „Jetzt schweig nicht schon wieder so depressiv. Weißt du, wo der Haken hängt? Die Absagen, die du bekommst, sind sich selbst erfüllende Vorhersagen. Du musst viel positiver an die Sache rangehen. Schreib von den Praktika, die du bisher gemacht hast, und zwar so, als hätte es seit deinem Studienabschluss nichts anderes gegeben. Den Rest lässt du in sich beruhen."

„Danke für den Tipp. Was glaubst du, was ich bisher immer geschrieben habe?"

„Dir fehlt einfach der Glaube, dass das Glück auch bei dir mal zulangen wird."

Sie hatte recht und das wusste sie und deshalb ließ sie ein feierliches Schweigen entstehen. Die Stille sollte mir helfen, die Wahrheit zu verkraften. In solchen Momenten hasste ich Nicole, aber selbst das wusste sie und deshalb überlegte sie sich immer noch etwas Konstruktives, um mich wiederaufzubauen.

„Buddhisten meditieren ihre Wünsche", erklärte sie mir. „Je mehr du dich auf einen Wunsch konzentrierst, umso einfacher kannst du ihn danach loslassen. Nur losgelöste Wünsche kann das Universum in Realität verwandeln."

„Und woher weiß das Universum dann noch, dass es MEIN Wunsch war?", fragte ich sie. „Vielleicht haben schon eine Menge Leute eine Stelle als Sozialpädagoge gekriegt, weil sie den losgelösten Wunsch von jemand anderem abbekommen haben."

„Das ist so typisch für dich", regte Nicole sich auf. „Jeden Vorschlag zum positiven Denken drehst du ins Schlechte. Du hast Angst, dass du von anderen abgelehnt wirst. Aber selbst bist du die Ablehnung in Person. Manchmal denke ich ernsthaft darüber nach, den Kontakt zu dir aufzulösen."

„Oh Gott, es tut mir so leid", flüsterte ich.

„Dann sei bitte so nett und fühle dich für deine positive Energie selbst verantwortlich."

Ich nickte und versprach ihr, noch am selben Tag ein paar Bewerbungen im alten Stil fertig zu machen, aber mit neuem Glauben.

„Und wie viele sollen es werden?", fragte sie.

„Na so drei oder vier", versprach ich übermütig.

„Viel zu wenig."

„Wieso, an was dachtest du denn?"

„Elf", antwortete sie.

„Elf?", wiederholte ich ungläubig. „Wieso denn so viele?"

„Die Elf ist unteilbar und symmetrisch. Ihre Quersumme ergibt die schönste aller Ziffern: Die Zwei. Die Zwei wiederum ist der mathematische Ausdruck der Vollkommenheit. Sie ist der Inbegriff von männlich und weiblich, yin und yang, oben und unten, reich und kalt oder arm und warm. Sie sagt, dass alles Gute noch eine andere Medaillenseite hat, aber alles Schlechte auch."

„Wäre es dann nicht besser, nur zwei Bewerbungen abzuschicken?", fragte ich.

„Nein!", schrie Nicole auf. Und ich hörte an ihrem Schweigen, wie sie sich in Sekundenschnelle wieder auf die Stille des Universums herunter meditierte. „Die Elf", fuhr sie fort. „Die Elf trägt zwar die Harmonie des Universums in sich, aber ihr fehlt die Abgeschlossenheit, als hochwertige unteilbare Primzahl besitzt sie eine viel größere Sprengkraft als die Zwei. In ihrer Energiehaltigkeit wird sie nur noch von der 101 übertroffen. Wenn du willst, kannst du also auch hundertundeine Bewerbung schreiben. Das wäre vielleicht sogar noch besser…"

„Okay", unterbrach ich sie. „Ich nehme die elf."

„Und vergiss nicht das Wünschen", rief Nicole noch in den Hörer, bevor ich vollkommen energetisiert auflegte und zum nächsten Kiosk ging.

Unter den bleischweren Blicken der Kiosk-Stammgäste, die hier schon am Morgen ihr Bier tranken, zog ich alle Tageszeitungen mit Stellenmarkt aus dem Regal.

Zuhause breitete ich die Seiten auf meinem Küchentisch aus und studierte die Annoncen. Das Ergebnis war mager. In vier verschiedenen großformatigen schwarz-weißen Bleiwüsten fand ich gerade mal vier Anzeigen, die sich an jobsuchende Sozialpädagogen richteten. Blieben noch sieben Arbeitgeber, die ich finden musste, wenn ich es mir beim Universum nicht verscherzen wollte. Ich entdeckte vier Zeitarbeitsfirmen mit dem Zusatz „Vermittlung auch in sozialen Berufen". Ganz klar mein Fall.

Blieben noch drei herrenlose Bewerbungen. Ich suchte ziemlich lange, bis ich auf die Anzeige stieß: Studenten und Absolventen jeder Fachrichtung willkommen. Einzige Voraussetzungen: Teamgeist und Spaß am Kommunizieren. Es handelte sich um ein Marktforschungsinstitut. Gleich darunter standen noch zwei ähnliche Anzeigen.

Das hörte sich zumindest nach einer passablen Zwischenlösung an.

Ich nahm mein altes Bewerbungsschreiben und ging zum nächsten Copy-Shop.

Am späten Nachmittag hatte ich alle Kopien zusammen, sie in elf Mappen geheftet und in adressierte und frankierte Umschläge geschoben. Die vier Bewerbungen an die sozialen Einrichtungen nahm ich mir noch mal extra vor. Ich sammelte meine positiven Energien in meinen Händen, so wie Nicole es mir einmal gezeigt hatte. Als meine Fingerspitzen schon kribbelten vor lauter autosuggestiver Wärme, streichelte ich die Umschläge mit der ganzen geistigen Zuwendung, zu der ich fähig war.

Mit dem Stapel auf den Armen machte ich mich auf den Weg zum Briefkasten. Der nächste hing direkt neben der indischen Imbiss-Station Shikara. Ein gutes Omen, fand ich. Während ich dorthin pilgerte, sandte ich meine Wunschmantren in den Himmel.

Und dann, nachdem ich die gelbe Klappe des Briefkastens wieder geschlossen hatte, versuchte ich so geistesabwesend wie ein Laternenpfahl zu sein.

Schließlich ging ich nach Hause, um vorm Fernseher die letzte Erinnerung an meine Wünsche zu vergessen.

2

Es kam Popstars, meine heimliche Lieblingssendung. Das Beste ist, dass nur Mädchen mitmachen dürfen. Egal, ob sie in die nächste Runde dürfen oder rausfliegen, sie weinen immer. Spätestens wenn der Jury-Sprecher sagt: „Wir haben deine Grenzen nicht gesehen", brechen sie in Tränen aus. Aber nicht etwa, weil sie sich sicher sind, dass sie rausfliegen. Man weiß nie, welche Entscheidung dieser Jury-Fritze damit vorbereitet. Wenn er schlussfolgert: „Deshalb kommst du leider nicht in die nächste Runde", klingt das genauso logisch wie der Alternativ-Spruch: „Deshalb müssen wir dir noch eine Chance geben." Ich glaube dieser Jury-Sprecher weiß ganz genau, dass er das wahre Grenzerlebnis ist und deshalb zieht er seine Urteilsbegründungen extrem in die Länge. Damit schafft er es zumindest, dass auch die coolsten Mädchen zu weinen anfangen. Spätestens wenn er endlich fertig ist, fließen die Tränen, egal wie das Urteil ausgefallen ist. Eine hat mal tränenüberströmt gesagt: „Ich freu mich so, dass die Andere weitergekommen ist. Ich freu mich so sehr für sie."

An sie muss ich immer denken, wenn ich einen Ablehnungsbrief bekomme. Wenn ich lese: „...müssen wir Ihnen mitteilen, dass wir uns für eine Mitbewerberin entschieden haben", wünsche ich mir immer, dass ich weinen könnte. Und sei es nur, weil ich mich so für meine Mitbewerberin freue. Aber ich stehe immer nur völlig apathisch herum und habe drei Tage schlechte Laune.

Als ich merkte, dass die „Popstars" mich mehr auf meine Gedanken an die Bewerbungen brachten, als mich davon abzulenken, schaltete ich den Fernseher aus.

Ich griff nach dem Hamburger Kulturmagazin „Szene". Auch das machte ich eigentlich jeden Abend. Jedes Mal fand ich eine Veranstaltung, die mich interessiert hätte, aber nie konnte ich mich aufraffen loszugehen, um mich allein unter Menschen zu begeben, von denen ich nicht einen einzigen kannte.

Diesmal stieß ich auf einen Eintrag, der ein Jazz-Konzert in einem kleinen Club in Ottensen ankündigte.

Eigentlich mag ich Jazz viel lieber als Pop-Musik, aber ich kenne keine Sendung, die „Jazz-Stars" heißt. Wenn mir die CD eines Pop-Stars wirklich gefällt, dann ist es *„Swing, when you are winning"*, wo Robbie Williams klassische Jazz-Standards singt. Noch lieber höre ich allerdings die Original-Sänger. Ich schrecke nicht mal vor dem pathetischen Frank Sinatra zurück.

Der Jazz-Club lag praktisch bei mir um die Ecke. Das Konzert hatte schon angefangen. „Zu spät", murmelte ich, denn ich ging nie in Konzerte, die schon angefangen hatten. Aber dann fiel mir Nicole ein, und was sie wohl sagen würde, wenn sie mich gerade beobachtet hätte.

„Es ist haargenau deine eigene Schlamperei, wenn deine positiven Gefühle versaut sind", hörte ich sie auf mich einreden. Und ich wusste, dass sie Recht hatte. Ich musste aufhören, die Dinge schwarz zu sehen, noch bevor ich überhaupt Notiz von ihnen nahm. Und außerdem, so versuchte ich mich zu beruhigen, war es ein Jazz-Konzert, also die freieste aller Musikarten. Da konnte man auch mal später kommen. Also erhob ich mich vom Sofa.

Wenn ich in Berlin mit Nicole losgezogen bin, ging der Spaß mit dem Anziehen los. In Gedanken an Nicole streifte ich mir einen kurzen Rock über, zog eine durchsichtige Strumpfhose und Schuhe mit hohem Absatz an und ging los.

Keine zehn Minuten später bereute ich den kurzen Rock. Die Eingangstür befand sich direkt neben der Bühne. Durch kleine Glasfenster konnte ich die Hinterköpfe der Musiker sehen. Und die Gesichter in der ersten Reihe des Publikums. Der Club war gerammelt voll. Unschlüssig hielt ich mich an der Türklinke fest. Ich dachte: Wenn ich jetzt nicht hinein gehe, wird es Wochen dauern, bis ich mich wieder einmal auf den Weg mache. Schließlich folgte meine Hand ihrem angeborenen Greifreflex und drückte die Klinke.

Als ich eintrat, schrie ein Saxofon auf, das ein Musiker gerade auf sein Knie drückte. Und das Publikum – die sahen mich an, als wären sie die geschlossene erste Reihe einer Mai-Demonstration. Alle trugen lange Jeans und flache Schuhe. Wenn Beine rot werden könnten, dann hätten meine es jetzt getan. Mein rechter Absatz knickte um.

Vor der Bühne entdeckte ich eine Säule, an der noch eine ganze Seite frei war. Ich musste nur einmal quer vor der Bühne entlang gehen, um sie zu erreichen. Gerade als ich losging, löste der Schlagzeuger das Saxophon ab und begleitete meine Soloparade mit einem Trommelwirbel.

„Na, vielen Dank auch", dachte ich. Mein Gesicht brannte heiß und ein Kichern drang an meine Ohren. Endlich erreichte ich die Säule und lehnte mich an sie, bevor ich wieder Luft holte.

Ich sah zu dem Schlagzeuger, der noch immer laut und wild auf sein Drumset einschlug, während die Instrumentalisten wieder einsetzten. Es war, als wolle er die anderen Musiker dazu antreiben, ihre Melodien noch schneller die Tonleiter hinauf und hinab zu jagen. Mit meinen geliebten Swing-Songs hatte das nur noch wenig zu tun. Nur ab und an erkannte ich den winzigen Fetzen einer vertrauten Melodie, es war „Bye bye black bird".

Der Schlagzeuger fiel aus dem Rahmen. Der Club war rustikal eingerichtet und die Jeans-Träger waren vorwiegend männlich, doch er saß wie ein vornehmer

Barmixer auf seinem Schemel und auf der Straße hätte man ihn wohl eher für einen Pianisten gehalten, so dünn wie er war. Er trug als einziger Mann im Saal einen Anzug, und seine Haare waren wahrscheinlich auch als einzige von einem Frisör geschnitten. Sie waren dunkel und kurz und über die Stirn legte sich eine längere Strähne. In seinem Gesicht schien alles eine Spur zu dünn zu sein, die Nase, die schmalen Lippen, nur die Augen waren groß. Ich war beeindruckt, dass jemand mit so einem zarten Gesicht etwas derart Unmelancholisches machte. Mit federnden Knien bearbeitete er sein Schlagzeug und als er wieder zu einem Solo ansetzte, war mir, als trommelte er auf meine Gedanken ein. Ich musste aufhören, mit fremden Casting-Kandidatinnen über meine Ablehnungen zu weinen, dachte ich jetzt. Wofür hatte ich einen Herzschlag, der wütend gegen meine Rippen schlug. Doch wohl, damit ich voran ging, anstatt mich zu fürchten.

Der Drummer schlug zu.

Er wirbelte alle guten Ratschläge auf, die mir Nicole in der letzten Zeit gegeben hatte und ihre Weisheiten übertönten sich gegenseitig in meinem Kopf.

Komm ja nicht auf den Hund, du hast dein Diplom nicht für die Katz gemacht!

Auch wenn du kein Frosch bist. Wer ins kalte Wasser springt, muss auch mal losschwimmen.

Wer nicht wagt, kriegt keine Antwort. Du hast keine Zeit für Hemmungen.

Gib endlich Gas, in Hamburg muss es jetzt ohne meine Stützräder rollen.

In der Ruhe liegt die Kraft, aber nur vor dem Sprung.

Wie zur Bekräftigung trat der Schlagzeuger mit voller Wucht gegen die Bass-Trommel. Dann leitete er das Ende seines Solos ein. Seine Hände schwebten zwischen den Drums und Becken hin und her wie Möwen, die ihren Flug drosselten, bis sie nur noch über der Snare-Drum flatterten, bis sich diese Hände langsam senkten und nur noch die Spitze eines Drumsticks über die gespannte Lederhaut rieb.

Als die Leute klatschten, lächelte der Schlagzeuger ins Publikum. Ich erschrak. Er lächelte nicht irgendwohin. Hatte ich ihn etwa so sehr angestarrt, dass sein Blick automatisch an mir hängen blieb? Oder war ich nur die einzige Frau im Publikum, die er noch nicht kannte? Er schaute mich so neugierig an, dass mein Absatz wieder umknickte.

Doch da sah er schon wieder weg und schlug den Takt für das nächste Stück ein. Ich beruhigte mich. Und ich dachte, ich sollte lieber aufhören, mich immer nur auf mich zu konzentrieren. Wozu war ich überhaupt weggegangen, wenn ich genauso vor mich hin grübelte wie zuhause auf meiner Couch?

Ich begann mich in diesem Jazz-Club umzusehen. Die Leute kamen mir vor, als wären sie Teil der Improvisation. Alles, was sie taten, erschien mir stimmig, sie warfen einander kurze Bemerkungen zu, brachten sich zum Lachen, um dann plötzlich wieder ganz konzentriert der Musik zuzuhören, es war, als würden sie einer Art geheimer Harmonielehre folgen, ohne auch nur darüber nachdenken zu müssen. Stumm und aufgeregt blieb ich bis zum Ende des Konzertes an meiner Säule stehen, und als die Hälfte der Leute nach kurzem Applaus den Saal verließen, schnappte ich meine Jacke, um ihnen zu folgen. Aber da stand plötzlich der Schlagzeuger vor mir.

„Du willst jetzt schon gehen?" fragte er. „Du bist doch grad erst gekommen."

Ich stammelte etwas von „frischer Luft schnappen".

„Okay. Ich bin an der Bar", erwiderte er.

Ich stakste auf den kleinen Hof vor dem Club. Ein paar Leute standen unter einer Laterne zusammen, um einen Joint kreisen zu lassen. Die Tüte stagnierte bei jemandem, der von seinen Erlebnissen bei einer Familienaufstellung berichtete.

Ich fragte mich, wie ich dem Schlagzeuger am besten begegnen könnte. Erst neulich hatte Nicole mein Beziehungsmuster analysiert: „Du machst es ihnen einfach zu leicht", hieß ihre Diagnose. „Du musst die bloß anlächeln, und schon hast du ihr ganzes Vertrauen. Aber denk mal, wie wenig dir das bringt. Sie heulen sich eine Weile bei dir aus und dann können sie nicht mehr mit dir schlafen, weil du wie eine Schwester für sie bist."

Ich hörte den Familienaufstellungsmann sagen: „Wenn wir zu anderen Leuten nett sind, dann wollen wir eigentlich immer nur lieb zu Mami oder Papi sein, so einfach ist das."

Er gab seinen Joint endlich weiter und ich ging zurück in die Bar, mit dem festen Vorsatz, es dem Schlagzeuger nicht leicht zu machen.

Der saß schon an der Theke und lächelte mir entgegen.

„Willkommen im Club", sagte er. „Ich hab dich noch nie hier gesehen."

Ich konnte jetzt sein Jackett aus der Nähe betrachten. In dunkelblauem feinen Rippcord war eine Struktur aus winzigen Blüten eingearbeitet. Sah nicht gerade billig aus. Mir fiel ein, dass Hamburg im Hinblick auf meine Generation auch „die Stadt der Erben" genannt wurde. Deshalb sagte ich: „Schickes Jäckchen. Von Papi zu Weihnachten bekommen?" Es klang überhaupt nicht lustig, sondern aggressiv.

Der Schlagzeuger öffnete den Mund, und ließ ihn eine Weile offen, bevor er sagte: „Sorry, ich dachte, du wärst ein nettes Mädchen."

Ich war ein nettes Mädchen, solange ich nicht auf Nicole und fremde Familienaufstellungsmänner hörte. Aber ich wollte sowieso nachhause. Und ich gab mir nicht einmal die Mühe, noch irgendetwas zu sagen. Stattdessen drehte ich mich um und ging.

„He, du", hörte ich ihn rufen und drehte mich ungläubig um.

„Wir probieren das noch Mal", sagte er.

Ich verstand ihn nicht, und das musste mein Blick ihm auch gesagt haben.

„Na, du kommst noch mal und wir tun so, als hätten wir uns noch gar nicht begrüßt", schlug er vor. „Zweiter Versuch."

Als ich immer noch zögerte, erklärte er. „Was denkst du, wie oft man einen Song proben muss, bis keine schrägen Töne mehr kommen. Also komm einfach noch mal."

Abgesehen von den weichen Knien, die ich diesmal bekam, wurde es eine ganz normale Vorstellung zwischen zwei Unbekannten, die einander höflich und entgegenkommend behandelten. Er hieß Mika, und bevor er mich fragen konnte, was ich so in meinem Leben machte, erkundigte ich mich, ob Schlagzeug spielen sein Hauptberuf sei.

Auf der Bühne begann eine Jam-Session und Mika legte sich mit seiner Antwort so ins Zeug, als wolle er auf keinen Fall aus dem Rhythmus kommen, und der war ziemlich schnell. „Also, du hast ja Recht, von meinen Eltern hab ich wirklich was geerbt, und so lange das reicht, werde ich nicht irgendeinen Scheiß machen, bloß weil er Geld bringt, sondern nur richtige Musik spielen. Ich habe über Jahrzehnte jeden Tag fünf Stunden geübt. Weißt du, was das heißt? Am Anfang hatte ich Angst, ich könnte einen Takt nicht in ungleiche Teile trennen. Aber inzwischen kommen mir manchmal schon die Zwischenräume zwischen zwei Sechzehnteln im Takt zu leer vor. Und wenn du einmal so weit gekommen bist, und dann in einer Tanzband den ganzen Abend Vierviertel-Takte spielen sollst, dann ist das einfach Folter durch Langeweile."

Mit einem Schlag hörte er zu reden auf. Als hätte er entschieden, das Solo an mich abzugeben.

„Und was ist mit dir?", fragte er. „Was machen deine Eltern?"

„Meine Mutter lebt in Leipzig und ist in Frührente", sagte ich trocken.

„Und dein Vater?", hakte er nach.

„Karlsruhe."

„Ist dein Vater etwa ohne deine Mutter in den Westen abgehauen?"

„Nein, er war schon immer dort."

„Verstehe ich nicht."

Ich wusste, dass Leute, die auf der anderen Seite der Mauer groß geworden waren, meine Geschichte interessant fanden. Es ist eine Geschichte, die mir meine Mutter in meiner Kindheit sehr oft erzählt hat, wobei ich ihr jedes Mal schwören musste, dass ich sie niemandem weitererzählte. Da brauchte sie gar keine Sorge haben, denn mir war diese Geschichte vor allem peinlich. Inzwischen hatte sich dieses Schweigegelübde erledigt und ich traf überall auf mitfühlende, interessierte Zuhörer. Vor allem bei Westdeutschen. Wenn ich vom Pionierchor oder von meinen Erfolgen bei der Russisch-Olympiade erzählte, hörten sie bestenfalls mit höflicher Geduld zu. Aber die Geschichte meiner Eltern liebten sie und ich hatte sie inzwischen so oft erzählt, dass ich mir selbst kaum noch zuhörte, wenn ich sie wieder mal aufsagte.

Während die Musiker im Jazz-Club zu „Once I had a secret love" improvisierten, erzählte ich also nun auch Mika, wie ich zustande gekommen war.

Meine Mutter hatte Anfang der Siebziger in ihrer Freizeit als Messe-Hostesse gearbeitet. Dabei schwor sie mir immer, dass sie es nie nötig gehabt hätte, mit den Geschäftsleuten ins Bett zu gehen, sie habe die Männer nur in Restaurants begleitet. Etwas anderes hätte die Stasi angeblich gar nicht zugelassen. Als ich sie einmal fragte, ob sie der Staatssicherheit auch Geheimnisse dieser Männer verraten hätte, lachte sie mich aus.

„Du meinst geheime Wirtschaftsinformationen? Ich war doch eine Frau. Denkst du, die haben mit mir über ihren Beruf gesprochen? Das waren Männer aus dem Westen, Felicitas!" Sie klang dann, als müsste jedes Kind in der DDR wissen, dass Männer aus dem Westen mit Frauen nicht über ihre Arbeit sprachen.

Aber dann hatte meine Mutter sich in einen von diesen Westmännern verliebt. Er war Einkäufer einer Kühlschrankfirma aus Karlsruhe und suchte in der DDR nach billigen Zulieferern. Mit meinem Vater sei's angeblich Liebe auf den ersten Blick gewesen. Während der wenigen Tage ihres Glücks seien sie wie „auf einem anderen Stern" gewesen, und der Abend des Abschieds sei so innig und intensiv gewesen, erzählte meine Mutter, dass mein Vater ganz vergessen hatte, seine Telefonnummer aufzuschreiben. Doch das war kein Problem, denn er hatte ja ihre Nummer und sie wusste, für welche Firma er arbeitete.

Als meine Mutter ihre Schwangerschaft feststellte, hatte sie sich sofort entschieden. Sie wollte mich bekommen, und zwar im Westen, bei meinem Vater. Sie war sich ganz sicher, dass er sie zu sich holen wollte und auch konnte. Doch dann, so hatte meine Mutter mir immer wieder erzählt, dann habe die Stasi alles verhindert.

Wie alle Zuhörer vor ihm wurde auch Mika an dieser Stelle besonders aufmerksam und beteiligte sich zum ersten Mal wieder aktiv an unserem Gespräch. „Wie denn?", fragte er, während er konzentriert auf meinen Mund sah. Ich spulte meine Geschichte weiter ab.

Meine Mutter schrieb Briefe an die Firma meines Vaters. Doch die Stasi, so erzählt meine Mutter, habe alle Briefe abgefangen. Nicht nur das. Sie habe auch das Fernmeldeamt angewiesen, alle Versuche meines Vaters, meine Mutter anzurufen, scheitern zu lassen. Meine Mutter sagt, sie habe das schon früh geahnt und ist deshalb selbst aktiv geworden. Sie bekam mit einiger Mühe die Telefonnummer meines Vaters heraus. Sie meldete, wie es damals erforderlich war, mehrmals ein Ferngespräch auf diese Nummer an. Jedes Mal musste sie Wochen lang darauf warten, und wenn sein Telefon in Karlsruhe endlich ein Freizeichen in ihren Hörer schickte, nahm dort keiner ab. Schließlich, da war sie schon im siebten Monat, erreichte sie ihn doch und konnte von mir berichten.

Aber zu diesem Zeitpunkt habe der Günter schon nicht mehr an ihre Liebe geglaubt, so meine Mutter, und eine andere Frau geheiratet.

Erschüttert sah Mika mich an. Wie alle Zuhörer vor ihm. Eine große Liebesgeschichte, zerbrochen an Mauer und Stasi.

„War ja kein guter Start für dich", sagte er mitfühlend.

Ich zuckte mit den Schultern. Als ich auf die Welt kam, war das alles schon gelaufen und ich nahm die Dinge, wie ich sie vorfand. Immerhin hatte die Familie meines Vaters „aus Anstand", wie es hieß, beschlossen, mir regelmäßig Westpakete zu schicken.

Meistens waren die Sachen drin, aus denen meine Halbschwester herausgewachsen war. Irgendwann war ich dann alt genug, um zu begreifen, dass diese Halbschwester älter als ich und schon vor meiner Zeugung Tochter meines Vaters gewesen war, und das sehr wahrscheinlich mit einer dazugehörigen verheirateten Mutter. Aber meine Mutter wollte davon nichts hören. Das sei die Akzeleration, behauptete sie. Die Kinder im Westen wüchsen schneller, weil sie dort besseres Essen hätten. Sie ist noch heute davon überzeugt, ihre Liebe sei der Stasi zum Opfer gefallen.

„Es gab keinen Grund, meiner Mutter ihre Illusion auszureden", erklärte ich Mika. „Sie hat es schwer genug gehabt, allein mit einem Kind, über dessen Vater niemand was wissen durfte. Da wollte ich ihr nicht auch noch die Liebesgeschichte nehmen."

Meine Mitschüler waren allerdings auch nicht blöd. Die wussten von ihren Eltern, was für einen Job meine Mutter auf der Messe gemacht hatte. Wenn ich mit einer neuen Wrangler in die Schule kam, versuchten sie mich manchmal zu ärgern. „Bei dir ist ja nur das Kondom geplatzt", sagten die ganz Frechen.

„Aber das war mir egal", erklärte ich Mika. „Mit einer echten Wrangler hattest du in einer DDR-Schule immer ein gutes Ansehen. Egal, wie du dazu gekommen bist."

Schließlich merkte ich, dass Mika nur noch auf meinen Mund starrte.

„Das interessiert dich gar nicht mehr", stellte ich fest.

Er sagte: „Deine Stimme klingt schön."

Ich nahm mir vor, keinen Piep mehr zu sagen. Stattdessen nahm ich ihm die Zigarette, die er sich grad gedreht hatte, aus der Hand und steckte sie mir an. Er guckte zuerst verärgert. Dann brubbelte er was von „ganz schön frech" und lächelte.

Ich lächelte zurück und schwieg beharrlich weiter. Nun fand ich es wirklich an der Zeit, ihm die Sache schwer zu machen.

„Wo wohnst du eigentlich hier in Hamburg?", fragte er.

Anstatt zu sprechen, schrieb ich ihm meine Telefonnummer auf.

Und dann fiel mir doch etwas ein, was ich ihm sagen konnte. „Mit zwanzig fand ich es noch abenteuerlich, mit einem Mann ins Bett zu gehen, den ich grad kennen gelernt habe. Aber jetzt bin ich dreißig"

Er nickte. „Ich bin achtunddreißig und finde es ziemlich abenteuerlich, mit einer Frau, mit der ich's könnte, nicht ins Bett zu gehen."

Seine Telefonnummer gab er mir nicht.

3

„... und jetzt sitze ich zu Hause und starre ständig auf mein Telefon", gestand ich Nicole.

„So ein Quatsch", widersprach sie. „Du hast total cool reagiert. Und wenn er dich nicht anruft, dann ist er sowieso ein Schuss im Ofen."

Alles, was sie damit erreichte, war, dass ich von jetzt an ein schlechtes Gewissen bekam, wenn ich auf mein Telefon sah. Da hatte ich endlich jemanden kennengelernt und dermaßen abblitzen lassen!

Als es endlich klingelte, riss ich schon nach dem ersten Ton den Hörer von der Gabel.

„Hallo, hier ist Felicitas", rief ich und meine Stimme war voller merkwürdiger Schwingungen.

„Ja, schön, dass Sie da sind", hörte ich die Stimme eines fremden jungen Mannes. „Hier ist *Pool of Chances*, die Agentur für Zeitarbeit. Ich habe Ihre Bewerbung auf dem Tisch liegen und sehe grad, dass Sie gleich um die Ecke wohnen. Ich hätte da einen Job für Sie, jetzt sofort."

Zehn Minuten später betrat ich ein Büro, das sich gleich neben dem Pfandleihhaus und genau gegenüber vom Einkaufszentrum „Mercado" befand.

Ein junger Mann, der sich bei der Begrüßung als Projektleiter vorstellte, packte mir ein großes, grünes und wuscheliges Etwas auf die Arme. „Deine Arbeitskleidung, Frau Glück?", sagte er. „Damit wirst du Flyer verteilen."

Ja, ich heiße tatsächlich „Glück", was zeigt, dass sich meine Mutter mit der Suche nach einem Vornamen nicht lange aufgehalten hat. Genau genommen heiße ich ja „Glück Glück". Vielleicht dachte sich meine Mutter: Wenn das Kind schon mit Westpaketen anstelle eines Vaters groß werden muss, dann soll es wenigstens alles Glück der Welt im Namen tragen. Und mit der lateinischen Variante im Vornamen klingt das Ganze ja wirklich ganz nett. Vom ganzen Glück der Welt hätte ich in den letzten Jahren allerdings gern ein wenig mehr gehabt.

Das grüne Kuscheldingens war ein Drachenkostüm. Es war nicht nur sehr warm, sondern auch regensicher, denn es lief am oberen Ende auf ein riesiges Drachenhaupt aus Plastik zu, das ich mir auf den Kopf setzen sollte. Für schlechtes Wetter wäre dieser Arbeitsanzug ideal gewesen. Aber inzwischen war es schon März und die Temperaturen waren gerade das erste Mal an die zwanzig Grad heraufgeklettert.

„Wegen der Klamotten kriegst du Erschwerniszulage", sagte der junge Mensch. „Dann bist du bei achtfünfzig die Stunde. Die Flyer nimmst du dir im Paket mit. Bevor du losgehst, liest du noch das Infoblatt", ratterte er seine weichgespülten Befehle herunter, und kaum war er fertig, drehte er sich um und verschwand durch eine Seitentür.

Anstatt ihm hinterher zu laufen, und ihm sein dämliches Kostüm vor die Füße zu werfen, anstatt wieder nach draußen zu gehen, um diesen herrlichen Frühlingstag zu genießen, suchte ich zwischen den grünen Kunstfellhaaren nach einem Reißverschluss.

Fünf Minuten später watschelte ich die Treppe hinunter. Auf dem Kopf trug ich ein Drachenhaupt, das auf meinen Schädel drückte und bei jeder Bewegung Kopfschmerzen verursachte. Als ich auf die Straße trat, hätte ich fast einen kleinen Jungen umgeschubst. Er schrie auf, als hätte er den Teufel persönlich gesehen. Ich hörte seine Schreie noch aus einem halben Kilometer Entfernung. Und auch die Mutter hatte ich noch lange im Ohr: „Für so einen Blödsinn geben sie Geld aus, aber die Kitas schließen!"

Schon nach einer Minute strömte mir der Schweiß an der Innenseite des Kostüms hinunter. Mit der Feuchtigkeit wurden auch die Geruchsspuren meiner Vorgänger wiederbelebt. Was aus meiner Halskrause aufstieg, kam jedenfalls nicht nur von mir.

Ich versuchte, mich so wenig wie möglich zu bewegen, in dem ich die bunten Flyer ganz langsam in den

Weg der Passanten schwenkte. Gerade hatte ich eine bewegungsökonomische Optimalvariante gefunden, als ich den Projektheini auf mich zukommen sah.

„Du kannst nicht einfach nur rumstehen!", fuhr er mich so aufgeregt an, als sei ich hier, um anderen Leuten das Leben zu retten. „Du musst was sagen!"

Er war einen Kopf größer als ich und ich musste zu ihm aufschauen. Das Drachenhaupt auf meinem Schädel schwankte schmerzhaft.

„Was soll ich denn sagen?", erkundigte ich mich.

„Na, dasselbe was auf den Flyern steht, das stand doch auf dem Infozettel."

Ich hielt mir einen Flyer vor die Augen. „Freizeitpark Hansetraum. Jetzt supergünstig und für die Kleinsten kostenlos."

„Aber die Kleinsten haben Angst vor mir", erklärte ich.

Der Jungmann schnaubte. „Du musst den Job nicht machen, Frau Glück. Da oben auf meinem Schreibtisch liegt noch ein ganzer Stapel von Bewerbungen, die nur drauf warten, dass ich sie anrufe."

Als ich mir vorstellte, wie eine Bewerbungsmappe ans Telefon ging, musste ich grinsen, aber das konnte er ja nicht sehen.

„Also, alles klar?" Jungmann ging ein paar Schritte zur Seite, offenbar um mich zu beobachten.

Die Leute zogen an mir vorbei ins Einkaufszentrum.

„Freizeitpark Hansetraum. Jetzt supergünstig und für die Kleinsten kostenlos", murmelte ich und hielt ihnen meine Zettel vor die Nase.

Mein Aufseher machte eine Bewegung, als würde er aus einem großen unsichtbaren Bottich Wasser schöpfen.

Ich wiederholte meinen Text etwas lauter und streckte meine Flyer so weit vor, dass es schwieriger war, um sie herum zu laufen, als sie einfach zu nehmen und in den nächsten Papierkorb zu werfen.

„Na, bitte. Geht doch", hörte ich den jungen Schnösel brabbeln. Ich winkte ihn zu mir.

„Wie ist das eigentlich mit Pausen", fragte ich.

„In zwei Stunden kommt deine Verstärkung. Vorher rührst du dich hier nicht vom Fleck."

In der ganzen nächsten Zeit mischten sich Hitzewallungen mit stummen Wutattacken darauf, dass jemand, der fast zehn Jahre jünger als ich sein musste, es wagte, mich dermaßen herumzukommandieren.

Als ich endlich ein zweites grünes Plüschdingens in der Fußgängerzone auftauchen sah, watschelte ich so schnell ich konnte zum Pfandleihhaus.

Noch während ich den Reißverschluss aufzog, wankte ich zum Waterboy, wo ich fünf Becher Wasser hintereinander trank.

Obwohl ich mir nicht vorstellen konnte, wie ich die nächsten sechs Stunden überleben sollte, dachte ich auch jetzt nicht daran, diesen Job aufzugeben. Mit dem Tagesverdienst hatte ich fast ein Drittel meiner Miete drin. Und meine Krankenkasse wollte auch noch bezahlt werden. Nach fünfzehn Minuten kroch ich wieder in mein Kostüm und watschelte Richtung Einsatzort.

Dieses Mal lief mir glücklicherweise kein kleines Kind vor die Füße. Doch als ich zufällig die Straße hinabblickte, sah ich etwas, das mich noch viel mehr erschreckte.

Mika tauchte am Ende der Fußgängerzone auf. Ich zog mich in eine Seitenstraße zurück und drückte mich an die Auslage eines Schmuckgeschäftes. Während mir der Schweiß in Sturzbächen durch das stinkende Kostüm floss, starrte ich auf ein Sortiment Eheringe. Bzw. auf die Scheibe davor, denn in ihr konnte ich die Passanten auf der Fußgängerzone sehen.

Als Mikas Spiegelbild in dieser Scheibe auftauchte, fing mein Herz wild zu klopfen an. Er blieb stehen. Er sah sich nach mir um. Natürlich, er war ein neugieriger Mensch. Er wollte wissen, was es mit Plüschdrachen in Seitenstraßen auf sich hatte. Er machte einen Schritt in meine Richtung. Er durfte auf gar keinen Fall wissen, zu welchen Jobs ich mich erniedrigen ließ. Er, der sich schon weigerte, in einer Tanzmusikband mitzuspielen, um sein künstlerisches Niveau nicht zu verderben.

Die Füße des Drachen waren dreimal so groß wie meine Schuhe, ich musste sie anheben, um überhaupt voranzukommen. Und um schneller zu werden, musste ich einen Kniehebelauf machen. Es war wie in einem schlechten Traum, wenn ich zu einem Bus rennen wollte, dabei aber nicht einen Zentimeter vorankam. Ich hatte das Gefühl, kaum mehr als fünf Meter zurückgelegt zu haben, als ich meinen Kopf mit dem wild und schmerzhaft hin und herschaukelnden Drachenhaupt umdrehte. Mika stand immer noch an der Ecke und äugte mir bzw. dem grünen Plüschungetüm, in dem ich steckte, hinterher. Dann sah ich erleichtert, wie er den Kopf schüttelte und weiter ging. Ich schlurfte noch um die nächste Ecke und lehnte mich an eine Wand, während meine Lunge rasselte und mein Herz sich ausgaloppierte. Ein paar Tränen vermischten sich mit den Schweißrinnsalen auf meinem Gesicht. Nachdem ich mir Tage lang gewünscht hatte, Mika wiederzusehen, musste ich nun froh sein, dass er mich nicht erkannt hatte. Erbarmungslos schien die Nachmittagssonne auf mein Kunstfell.

Als ich etwas später an meiner Kollegin vorbei watschelte, winkte ich ihr nur kurz mit der Pfote zu.

„Alles in Ordnung?", rief sie.

Sie war von einer Schar kleiner Kinder umringt, die ihr die Werbezettel nur so aus der Hand rissen.

„Ich bin Clara", rief sie mir zu. „Clara mit C."

„Felicitas", rief ich zurück und watschelte auf meinen Posten.

Wenn Clara ihren Kopf bewegte, dann hielt sie das Drachenhaupt darüber mit beiden Händen fest. Warum kam ich nicht auf solche einfachen Ideen? Dieser

Trick sorgte zumindest dafür, dass meine Kopfschmerzen nicht noch schlimmer wurden.

Eine Minute nach zwanzig Uhr wären wir vorm Waterboy fast aufeinandergeprallt.

Zwei schweißüberströmte, knallrote Gesichter, die sich mit ausdruckslosen Augen anglotzten, während sie im Wechsel kaltes Wasser in ihre Becher laufen ließen.

Die Drachenhäupter hingen auf unseren Rücken und unsere Haare klebten auf der Stirn. Die von Clara waren lila gefärbt.

„Kommste noch mit'n Bier trinken?", fragte sie zwischen zwei großen Wasserschlucken.

Clara war Kettenraucherin und Künstlerin. Letzteres hatte sie richtig studiert und kämpfte sich seit ihrem Abschluss von einer Ausstellung zur nächsten. Der Verkauf ginge schleppend, meinte sie, aber sie richte sich mit ihren Werken auch nicht an den privaten Kunstsammler. Ihre Klientel seien die größeren Institutionen. „Stiftungen oder Parteien, die noch Kunstwerke mit Aussage suchen", sagte sie.

Wir saßen inzwischen in einer Bar und tranken kaltes Bier, während unseren T-Shirts ein grauenhafter Geruch entstieg.

Sie habe gar nichts dagegen, einen Teil ihrer Lebenszeit mit solchen Jobs zu verbringen, erklärte Clara.

„Das ist alles bezahlte Recherche." Sie fuhr sich durch ihr lila Haar und ließ dabei einen riesigen

Schweißfleck in ihrer Achselhöhle sehen. „Den meisten Künstlern ist die Realität ja eher egal", sagte sie. „Die beschäftigen sich ein ganzes Leben lang mit dem Mischungsverhältnis ihrer Lieblingsfarben. Oder mit Geometrie. Aber ich will vom Leben erzählen, verstehst du?"

Ich nickte.

„Zum Beispiel, was wir heute gemacht haben, das war doch eine irre Erfahrung. Dieses Drin-Sein in einer fremden Hülle. Bloß weil die Leute eine bestimmte Kombination aus Form, Farbe und Material auf dir wahrnehmen, sind sie bereit, dir den lebendigen Drachen zu glauben, der du gar nicht bist. Und dann gucken sie trotzdem durch den Plastikkopf hindurch, um dein Gesicht zu sehen, weil sie irgendwie doch was Authentisches suchen. Und obwohl sie längst auf das Formsymbol Märchendrachen reingefallen sind mit ihren rudimentären Kindergefühlen, zwinkern sie dir verschwörerisch zu, als müssten sie dir zeigen, dass sie in Wirklichkeit nicht an den Weihnachtsmann glauben. Ich meine, wie viel Projektion läuft denn da ab, um die du gar nicht gebeten hast?"

„Stimmt", sagte ich. „So gesehen. Mir war es ja auch eher peinlich."

„Hab schon Schlimmeres erlebt", sagte Clara und steckte sich die nächste Zigarette an.

„Das Schlimmste ist für mich die Gewöhnung", erwiderte ich. „Ich tue immer öfter Dinge, von denen ich mir früher gesagt habe, das machst du niemals im Leben. Da frag ich mich schon, wie weit ich eines Tages noch gehen werde."

Clara lachte. „Ach komm, es ist vielleicht schräg, ein lebendes Plüschtier zu sein, aber schlimm ist was andres."

Sie kramte in den vielen Taschen ihrer Hose, zog eine Visitenkarte hervor und legte sie vor mich hin.

„Hier, guck dir das mal an."

„Hagen Hansen – Sound-Management", stand auf der Karte.

„Was glaubst du, was einem so ein Typ für einen Job anbietet?", fragte sie.

Ich überlegte. „Kabeltragen auf Pop-Konzerten?"

„Ja, dachte ich auch. Ich hab den auf der Reeperbahn getroffen. Hatte da eine kleine Ausstellung, lauter Frauentorsi mit roten Streifen drüber, wie Blut, verstehst du. Da kommt dieser Typ rein, so ein kleiner Glatzkopf. Gibt mir seine Karte und meint, wenn ich mal'n Job brauch, und Künstler brauchten ja immer einen, er würde gut zahlen."

Sie sah zum Fenster, in dem es schon längst dunkel war.

„Und hast du ihn angerufen?", fragte ich.

„Klar."

„Und?"

„Also der hat...", sagte sie endlich, „der hat mich erst mal reden lassen, ja. Und ich war auch noch so blöd und hab dem meine ganze Lebenssituation erklärt. Am Telefon wie gesagt. Und dann sagt der: Ist gut, kannst aufhören. Deine Stimme ist geil, du kannst jederzeit kommen. Und dann lachte er ganz blöd."

Sie guckte mich an.

„Kapierst du?"

Ich war mir nicht sicher.

„Der hatte ne Sex-Hotline! Und die sollte ich ihm voll stöhnen. Und damit kommt der in eine Ausstellung zum Thema Gewalt gegen Frauen. So ein Wichser."

„Und hast du den Job gemacht?", fragte ich zögernd.

Sie warf mir einen komischen Blick zu. „Darum ging es doch jetzt gar nicht."

Danach verlief unser Gespräch schleppend. Ich versuchte darüber zu reden, wo die moralische Untergrenze für einen Job liegen könnte. Putzen gehen, Pharma-Tests mitmachen oder für weniger als vier Euro die Stunde arbeiten. Aber mit Clara darüber zu reden, erwies sich als schwierig, denn sie hatte all das schon getan. „Um alle Facetten der Gesellschaft kennen zu lernen", wie sie sagte. Ob sie den Stöhnjob nun gemacht hatte, ließ sie allerdings bis zum Schluss im Dunkeln.

Es gab nur eine Sache, die für uns beide das Schlimmste war: Zum Arbeitsamt gehen und um Geld zu bitten.

Auch das hatte Clara schon getan, aber es sei das Einzige, das sie nie wieder tun würde, meinte sie. „Wenn du erst mal in diesem System drin bist, bist du völlig von denen abhängig, sie kontrollieren und maß-regeln dich, wo sie können. Aber nicht mit mir!"

„Mit mir auch nicht", sagte ich kämpferisch.

„Mein Leben ist ein Selbstexperiment", erklärte sie weiter. „Und da lass ich mir von niemandem die Versuchsanordnung vorschreiben."

Wir stießen an und bestellten nach. Wir hatten schon ein Drittel unseres Tageshonorars vertrunken, als Clara mich fragte, ob ich gern Theater spielen würde.

Im zweiten Studienjahr hatte ich mal ein Kindertheater-Projekt geleitet und dabei die Rollen übernommen, die die Kinder nicht spielen wollten. So unbeliebte Charaktere wie König Drosselbart oder die neidische Schwester von Aschenputtel.

Clara meinte, dass wären die besten Voraussetzungen für den Job, den sie im Auge hätte.

„Schreib mir mal deine Nummer auf!"

Ich tat es und war mir sicher, dass sie nicht anrufen würde.

Ich kannte so was schon aus Berlin. Man geht nicht auseinander, als wäre die ganze Begegnung für die Katz gewesen. Das würde sich wie Scheitern anfühlen.

Wenn man sich aber gegenseitig weismacht, man hätte noch was zusammen vor, trennt man sich mit dem Gefühl, man wäre gemeinsam ein Stück weitergekommen. Und nur darauf kommt es an.

4

Nach drei Tagen hatte ich jedenfalls noch nichts von Clara mit C gehört. Dafür trudelte die erste Absage ein. „...leider mitteilen, dass wir uns für eine Mitbewerberin...“

Es war die Stelle, die ich mir am meisten gewünscht hatte, ein Kinderheim der Jugendhilfe, das Mädchen ab zehn Jahren betreute.

Aber ich hatte noch zehn andere Chancen und deshalb noch keinen Grund zu weinen. Ich legte die Robbie Williams-CD *„Swing when you are winning“* auf, und stellte mir mit meiner ganzen positiven Energie vor, dass der nächste Brief die Einladung zu einem Bewerbungsgespräch sein würde. Ich trainierte schon mal eine selbstbewusste Begrüßung.

„Glück, guten Tag.“ Vor dem Spiegel übte ich verschiedene Lautstärken und verschiedene Arten zu lächeln.

Als es klingelte, schritt ich hoffnungsvoll zum Telefon und behielt dabei mein Lächeln im Gesicht: „Felicitas Glück, guten Tag“, sang ich in warmen Tönen in den Hörer.

„Hi“, sagte Mika. „Du bist ja gut drauf, hätte ich gar nicht erwartet.“

„Oh, hi, hallo. Wieso soll ich denn schlecht drauf sein?“

„Na, was du beim letzten Mal erzählt hast, klang ja eher bedrückend.“

„Echt? Hab ich gar nicht gemerkt."

„Schon gut, ich wollte dich nur fragen, ob du Tischtennis spielen kannst."

Alle Menschen, die vor 1980 in der DDR geboren sind, können Tischtennis spielen. Das nehme ich zumindest an. Ohne Tischtennis wäre man im Pionierferienlager aufgeschmissen gewesen. Zumindest konnte man dann im gemischten Doppel mitspielen, und das war für frühpubertierende Jungen und Mädchen die ideale Chance einander näher zu kommen. Allerdings wusste ich nicht, welche Bedeutung es hatte, wenn ein achtunddreißigjähriger Mann aus Hamburg eine dreißigjährige Frau zum Tischtennis-Spielen einlud. Ich war sehr gespannt und natürlich sagte ich zu.

Wir trafen uns an einer Tischtennisplatte auf einem Kinderspielplatz. Sie wurde gerade von zwei kleinen Jungen belagert, die sich mit Ping-Pong-Schlägen ein Duell lieferten.

„Okay, lass uns warten", sagte Mika. Wir setzten uns auf eine Bank, und ich fing an, ihm von der Bedeutung des Tischtennis-Spielens in der DDR zu erzählen. Doch während ich redete, stand Mika auf und lief zu einem Klettergerüst.

„Komm mal her", rief er. Ich sollte mein Ohr an eins der Stahlrohre legen. Er klopfte daran und ein nicht unangenehmes Dröhnen drang in meinen Schädel. „Irre, nicht?" Er lachte. Dann kletterte er auf das Gerüst, hakte seine Knie in den Stäben fest und ließ sich hintenüberfallen. Seine schwarze Jacke fiel ihm über den Kopf und er hing ohne zu schaukeln abwärts wie eine Fledermaus, die sich zum Schlafen aufgehängt hatte.

„Ich hab mich schon immer gefragt, ob die Welt sich anders anhört, wenn man kopfüber hängt", drang es unter seiner Jacke hervor.

Was sollte ich machen? Stehen bleiben und warten, bis er wieder herunterkam. Da wäre ich mir vorgekommen wie seine Tante. Also kletterte ich ihm nach und hängte mich neben ihn. Ich schloss die Augen wie er und lauschte. Kinderlachen, das Quietschen einer Schaukel, in der Ferne rollte ein Auto über's Kopfsteinpflaster. Ich fand nicht, dass irgendetwas ungewöhnlich klang. Aber vielleicht konzentrierte ich mich nicht genug. Zum ersten Mal in meinem Leben hing ich verkehrt herum neben einem Mann. Und ich fürchtete, mein Herz könnte jeden Moment in meine Kehle plumpsen.

Vorsichtig öffnete ich die Augen wieder. Eine Schar kleiner Kinder stand verkehrt herum vor mir und musterte mich.

Mika hing nicht mehr neben mir. Er saß jetzt auf dem Gerüst. Ich sah seinen Rücken in den Himmel ragen. Schnell richtete ich mich auf, so dass ich neben ihm saß. Die Kinder hatten wir jetzt hinter uns.

„Ich glaube, es gibt einen Unterschied", sinnierte er vor sich hin. „Ich hab den Eindruck, wenn man den Kopf unten hat, klingt alles viel klarer. Aber ganz sicher bin ich mir noch nicht."

Er schloss die Augen wieder, und ich tat es ihm nach.

„Man muss sich Zeit lassen", sagte er.

Mir fiel auf, dass seine Stimme auf eine merkwürdige Art zwischen hohen und tiefen Tönen schwankte. So, als hätte sie sich seit dem Stimmbruch nie zu einem eindeutigen Resultat entschieden. Aber das behielt ich für mich.

Ich öffnete meine Augen und sah mindestens zwanzig Kinder unter uns stehen. Sie mussten um das Gerüst herumgeschlichen sein, während wir die Augen zu hatten. Die beiden Tischtennis-Jungs hatten sich ganz vorne postiert und verschränkten die Arme.

Ich tippte Mika an. Als er die Augen öffnete und die Kinder sah, nickte er ihnen freundlich zu. „Hi!"

Die kleineren Kinder lachten, worauf die beiden Jungs aber noch ernster als zuvor dreinblickten. „Die Tischtennisplatte ist jetzt frei", erklärte einer von beiden.

„Okay, Häuptling", sagte Mika und sprang vor der Kinderschar in den Sand. Ich folgte ihm und wir gingen an den Platz, den uns die Kinder zugewiesen hatten.

Offenbar hatten sie es nicht in Ordnung gefunden, dass wir ein Spielgerät benutzten, das unserer Altersgruppe nicht mehr zustand.

Nachdem wir ein Match gespielt hatten, das ich gewann, fragte ich Mika: „Hast du eigentlich Kinder?"

„Um Himmels Willen."

„Wieso? Du wärst doch der ideale Vater."

„Du meinst, weil ich auf Klettergerüste klettere? Dafür brauche ich keine eigenen Kinder."

„Aber mit eigenen Kindern wäre es doch vielleicht lustiger."

Mika stöhnte. „Wenn du so ein Kind hast, musst du dich nicht nur den ganzen Tag drum kümmern, du musst auch ständig dran denken. Selbst wenn's im Kindergarten oder in der Schule ist. Ich weiß nicht, wie das bei mir gehen soll. Im Moment denk ich rund um die Uhr über meine Musik nach. Und selbst dann habe ich das Gefühl, es ist nicht genug, was ich mache. Ich könnte noch besser sein."

Ich hörte seinen Magen knurren.

„Wollen wir was essen?", fragte ich.

„Manchmal denke ich, ich hab's noch nicht verdient, was zu essen", sagte er.

„Du hast einen Knall." Ich stand auf. „Ich kauf jetzt was zum Kochen ein."

Wir gingen zum Supermarkt am Alma-Wartenberg-Platz. Ein paar von den Sitzstreik-Punks saßen direkt vor der Tür und murmelten uns ihre Kleingeldfrage zu. Einer ihrer Hunde stieß seine Schnauze an mein nacktes Bein und ich fuhr den Besitzer an: „Kannst du wenigstens deinen Hund aus dem Weg nehmen?"

„Reg dich ab, Spießerschlampe."

Mika latschte in den Supermarkt, als wäre nichts passiert.

„Kann man nicht die Polizei rufen, damit sie diese Idioten abholt?", fragte ich ihn, als ich ihn eingeholt hatte.

Er sah mich entsetzt an. „Das meinst du nicht ernst, oder?"

„Warum nicht? Die beschimpfen jeden, der hier vorbeikommt und legen nicht mal ihre Hunde an die Leine."

„Aber deswegen kannst du sie doch nicht einsperren lassen?"

„Das hab ich doch gar nicht gesagt. Ich will nur nicht über sie drübersteigen müssen. Und über ihre Hunde schon gar nicht."

„Hör mal zu, Felicitas. Ottensen ist das einzige Viertel in der ganzen Stadt, in dem noch echte Toleranz herrscht. Und du willst hier deine DDR-Diktatur errichten oder was?"

Ich schob meinen Einkaufswagen davon, packte ein, was ich brauchte und ging zur Kasse. Beim Bezahlen hielt mir Mika einen Schein hin, aber ich tat so, als hätte ich ihn gar nicht gesehen und beim Einpacken ließ ich mir nicht von ihm helfen.

„Jetzt nimm das doch nicht so ernst", sagte er.

Ich nahm meine vollen Tüten, stieg über die Punkerbeine und ging in Richtung „Kohlenhornig seit hundert Jahren". Wo Mika blieb, war mir egal. Ich hatte diesen Mann Schlagzeug spielen sehen und das Gefühl gehabt, seine Musik könnte mein Leben verändern. Und jetzt wollte mir dieser Mensch weismachen, Toleranz bedeute, sich von jedem Idioten beleidigen zu lassen.

„Feli, jetzt beruhig dich doch mal."

„Also FELI kannst du schon mal gleich vergessen. Mein Name hat vier Silben und keine weniger. Und ich brauch auch niemanden, der mir hinterherrennt."

„Du hast mich zum Essen eingeladen. Außerdem finde ich grad ziemlich witzig, was hier abgeht. Ich meine, wir kennen uns kaum und du bist jetzt schon so sauer auf mich, als wären wir seit zehn Jahren verheiratet. Für mich ist das ein Vertrauensbeweis."

„So ein Quatsch." Ich schloss meine Haustür auf und stieg die Treppe hoch. Mika folgte mir.

Ich öffnete meine Wohnung, ging in die Küche und stellte meine Tüten ab. Mika kam hinterher. Und dann standen wir beide in dem kleinen Raum, der von dem Ungetüm einer Duschkabine zusätzlich eingeengt wurde. Unterm Fenster gab es einen Tisch mit zwei Stühlen, die ich gerade mit meinen Einkäufen vollgestellt hatte.

Mika drehte seinen Hals wie jemand, dessen Hemdkragen zu eng ist. „Soll ich wieder gehen?"

Der ist ja wie ein Jojo, dachte ich. Wenn man ihn wegschickt, kommt er nach, und wenn er da ist, will er wieder gehen.

Ich gab ihm eine Weinflasche und einen Korkenzieher. „Mach mal auf."

Männer, die nicht wissen, was sie wollen, brauchen was in die Hand. Als er zwei Gläser eingeschenkt hatte, machte ich ihm einen Stuhl und eine Ecke vom Tisch frei und bat ihn, ein paar Zwiebeln klein zu hacken. Selbst beim Zwiebelschneiden schlug er das Messer in einem raffinierten Rhythmus auf das Holzbrett. Nicht nur die Messerhackschläge klangen rhythmisch, auch der Wechsel zwischen Hacken, Stücke zusammenschieben, und wieder Hacken, wiederholte er in virtuosen Takten. Das beruhigte mich allmählich.

„Ich glaube, mir fehlt einfach das, was du hast", sagte ich.

Mika unterbrach sein Zwiebelhacksolo und sah mich verwundert an.

„Na, wenn ich einen Job hätte, den ich wirklich machen will", erklärte ich. „Dann wäre ich vielleicht auch toleranter."

„Aber ich wollte gar nicht Schlagzeuger werden", sagte Mika. „In meiner Schulband war das Keyboard nur schon besetzt."

„Ich brech' gleich in Tränen aus."

„Nein, im Ernst. Als Schlagzeuger bin ich die totale Fehlbesetzung. Die Leute wollen einem Schlagzeug nicht zuhören, die wollen nur den Beat spüren. Das ist ja auch okay. Aber ich will Musiker sein und kein Herzschrittmacher. Und jetzt suche ich wenigstens Rhythmen, die nicht vom ersten Takt an vorhersehbar sind, die im Moment entstehen. Aber eigentlich nicht mal das. Ich suche Klangstrukturen. Klang interessiert mich viel mehr als Rhythmus."

Er gab mir das Brett mit den winzig klein getrommelten Zwiebelstückchen und behauptete: „Im tiefsten Inneren bin ich eigentlich ein ganz langsamer Mensch."

„So lange du keinem Job hinterherrennen musst, wird das auch niemanden stören", erwiderte ich.

Er schüttelte den Kopf. „Irgendwann wird einem klar, dass Bezahlung Bewertung ist. Gute Musik wird entwertet, verstehst du? Weißt du, was man alles können muss, um eine gute Jazz-Improvisation zu spielen? Aber niemand will dafür zahlen. Das ist entwürdigend!"

„Vielleicht will ja keiner zahlen, weil diese Musik niemand mehr versteht", sagte ich. Mika sagte nichts dazu und ich kehrte ihm den Rücken zu, um mich auf's Kochen zu konzentrieren.

Als ich ihm einen vollen Teller hinstellte, hielt Mika meine Hand fest. „Hey, Felicitas. Mit dir kann man sich ja richtig gut unterhalten!"

Es war eine von diesen Sekunden, die sich in der Erinnerung über einen ganzen Abend ziehen. Obwohl ich weiß, dass es nur ein winziger Moment war, ist mir noch immer, als hätten wir uns stundenlang angesehen, als hätten wir beide im Stillen gesagt: „Du unbekannter Mensch, ich will dich ansehen, und ich will, dass du mich ansiehst. So lange, bis ich mich wieder spüren kann."

Wir aßen schweigend. Das Tafelsilber meiner Oma schlug gegen meine neuen gelben Ikea-Teller, und wir lauschten.

Nach einer Weile sagte Mika: „Stell dir vor, wenn unser Ohr anders gebaut wäre, dann würden wir noch viel mehr hören als das Klingeln von Gabeln und Messern. Wir würden auch diesen Tisch hören oder die Teller oder die Hackfleischsoße, die wir jetzt gerade aufessen."

„Ich stelle mir den Klang von durchgedrehtem Rindfleisch nicht besonders schön vor."

„Wer weiß. Vielleicht gibt die Rinderseele ein tiefes Brummen von sich, das aus einer fernen Dimension in deine Küche dringt."

Er stimmte ein tiefes Brummen an, das allmählich in ein Muhen überging.

Ich lachte sehr laut. Und dabei war mir, als hätte ich einen Vogel unter meinen Rippen, der voller Freiheitsdrang seine Flügel gegen das Käfiggitter schlug, als würde sich dieser Käfig langsam öffnen.

Als ich abwusch, tauchte Mika neben mir auf, in seinen Händen zwei leere Weingläser, die er unter das laufende Wasser hielt. Dabei stieß sein Ellbogen ganz leicht an meinen Unterarm. Ich blieb reglos stehen und spürte einige lange Sekunden nichts anderes als das Echo dieser Berührung, das in meinem Körper vibrierte.

Mika stellte die mit Wasser gefüllten vollen Gläser nebeneinander auf den Tisch, befeuchtete eine Fingerkuppe und kreiste damit um die Ränder. Ein heller Klang stieg hervor.

„Eigentlich ist die Welt voll von solchen Tönen, nur sind die hier quasi die höchsten, die wir hören können. Probier auch mal." Er füllte noch zwei weitere Gläser mit Wasser und stellte sie vor mich hin.

Zögernd setzte ich mich wieder an den Tisch. Schon beim ersten Versuch gelang mir ein hoher vibrierender Ton. Die hellen Töne schienen sich über unseren Köpfen miteinander zu vereinen. Das war der nächste Moment, von dem ich mir wünschte, er würde niemals aufhören. Doch Mika stand auf. Er goss seine Gläser in der Spüle aus und sagte: „Zeit, dass ich gehe."

Ich brachte ein verwirrtes „Wieso das denn jetzt?" hervor.

Er lächelte. „Sei nicht so ungeduldig."

Er nahm mich in die Arme. Er war wirklich sehr dünn. Sein Herz schlug gegen meine Rippen.

„Hab Dank für den schönen Tag", sagte er und löste sich wieder von mir. „Ciao."

Erst als ich unten die Haustür schlagen hörte, schloss ich meine Wohnungstür. Dann setzte ich mich zurück auf den Küchenstuhl. Ich starrte auf das nachtdunkle Küchenfenster. Ein Zug ratterte vorbei. Dann wurde es wieder still und einen Moment lang glaubte ich, ich könnte das Fensterglas singen hören.

5

Im Briefkasten lag ein dicker Umschlag. Während ich ihn nach oben trug, hütete ich die engstirnige Hoffnung, es könne sich um eine Einladung zu einem Bewerbungsgespräch handeln. Ich versuchte mir einzureden, dass man mir die Bewerbungsunterlagen nur aus reinen Platzgründen schon mal zurückschickte. Gerade als ich den Umschlag aufriss und das Begleitschreiben hervorzog, klingelte das Telefon.

„Na, wie geht's denn so?", fragte meine Mutter. Bei ihr hört sich das immer an, als würde sie eine Liste abarbeiten. Punkt Fünf: Felicitas anrufen und fragen, wie's geht. Ich stelle mir dann vor, wie sie schon einen Stift in der Hand hält, mit dem sie ihr Häkchen machen kann, nachdem ich „Danke, gut", gesagt habe.

„Danke, gut", sagte ich und las das Begleitschreiben. „...Ihnen leider mitteilen, dass wir uns für einen Mitbewerber..."

„Was machst du gerade?", fragte sie. „Du klingst so beschäftigt."

„Ich bewerbe mich", erklärte ich. „Das heißt, ich lese gerade eine Absage."

Schweigen. Die Absage kam von der Stelle, die auf Nummer Zwei meiner Wunschliste gestanden hatte. Ein Beratungszentrum für sexuell missbrauchte Mädchen, das seinen Freizeitbereich ausbauen wollte. Sie hatten sich für einen Mann entschieden. Vielleicht brauchten sie jemand, der Tischtennisplatten reparieren und im Sommer Würstchen grillen konnte. Oder lag es an meiner Herkunft, und diese Leute fürchteten, dass ich die Freizeitinteressen Hamburger Mädchen nicht verstand?

Meine Mutter wartete darauf, dass ich sie in mein Selbstgespräch einbezog. „Weißt du, was mich ärgert", sagte ich. „Dass die nie schreiben, warum sie einen ablehnen. Mir würde das sehr weiter helfen."

Meine Mutter sagte immer noch nichts. Sie kann so bedrückt schweigen, dass ich manchmal Angst bekomme, ich könnte von einem Vakuum in die Leitung des Telefons gezogen werden. Schließlich sagte sie: „Vielleicht solltest du anfangen, dir einen reichen Mann zu suchen."

Es ist nicht leicht zu verstehen, dass ausgerechnet meine Mutter auf solche Ratschläge kommt. Sie hat die meiste Zeit ihres Erwachsenenlebens als alleinerziehende, berufstätige Frau bewältigt. Sobald sie mich abends allein zu Hause lassen konnte, machte sie ein Fernstudium, durch das sie in ihrem Betrieb auf eine höhere Position kam, wo sie dann auch mehr Geld verdiente. Als einzige Frau auf Leitungsebene hatte sie es aber wohl nicht ganz leicht. Nach 1989 hat sie mir erzählt, wie der Parteisekretär ihr ständig gedroht hat, sie würde ihre Stelle wieder verlieren, wenn sie nicht bald mit ihm ins Bett ginge. Ich kann mir gut vorstellen, wie er das begründete. „Na, kommen Sie schon Frau Glück. Wir wissen doch alle, welchen Job Sie mal auf der Leipziger Messe gemacht haben. Was Sie für den Klassenfeind getan haben, das können Sie ruhig auch für die Partei tun."

Sie hat niemals nachgegeben und ihre Stelle trotzdem behalten. Sagt sie jedenfalls und ich glaube ihr, vor allem deshalb, weil sie diese Aussage niemals beschwören wollte, im Gegensatz zu einigen anderen Erzählungen. Man könnte meine Mutter also durchaus als souveräne, emanzipierte Frau bezeichnen. Aber manchmal denke ich, sie war das nur, weil sie es sein musste. Im Grunde ihres Herzens träumte sie wohl all die Jahre von einem Leben mit einem Mann im Haus. Als wären damit alle ihre Probleme gelöst, als wäre ein Mann im Haus die Garantie für ein behütetes Dasein. Aber aus irgendwelchen Gründen hielten ihre Beziehungen selten länger als zwei Jahre, bis sie Manfred kennen lernte. Das war, kurz nachdem ich ausgezogen bin.

Sie haben sich im Wartesaal des Arbeitsamtes kennen gelernt. Beide hatten in Betrieben gearbeitet, die das Ende der DDR nicht lange überlebt hatten.

Während Manfred sich schon bald in das Schicksal seiner Arbeitslosigkeit und anschließenden Frührente ergeben hat, gründete meine Mutter einen Verein. Ein „Beratungszentrum zur Unterstützung alleinerziehender Mütter e.V." Die sieben notwendigen Gründungsmitglieder kamen aus der Nachbarschaft und unterschrieben die Vereinspapiere, mit denen meine Mutter für sich selbst eine ABM-Stelle beantragen konnte, also eine von unserem neuen Staat geförderte „Arbeitsbeschaffungsmaßnahme".

Meine Mutter hatte sich innerhalb kürzester Zeit durch die Gesetzeslage der BRD zum Thema Frauenförderung geackert und wusste, wie finanzielle Unterstützung, Ermäßigungen und Sonderrechte zu erwirken waren. An drei Nachmittagen pro Woche beriet sie junge, alleinstehende Mütter in allen Lebenslagen. Der Bedarf war riesig. Mit der DDR waren jede Menge junger Ehen in die Brüche gegangen. Es gibt einfach zu viele unterschiedliche Möglichkeiten, was man unter Freiheit verstehen kann. Da war es schon fast ein Wunder, wenn ein junges Paar dieselben Ansichten entwickelte und zusammenblieb.

Während meine Mutter lauter frisch geschiedene Mütter beriet, baute Manfred mein einstiges Kinderzimmer zu einem Schlafzimmer mit einem wuchtigen Ehebett um und nahm den Fernsehsessel im Wohnzimmer in Beschlag.

Auf meine Frage, was sie von dieser Beziehung eigentlich habe, antwortete sie: „Er gibt mir Halt."

Ich habe keine Ahnung, was sie damit meint. Ich erlebe nur, dass Manfred bei allem, was sie tut oder sagt, blöde Bemerkungen macht.

Auch als wir telefonierten, konnte ich mir gut vorstellen, wie meine Mutter am Fenster ihres Wohnzimmers stand, den Hörer in der Hand hielt und Manfred im Fernsehsessel thronte und unser Gespräch belauschte, den Blick auf ein Fußballspiel gerichtet. Ich konnte sogar die Stimme des Spielmoderators hören, während meine Mutter schwieg.

Ich hatte immer noch nichts zu ihrem Vorschlag gesagt, mir einen reichen Mann zu suchen. Sie schien sich Hamburg als Heimatstadt alter reicher Säcke vorzustellen, die nur darauf warteten, sich eine zwanzig Jahre jüngere Frau zu schnappen, um sie mit ihrem Reichtum zu versorgen. Und sie schien ernsthaft zu glauben, dass ich so eine Beziehung gut finden würde. Wenn ich meiner Mutter etwas wünsche, dann eine ganze Portion mehr Stolz auf ihre eigene Lebensleistung.

Anstatt auf ihren absurden Vorschlag einzugehen, fragte ich sie: „Wie sieht's eigentlich mit deiner ABM-Stelle aus. Wird die wieder verlängert?"

Bisher hatte sie mich immer von ihrem Büro aus angerufen.

„Nee", sagte sie leise. „Die Notwendigkeit ist nicht mehr anerkannt worden. Die Scheidungsrate geht ja wieder zurück."

„War doch eh nur noch Kaffeeklatsch, was du da getrieben hast", ließ Manfred sich vernehmen.

Meine Mutter schwieg wieder.

„Ruf mich doch mal an, wenn Manfred nicht da ist", sagte ich.

„Schwierig", murmelte sie.

„Hast du nicht eine Freundin oder so, wo du mal telefonieren kannst?", fragte ich.

„Uns geht es sehr gut, Felicitas, danke", sagte meine Mutter sehr laut. Und dann fügte sie noch hinzu: „Lass den Kopf nicht hängen. Wird schon klappen mit deiner Bewerberei."

Ich legte den Hörer auf, griff mir den Ablehnungsbrief, zerriss ihn in kleine Schnipsel und warf sie in die Spüle in meiner Küche. Ich zündete das Papier mit einem Streichholz an und sah zu, wie die Flammen das Schreiben auffraßen, die Asche spülte ich weg. „Alles fließt", hörte ich Nicole sagen.

Ich hätte sie gern angerufen, aber das hatte ich erst vor zwei Stunden getan, um ihr zu erzählen, dass ich schon seit Tagen nichts mehr von Mika gehört hatte. Und Nicole zweimal an einem Tag voll jammern, das ging nicht.

6

„Hi, jetzt kann's losgehen! Consumer connection hat einen Job für uns", hörte ich eine junge weibliche Stimme im Telefon.

„Wer ist denn da?"

„Clara, Mensch. Drachenkostüm, Fußgängerzone, schon vergessen?"

„Ach, du. Hi."

„Hab ich dich geweckt oder was? Komm aus den Puschen, Frau Glück. In einer Stunde S-Bahnhof Hasselbrook. Und hübsch dich ein bisschen an."

„Business-Look?", fragte ich, aber sie hatte schon wieder aufgelegt.

In einer gebügelten weißen Bluse und einer umbrafarbenen Elastanhose betrat ich eine Stunde später einen engen Fahrstuhl. Gemeinsam mit Clara. Sie war kaum wiederzuerkennen. Ihre lila Haare hatte sie glatt gebürstet und mit Haarklemmen hinter den Ohren festgesteckt. Die Bügelfalte in ihrer schwarzen Hose war deutlich schärfer als meine.

„Der Typ ist ein Wichser", sagte sie zu mir. „Aber die Jobs an sich sind ganz okay."

Wir verließen den engen Fahrstuhl und klingelten an einer Tür, auf der ein rundes Logo mit zwei ineinander verschränkten C's klebte. *consumer connection.*

Ein Mann in Jeans, Sakko und Basecap riss die Tür auf.

„Meine Damen, wir haben Sie sehnsüchtig erwartet. Ihr Einsatz beginnt in einer Stunde und Sie haben noch keine Identity. Das ist nicht optimal", rief er in singendem Ton und grinste dabei, als hätte er einen Witz erzählt. Unter seinem Arm klemmte eine schweinslederne Aktenmappe.

Ich verstand weder, wen er mit „wir" noch was er mit „Identity" meinte, aber ich wusste auch nicht, was Clara ihm über meine Vorerfahrung gesagt hatte und deshalb stellte ich keine Fragen. Der Mann wies auf ein abgeschabtes flaschengrünes Stoffsofa, er selbst ließ sich in einem schwarzen Ledersessel nieder, legte seine Mappe auf den Clubtisch und zog zwei Zettel heraus.

„Hier erst mal eure Identity", sagte er und streckte seine beiden Hände aus, von denen wir etwas pflückten, das sich als Eigenschaftsliste einer gefaketen Persönlichkeit entpuppte.

„Es geht um Geschirrspüler", sagte Mister Basecap. „Gruppendiskussion. Eine Stunde." Er sah mir in die Augen und ich dachte, viel älter als ich kann der auch nicht sein.

„Du hast so was ja schon mal gemacht, nicht wahr?"

Ich nickte und dachte wehmütig an meine Theatereinsätze als Aschenputtels Schwester, aber ich musste meine neuen Persönlichkeitsmerkmale studieren: Alter dreiunddreißig, verheiratet, zwei Kinder, voll berufstätig. Vier-Zimmer-Wohnung, Geschirrspülautomat von Siemens. Nutzung mindestens fünf Mal pro Woche. Und dann kamen jede Menge Angaben zu diesem Geschirrspüler. Die Eckdaten meiner falschen Identität skizzierten ziemlich genau die Lebenssituation, von der ich jeden Tag träumte.

„Leute aus dieser Zielgruppe sind am schwersten zu kriegen", sagte der Basecap-Mann. „Sie haben keine Zeit, um an solchen Befragungen teilzunehmen. Wir füllen da quasi eine Marktlücke." Er lehnte sich zurück und verschränkte die Arme hinter seiner Mütze. Es war ganz offensichtlich seine Idee gewesen, diese Agentur zu gründen. Und plötzlich war ich mir auch sicher, dass er mit „Wir" niemanden weiter als sich selbst meinte. „Und wir schaffen damit noch ein paar zusätzliche Jobs", ergänzte er zufrieden.

Clara steckte ihre Identität in die Tasche und sah ihn ungeduldig an.

„Alles klar soweit?", fragte er uns. Wir nickten, und er zog noch mal zwei Zettel aus seiner Mappe.

„Das ist eure Einladung mit Wegbeschreibung. Also dann, enttäuscht mich nicht."

Wir standen auf.

„Ach so, fast hätte ich's vergessen", er lächelte mich an. „Ich bekomme von jeder noch zwanzig Euro."

„Wie viel gibt's denn?", fragte Clara.

„Vierzig, soweit ich weiß."

„So wenig?", schrie Clara auf. „Aber dann kriegst du ja die Hälfte!"

„Unter zwanzig vermittle ich nicht", sagte der Anzugmann. „Da habt ihr diesmal ein bisschen Pech gehabt. Aber jetzt komm schon, zwanzig Euro für Kekse essen und Kaffee trinken, das ist doch wohl in Ordnung."

Ich gab ihm das letzte Geld, das ich hatte, genau zwei Zehner.

Als wir wieder im Fahrstuhl waren, wiederholte Clara. „Der Typ is'n Wichser."

Ich guckte auf meinen Zettel. „Ich heiße Heidemarie Kaastrop", sagte ich. „Und du?"

„Ist doch egal!", fuhr Clara mich an, las dann aber doch nach. „Gerhild Vonderau. Für das Geld mach ich nicht einen Handschlag zu viel."

Am Studio angekommen ließ ich Clara vorgehen. Es sollte niemand merken, dass wir uns schon kannten. Die anderen Frauen saßen schon da. Sie waren alle älter als wir. Ein paar guckten sich Papptafeln an, auf denen verschiedene Geschirrspüler abgebildet waren. Clara und ich studierten die Keksteller auf dem Tisch und bedienten uns am bereit gestellten Kaffee. Eine Weile hörte man nichts als das Krachen der Kekse zwischen unseren Zähnen.

Ich lächelte dem Spiegel zu, der in der Wand eingelassen war, und bedauerte, dass ich die Leute dahinter nicht sehen konnte. Vielleicht hatte jemand zurück gelächelt.

Als der Diskussionsleiter kam, waren die Keksteller leer. Er war noch so jung, dass sein Gesicht voller blühender Aknepusteln war.

Seinen Begrüßungstext hatte er auswendig gelernt, da war ich mir sicher. Er erzählte irgendwas von kundenorientierter Produktentwicklung, optimierter Bedürfniserfassung, blabla.

„Halten Sie Ihre Ideen nicht zurück", rief er zum Schluss. „Wir wünschen uns eine lebendige Diskussion. Gegensätzliche Meinungen können dabei sehr interessant sein."

Ich wollte ihn anschließend fragen, wie er an diesen Job gekommen war. Was der machte, bekam ich auch noch hin.

Schließlich wies er auf die Papptafeln und fragte die Frauen, welchen Geschirrspüler sie denn besäßen und schon legten die Frauen los. Sie hielten die Pappe hoch, auf dem ihr eigenes Geschirrspülermodell zu sehen war, und erklärten den Übrigen, warum dieses Gerät der beste Geschirrspüler der Welt sei. Es entstand ein erbitterter Kampf um die Redezeit, und um die schlagkräftigsten Argumente dafür, dass der eigene Geschirrspüler der beste aller Zeiten war.

„Meiner ist schon nach einer Stunde fertig!" prahlte eine, und schon giftete die nächste: „Und wie sieht es mit der Ökobilanz aus?", worauf die dritte einfiel. „Mein Energiekoeffizient ist der beste von allen, laut Stiftung Warentest!" gab sie an, ohne zu merken, dass sie sich gerade mit ihrer eigenen Spülmaschine identifiziert hatte. Bevor das jemandem auffallen konnte, waren auch schon die nächste und übernächste in diesen Wettbewerb um die beste Kaufentscheidung eingestiegen.

Erfolglos versuchte der Akne-Knabe die Gruppendiskussion in eine andere Richtung zu treiben. Die Frauen ließen ihn einfach nicht zu Wort kommen und mit den Zeigern auf der Studio-Uhr drehte der Eifer der Geschirrspüler-Besitzerinnen unaufhaltsam seine Runden. Sie redeten über Maßgedeckeinheiten und Energieeffizienzklassen, dass mir schwindlig wurde.

Während ich wenigstens versuchte, mir vorzustellen, was damit gemeint sein könnte, schien Clara nichts weiter zu tun, als konsterniert auf die leeren Keksteller zu gucken. Es fehlten nur noch dreißig Minuten bis zum Schluss. Der Moderator hatte sie und mich bereits deutlich aufgefordert, an der Diskussion teilzunehmen. Unser Schweigen fiel nur deshalb kaum auf, weil die anderen Damen nicht den Bruchteil einer Sekunde Stille zuließen. Trotzdem fürchtete ich, dass wir kein Honorar bekämen, wenn wir überhaupt nichts sagten. Im schlimmsten Fall hätte ich Mister Basecap meine letzten zwanzig Euro für nichts in die gepflegten Hände gesteckt.

Es war schon zwanzig Minuten vor Schluss, als der Jungmoderator nun all seinen Mut zusammennahm und die Frauen einfach anschrie: „Ruhe! Wir wollen von Ihnen wissen, was man noch besser machen kann. Was gibt es an Ihrem Geschirrspüler, das sich noch verbessern ließe?"

Die Frauen sahen ihn an, als wären sie mit einem Mal komplett begriffsstutzig geworden. Sie sollten über ihren besten aller Geschirrspüler etwas Negatives sagen? Damit hatten sie offenbar nicht gerechnet.

Ich witterte meine Chance. Ich habe in meinem Leben noch nie einen Geschirrspüler besessen und so versuchte ich es im völligen Blindflug.

„Also, was mich mal interessieren würde", sagte ich vorsichtig. „Wann wird denn eigentlich der Geschirrspüler erfunden, bei dem man wirklich trockenes Geschirr herausholen kann? Also mein Geschirrspüler hat die höchste Trockenwirkungsklasse, aber irgendwas muss ich hinterher immer abtrocknen." Ich hatte es mehr gestammelt, als gesagt, aber der Akne-Junge sah mich ganz erfreut an. So falsch konnte es also nicht gewesen sein.

Jetzt bequemte sich auch Clara, ihren Pflichtbeitrag zum Gespräch zu leisten. Sie linste noch mal auf ihre Identity und sagte dann: „Bei meinem Gerät funktioniert das wunderbar. Nur beim Besteck muss ich nachpolieren."

„Ja, das ist doch normal", murmelten die Damen. „Das gehört doch dazu."

Es war wirklich schwer, sie zur Kritik zu bewegen. Der Junge begann mir allmählich leid zu tun. Vermutlich hielten die Beobachter hinter der Glasscheibe ihn schon für einen völligen Versager.

Vielleicht musste man auf eine völlig andere Ebene gehen, dachte ich und sagte in die Stille: „Das Blöde ist nur, dass ich jetzt allein abtrocknen muss. Also, ich meine, früher hat meine Mutter meinen Vater nur wegen dem Abwasch in die Küche gekriegt. Einer spült, einer trocknet ab. Aber jetzt hab ich ne moderne Ehe, mit meinem Mann und meinen beiden Kindern, und was bringt mir der Geschirrspüler? Ich steh allein davor. Und von meinem Mann krieg ich überhaupt nichts mehr mit."

Obwohl jedes Wort gelogen war, sah mich die Gruppe mitfühlend an. Nur Clara warf mir einen geradezu wütenden Blick zu. „Das wäre natürlich anders, wenn Sie einen Geschirrspüler hätten, der wirklich richtig trocknen würde", sagte sie. „Dann könnten Sie in der frei gewordenen Zeit mit Ihrem Mann und Ihren Kindern etwas Schönes spielen."

„Nein, nein, das funktioniert nicht", widersprach ich, froh, dass wir unsere Gesprächsanteile jetzt ein wenig vergrößern konnten. „Wenn mein Mann in der Küche nichts zu tun bekommt, dann geht er in den Hobbykeller. Und meine Kinder spielen lieber mit ihren Gameboys als mit uns."

Offenbar schätzte ich fremde Lebenssituationen ganz realistisch ein. Jedenfalls seufzten die Frauen zustimmend.

„Da hab ich auch schon oft darüber nachgedacht", sagte eine. „Ich finde, bei allen Funktionen, die so ein neuer Geschirrspüler hat, könnten die Hersteller mal über eine kommunikative Funktion nachdenken."

„Eine kommunikative Funktion", wiederholte der Moderator mit flacher Stimme.

„Ja, etwas familienintegrierendes", schlug eine andere vor. „Zumindest könnte man sich überlegen, ob ein Geschirrspüler ein bisschen Musik spielen könnte, damit man die Arbeitsgeräusche nicht so hört."

„Oder ein Hörspiel für die Kinder!", rief eine, die schon lange nichts mehr gesagt hatte. „Da könnte man sie gleich in der Küche zum besseren Zuhören erziehen."

„Ja, genau", sagte eine Graugelockte mit hübschen, zierlichen Hörgeräten. „Man muss das Rumpeln abschaffen und ein Hörprogramm entwickeln."

„Aber meine Damen, vielleicht wollen Sie doch noch einmal über die Funktionspalette der vorhandenen Geräte..."

Doch schon wieder hatte der junge Mann keine Chance mehr. „Zum Beispiel könnte man doch auch eine Talkshow installieren", unterbrach ihn die nächste.

„Ah, ich weiß, was Sie meinen", fiel ihre Nachbarin ein. „Das Ding könnte eine angenehme Moderatorenstimme haben, am besten eine weibliche und die könnte meinen Mann dann fragen, wie's im Büro war, wenn er nach Hause kommt. Mein Mann würde wahrscheinlich nicht mal merken, dass ihn jemand andres fragt."

„Sowas könnte man ja auch mit Ihrer Stimme programmieren", warf ich ein. „Dann merkt er es noch weniger."

Fast alle kicherten.

„Toll, und ich könnte inzwischen Golf spielen gehen."

„Ich bräuchte dann aber auch eine Hausaufgabenhilfe für die Kinder!", rief eine.

„So was lässt sich doch bestimmt auch programmieren."

„Meine Kinder sind aber schon aus dem Haus."

„Das wären ja auch nur Optionen, die Sie bei Bedarf wählen könnten."

„Genau, im Kommunikationsmenü!", heizte ich die Diskussion weiter an. Ich fand, sie hatte jetzt eine wirklich interessante Wendung bekommen. Auch wenn das dem jungen Moderator nicht besonders gefiel.

„Entschuldigen Sie, meine Damen!" Er hatte keine Chance mehr.

„Jetzt lassen Sie uns doch mal ausreden!"

„Machen Sie lieber Notizen, das sind wertvolle Ideen!", forderte eine ältere Teilnehmerin.

Die fröhliche Stimmung war auf dem Höhepunkt. Während die Hausfrauen sich ausdachten, wie ein Geschirrspüler der Zukunft all ihre häuslichen Aufgaben übernehmen könnte, vielleicht ja sogar Kochen per Fernsteuerung, oder wenigstens die Schwiegermutter anrufen, verdüsterte sich das Gesicht des Jungen immer mehr. Als die Zeit schließlich um war, bedankte er sich mit wenigen Worten für die Diskussion. Kaum hatte er den Mund geschlossen, flog eine Tür neben der Spiegelwand auf und ein streng blickender Mann winkte ihn zu sich. Dann erschien eine junge Frau, die das Geld auszahlte. Clara holte ihren Umschlag als erste ab und verschwand aus dem Studio.

So schnell ich konnte, griff ich mir meinen, unterschrieb mit meinem falschen Namen und eilte ihr hinterher. Als ich auf die Straße kam, sah ich ihren Rücken, der gerade hinter der nächsten Ecke verschwand. Ich rannte ihr nach.

„He, wollen wir noch auf ein Bier?"

„Jetzt schrei mich nicht auch noch auf offener Straße an", zischte sie.

„Was ist denn?"

„Du hast totalen Mist gemacht, Frau Glück. Wie kommst du darauf, so einen familiären Blödsinn anzuleiern? Du hast die ganze Diskussion geschmissen. So schnallen die doch gleich, dass wir gefaket sind!"

„Ich dachte, wir fliegen auf, wenn wir neunzig Minuten gar nichts sagen."

„Der erste Satz, den du gesagt hast, hätte vollkommen gereicht, den ganzen anderen Quatsch hättest du dir sparen können."

„Aber es hat doch Spaß gemacht! Hast du gesehen, wie die Frauen aufgeblüht sind? Denen hat das bestimmt gutgetan."

„Hallo, Frau Glück! Es soll nicht den Frauen gut gehen, sondern den Marktforschern."

„Ich dachte Marktforscher interessieren sich für die Bedürfnisse ihrer Kunden."

Clara stöhnte auf, schließlich begann sie mir zu erklären: „Der Kunde dieses Institutes ist in diesem Fall Siemens. Und diese Firma ist kein Familientherapeut, nicht wahr? Sie verdienen ihr Geld mit Haushaltstechnik! Und einen Teil davon stecken sie in die Marktforschung und bezahlen Marktforschungsinstitute dafür, dass sie ihnen ausgewogene Diskussionsgruppen zusammenstellen."

„In denen Menschen rumsitzen, die es eigentlich gar nicht gibt, um von Geschirrspülern zu reden, die sie nicht besitzen."

„Ja, genau. Dann hast du doch alles begriffen. Und warum hast du nicht einfach getan, was du solltest?"

„Weil diese Diskussion um die Geräte komplett sinnlos war. Diese Frauen waren alle total zufrieden."

„Ja sicher. Es ist aber nicht sinnlos, wenn wir Geld verdienen."

„Clara, du kannst doch nicht bei allem, was du tust, nur an Geld denken!"

Sie öffnete den Mund, machte ihn wieder zu und sah mich komisch an. „Werd' erst mal erwachsen", sagte sie schließlich und ließ mich stehen.

7

Mit meinen vierzig Euro ging ich in den Supermarkt am Alma-Wartenberg-Platz. Diesmal saßen nicht einmal Punks davor. Ich packte meinen Wagen richtig voll, denn ich wollte mich noch ein bisschen wie Heidemarie Kaastrop fühlen, die gerade für ihren Mann und ihre beiden Kinder einkaufte. Als ich in der Schlange stand, überlegte ich, ob ich eine Spülmaschine leeren würde, bevor ich anfing zu kochen oder ob man so was zwischendurch erledigen konnte.

„He, wovon träumst du denn?" hörte ich plötzlich eine Stimme.

Ich drehte mich um. Es war Mika. „Willst du eine Party machen?", fragte er.

„Nee, ganz normaler Einkauf", behauptete ich. „Ich kauf lieber auf Vorrat, wer weiß, wann ich das nächste Mal Geld habe." Ich deutete auf die Tüte Chips und das Sixpack Bier in seinen Händen. „Du siehst aus, als ob du was vorhast."

„Ich wollte nur mal wieder Dschungelbuch gucken mit nem Kumpel."

„Das ist doch ein Kinderfilm!"

„Ab und zu muss man ja was für sein inneres Kind tun", erklärte er mir. „Hast du zufällig einen Video-Player?"

„Ja, aber du wolltest doch zu deinem Kumpel."

„Der weiß das aber noch gar nicht. Außerdem kann ich dir deine Sachen nach Hause fahren, mein Wagen steht draußen."

Sein Wagen war ein alter Ford Kombi. Es war noch so ein Modell, wo man jede Tür einzeln per Hand öffnete. Mika musste sich von der Fahrerseite quer über den Beifahrersitz lehnen, um die rechte Tür von innen zu entriegeln. Die Geste rührte mich. Ich hatte sie vielleicht vor zehn Jahren zum letzten Mal gesehen.

Als er den Zündschlüssel drehte, ging der CD-Player an. Ich hätte Jazz erwartet, aber durch den Lautsprecher dröhnte uralte Rockmusik.

„Ten CC", erklärte mir Mika. „Kennst du die noch?"

Ich war mir nicht ganz sicher. Er ließ den CD-Spieler weiter springen.

„Das hier kennt jeder", meinte er.

„I'm not in love", sang eine sanfte Männerstimme. Als das Lied zu Ende war, waren wir auch schon bei mir angekommen und mit dem Auto stellte sich der CD-Spieler wieder ab.

Wir stiegen aus und ich dachte, dass es eigentlich genau das war, was ich mir mehr als alles andere wünschte. Mehr als Sex oder aufregende Gespräche oder jeden Abend eine andere Party wünschte ich mir einen Moment wie diesen, wo Mann und Frau gemeinsam ihre Einkaufstüten in die Wohnung tragen. Was für andere das Normalste der Welt war, schien für mich aus irgendwelchen Gründen unerreichbar.

„Und wie war dein Tag?", fragte ich.

„Danke", antwortete Mika. „Ich hab mein Schlagzeug neu gestimmt. Aber eigentlich war es für die Katz. Morgen geht es auf's Land, Hochzeiten und so was. Die hören sowieso nicht, ob ein Schlagzeug gut klingt oder nicht."

Hatte er mir nicht erzählt, er würde nicht für Tanzmusikbands spielen? Ich wollte ihn danach fragen, doch Mika war schon mit etwas anderem beschäftigt.

Er klopfte meine Küche nach Klangmöglichkeiten ab. Und als er schließlich den Klang von allem erfasst hatte, begann er den Tisch zu decken.

Er nahm mein Zuhause mit einer ganz lässigen Selbstverständlichkeit ein, und ich ließ es geschehen, auch wenn es sich ein bisschen unangenehm anfühlte.

Er stellte meine teuersten Gläser und Omas Geschirr für besondere Anlässe auf den Tisch, griff nach einer Flasche Rotwein und reichte mir dann ein volles Glas. Als er sah, wie ich mit den Tomaten umging, schob er mich beiseite und setzte mit einem „Lass mich mal" das Kochen fort. Ich konnte mich nur noch hinsetzen und ihm zuschauen.

Er drehte sich um und griff nach seinem Weinglas.

„Auf die Freiheit", sagte er und stieß mit mir an.

Ich wusste nicht, was er darunter verstand. Vielleicht meinte er ja die Freiheit, die er sich gerade in meiner Küche nahm.

Ich war im Moment frei von fast allem, frei von Geld, frei von Jobs, frei von festen sozialen Bindungen. Dank Mikas Freiheitsdrang war ich jetzt sogar frei von Küchenarbeit, worüber sich die Hausfrauen im Marktforschungsstudio bestimmt gefreut hätten.

Ich kam mir jedoch nur nutzlos vor, während ich Mika zusah, der mir seine Kochkünste vorführte, die meine an Raffinesse weit überragten. Er servierte uns ein kunstvoll gebautes Nudelnest, umgeben von einem aufwändig hergestellten Tomaten-Sahne-Püree. Er genoss sein eigenes Essen so lautstark und intensiv, dass ich beschloss, es niemals auf einen Vergleich ankommen zu lassen.

Ich musste an Manfred denken. Der Freund meiner Mutter macht so gerne Bratkartoffeln. So lange ich denken kann, hat meine Mutter Bratkartoffeln verabscheut. Meine ganze Kindheit und Jugend hat sie mir erklärt, dass man nichts Ungesünderes mit Kartoffeln machen könnte, als sie in Fett herumzuschwenken. Bei uns gab es nur Pellkartoffeln. Doch seit Manfred meiner Mutter Halt gibt, lässt sie ihn an den Herd und isst die öligsten Bratkartoffeln der Welt.

Ich hab das nie verstanden, aber jetzt ahnte ich, wie die Dinge liefen. Wenn man einen Mann im Haus haben wollte, musste man ihm erlauben, dass er seinerseits die Dinge in Besitz nahm. Ich hatte mich allerdings schon sehr darauf gefreut, für „meinen" Mann zu kochen, so wie Heidemarie Kaastrop für ihren.

Und dann ertappte ich mich auch noch bei dem Gedanken: „Kann Mika mich als potentielle Mutter überhaupt ernst nehmen, wenn er besser kocht als ich?"

Mit der Absicht, meine Gedanken zu verscheuchen, sagte ich: „Mhm, das schmeckt aber gut."

„Das musst du nicht sagen", brummte er.

„Wieso soll ich nicht sagen, dass mir das Essen schmeckt?"

„Du hast es gesagt, als hättest du dich dazu verpflichtet gefühlt."

Er hörte aber auch alles.

Wenig später wechselten wir ins Wohnzimmer, Mika riss seine Chipstüte auf und entleerte sie in einer Kristallschale, die ich selbst nie benutze. Er öffnete

meine letzte Flasche Wein, warf den Film an, und fläz-
te sich neben mich auf die Couch.

Essen und Wein hatten mich träge gemacht und ich
ließ es einfach geschehen, wie Mika meine Wohnung
zu seinem Revier machte.

Auf meinem Bildschirm erschien ein kleines nacktes Zeichentrick-Kind, das traurig und allein vor sich
hin schluchzte, und ich stellte mir vor, dass so ein sü-
ßes kleines Kind auch unseres sein könnte.

Ich hatte auch gar nichts dagegen, dass Mika nun
auch Besitz von mir ergriff. Und das tat er auf äußerst
einfühlsame Weise. So dass ich bald nur noch hoffte,
dass er sich möglichst viel Zeit nahm, was er dann
auch tat. Ich bekam nur noch am Rande mit, wie der
Filmbär sang: „Und wenn du stets gemütlich bist und
etwas appetitlich ist, dann nimm es dir, egal von wel-
chem Fleck."

Als der Film vorbei war, sagte Mika: „Ich geh dann
mal" und stand auf.

Ungläubig sah ich zu, wie er seine schwarze Hose
über seinen weißen Hintern zog.

„Aber es ist doch schon so spät. Du kannst ruhig
hierbleiben."

„Muss noch eine Runde drehen", sagte er. „Willst du
mit?"

Ich kam mir gerade vor, als wäre ich in ein Honig-
fass gefallen. Nichts hätte mich dazu gebracht, mich
aus diesem herrlich trägen Zustand zu lösen. Ich konn-

te gerade noch fragen: „Wann kommst du denn wieder?"

„Wir treffen uns schon", hörte ich Mika sagen, bevor sich meine Wohnungstür schloss.

8

Sein Ford-Kombi stand ein paar Tage vor meinem Haus als wäre es unser Familienwagen und ich freute mich darauf, dass Mika bald zurückkam.

Ich rief Nicole an, aber sie machte mir Vorwürfe. „Pass doch mal ein bisschen auf dich auf. Du bist ja schon wieder verknallt wie ein Fass ohne Boden."

Dass ich verknallt war, hatte mir mein Spiegelbild schon gesagt. Schon lange hatte ich mich nicht mehr so hübsch gefunden.

Als das Telefon endlich klingelte, rannte ich zum Hörer. Vielleicht wollte Mika erst fragen, ob ich zu Hause war, bevor er sich auf den Weg machte, um sein Auto abzuholen.

„Hallo!" Mindestens eintausend unhörbare Frequenzen durchdrangen meine Stimme.

„Spreche ich mit Felicitas Glück?", fragte eine Frauenstimme.

Ich holte tief Luft und sagte dann so trocken wie möglich: „Ja."

„Du hast dich bei uns beworben und wir suchen gerade dringend noch einen Interviewer. Der Job geht das ganze Wochenende. Elf Euro Fünfzig die Stunde."

Auch wenn ich nicht wusste, wer sich hinter dem „wir" verbarg und worum es in den Interviews gehen sollte, sagte ich sofort zu.

„Wäre gut, wenn du einen Draht zu Autos hast", hörte ich die Frauenstimme. Ich habe zwar einen Führerschein, aber seit Jahren kein eigenes Auto. Ich sah aus dem Fenster zu Mikas altem Ford.

„Ja, hab ich", antwortete ich der Frauenstimme. „Sogar ziemlich intensiv."

„Supi. Wir brauchen dich für eine Marktforschungsstudie. In zwei Stunden fängt das Briefing an." Sie erklärte mir, wohin ich musste, es war ziemlich weit weg. „Und komm bitte in Business-Kleidung", schloss sie und legte dann auf, ohne sich zu verabschieden.

Das Universum musste meine Wünsche ziemlich falsch verstanden haben. Anstatt mir Zusagen von sozialen Einrichtungen zu schicken, öffnete es mir gerade sämtliche Türen in eine Branche, deren Sinn ich kaum erfasste.

Bis zu meinem 18. Lebensjahr konnte ich selten kaufen, was ich wollte und dann gab es mit einem Schlag so viele Dinge, von denen ich bisher geträumt hatte, dass mir in Supermärkten oder Kaufhäusern regelmäßig schwindlig wurde. Eine Branche, die sich damit beschäftigte, herauszufinden, was man noch alles auf diversen Märkten anbieten könnte, entzog sich meinem Verständnis. Aber diese Branche scheint im Jahr 2002 die einzige zu sein, die für Leute wie mich Jobs zu vergeben hat. Ich knöpfte mein umbrafarbenes Jackett zu und machte mich auf den Weg zum Marktforschungsinstitut „human needs".

Mika wollte ich einen Zettel schreiben. Zuerst probierte ich ein paar Sätze aus: „Danke, dass du beim Sex genauso frei bist wie in meiner Küche. Danke, dass du mich in deine Arme genommen hast. Danke, dass du da warst. Müsste ich nicht weg, ich würde den ganzen Tag nur auf dich warten."

Irgendwie klang alles falsch und die Zeit drängte. Ich warf alle Entwürfe weg, nahm einen neuen Zettel und schrieb: „Hab einen Job. Bis bald" Ich hoffte, dass Mika zwischen den Zeilen lesen würde und klemmte den Zettel unter den Scheibenwischer seines Autos.

Die Autostudie wurde in einem Hotel am Rande der Stadt durchgeführt, ganz in der Nähe einer Autobahnauffahrt. Ein Hersteller wollte wissen, wie seine Kunden die Geräusche in ihrem Wagen wahrnahmen. Die Teilnehmer fuhren alle einen Wagen dieser Marke und kamen mit dem eigenen Auto auf das Testgelände.

Unsere Aufgabe war es, mit ihnen eine vorher festgelegte Strecke zu fahren und währenddessen über alle Geräusche zu sprechen, die sie in ihrem Wagen hörten. Das Gespräch nahmen wir mit einem Rekorder auf. Wenn es sich ergab, sollten wir das Mikrofon auch an bestimmte Geräuschquellen im Auto halten.

All das erklärte uns ein Projektleiter. Er war nur wenig älter als ich, hatte einen Ehering und einen Bierbauch. Er beschrieb uns die Teststrecke und welche Geräusche uns dort vermutlich erwarteten.

„Auf dem Kopfsteinpflaster wird es eher klappern", erklärte er uns. „Bei der Ampelstrecke gibt es natürlich Brems- und Anfahrgeräusche. Da könnt ihr schon mal nach dem Motor fragen. Das wird dann später auf der Autobahn euer Hauptthema sein." Dann bekam seine Stimme etwas Ehrfürchtiges. „Heute Nachmittag kommen noch zwei Geräuschspezialisten vom Kunden. Die werden sich eure Aufnahmen anhören und vielleicht auch bei euch mitfahren."

Wir hatten Pause, und die meisten strebten zur Raucherecke. Auch wenn ich nicht rauchen würde, für solche Lebenssituationen würde ich es mir angewöhnen. In Raucherecken gehört man automatisch „dazu", und ohne wenigstens einen minimalen „Hauch" von Gemeinschaftsgefühl krieg ich den Mund einfach nicht auf.

Meine Kollegen kennen zu lernen, war leicht. Sie lebten davon, sich gut unterhalten zu können. Die meisten von ihnen studierten noch oder befanden sich in der postgradualen Job-Suche. Ein zierliches Mädchen, das Miriam hieß und dessen Mundwinkel sich jetzt schon bedrohlich nach unten zogen, erklärte mir: „Vielleicht übernehmen sie mich hier mal als feste."

„Da arbeitet sie schon drei Jahre drauf hin", sagte eine andere. Sie war sportlich und blond und hieß Svenja. Die anderen lachten, als hätte Svenja einen Witz gemacht.

„Was hast du denn studiert?", fragte ich Miriam und merkte, dass sich die anderen von uns abwandten. Sie fingen an, sich über die Autostudie lustig zu machen.

„Sozialpädagogik", antwortete Miriam trist.

Die anderen lachten über eine Bemerkung, die nichts mit uns zu tun hatte.

Bisher hatte ich immer gedacht, Sozialpädagogik studiert man, um kleinen, alten oder irgendwie schwachen oder benachteiligten Menschen zu helfen. Aber ich bekam allmählich das Gefühl, dass es gar nicht mehr darum ging. Ich glaube, es geht nur noch darum, irgendein Diplom zu haben, um dann irgendeinen Job zu machen.

„Was hast du denn studiert?", fragte Miriam zurück.

Als ich antwortete, brachen die anderen gerade in Lachen aus. Ich bin mir sicher, dass es nicht um uns ging, trotzdem sanken Miriams Mundwinkel noch einen Millimeter tiefer und ich nahm mir vor, mich bei der nächsten Raucherpause mehr an die Witzbolde zu halten.

Am nächsten Morgen stellte ich mich also bewusst in deren Nähe. Wir rauchten und warteten auf unsere Testpersonen. Für witzige Bemerkungen war es offenbar noch zu früh.

„Eigentlich hasse ich diesen Job", knurrte mir der Kollege zu, der neben mir stand. Ich war ihm so dankbar und wollte ihn bestärken: „Ich würde auch lieber was anderes machen. Es gibt ja wirklich schon genug Autos auf dieser Welt."

„Ich hasse eigentlich mehr die erzwungenen Sozialkontakte", brummte der Mann und sagte dann bis zum Eintreffen der ersten Testpersonen gar nichts mehr.

Als ich ihn später mit einem Befragten zum Auto gehen sah, war von seinem Hass nichts mehr zu sehen. Er umgarnte seine Versuchsperson wie ein Talkmaster und nickte begeistert zu allem, was der Autofahrer sagte.

Meine erste Probandin war eine Frau, die mir gleich bei der Begrüßung erklärte: „Ich hab keine Probleme."

Sie lächelte mich mit ihrem sorgfältig geschminkten Gesicht an, während ich sie darum bat, mir dennoch meine Fragen zu beantworten und die Teststrecke mit mir zu fahren.

„Mir war schon klar, dass ich was machen muss für das Geld", scherzte sie. Die Befragten bekamen hundert Euro für ihren Einsatz.

Während der Testfahrt hatten wir dann doch eine passable Liste von Geräuschmängeln zusammengestellt. Unter ihrem Sitz klapperte es, der Motor produzierte im Geschwindigkeitsbereich zwischen 90 und 100 ein merkwürdiges Brummen, und das Radio gab beim Ein- und Ausschalten einen leisen Pfeifton von sich, der allerdings nur zu hören war, wenn man das Ohr dran legte. Die Frau, die anfangs vollkommen zufrieden mit ihrem Auto war, wurde während des Interviews immer mürrischer und am Ende schritt sie mit entrüsteter Miene zum Abschlussinterview, das wir mit einer Kamera aufnahmen. Sie schaute entschlossen in die Kamera, und sprach, als würde ihre Aussage am Abend in den Tagesthemen gesendet.

„Im Grunde hab ich diese Geräusche von alleine nie gehört. Aber ich muss Ihnen Recht geben: Bei einem Auto mit diesem Preis dürfen solche Mängel nicht vorkommen."

Sie nahm ihre hundert Euro entgegen, als wäre es ein lächerliches Schmerzensgeld für ihre Klapperkiste und stieg in ihren nach wie vor geräuscharmen Luxuswagen.

Bis zu meinem nächsten Interview hatte ich Zeit. Ich zog mich auf eine etwas entlegene Bank zurück und rauchte.

Die Sache hatte mich an meinen Vater erinnert. Als ich zwölf war, hatte ich meiner Mutter immer wieder in den Ohren gelegen, dass ich ihn kennen lernen wollte. Wieder brauchte es Wochen, um ein Telefongespräch anzumelden und dann einen Zeitpunkt zu erwischen, wo er zu Hause war. Als sie ihn endlich in der Leitung hatte, überredete sie ihn dazu, einen Tagesausflug in die DDR zu machen. Dafür brauchte er keine umständlichen Einreiseanträge zu stellen und meine Mutter musste auch keinen Gast aus der BRD beim

Hausverwalter anmelden, was ihre berufliche Position eventuell gefährdet hätte.

Ihre ganze Vorbereitung bestand daraus, viele Wochen im Voraus einen Tisch im Auerbachs Keller zu reservieren, der berühmte Schauplatz aus Goethes Faust, der ständig von Touristen aus dem Westen besucht wurde.

Bevor wir meinen Vater vom Bahnhof abholten, hatte meine Mutter mir eingeschärft, dass ich ihn nur Onkel Günther nennen durfte. Bei meiner Geburt hatte sie angegeben, ich sei eine bulgarische Urlaubspanne und sie wisse nicht einmal den Nachnamen des Vaters. Das war für die sozialistische Moral wesentlich akzeptabler als ein Kind von einem westdeutschen Handlungsreisenden zu haben. Ich freute mich so sehr darauf, endlich an der Seite meines Vaters auftreten zu können, dass ich den „Onkel" gern in Kauf nahm. Es war das erste Mal, dass ich mit meiner vollständigen Familie unter Leute kommen sollte. Meine Mutter und ich hatten uns weiße Mäntel angezogen und trugen Tücher aus Dederon, das Nylon der DDR, um den Hals. Wir holten meinen Vater Günther vom Bahnhof ab.

Zur Begrüßung gab er uns die Hand und sah dabei irritiert auf unsere Halstücher.

„Wie groß du geworden bist", sagte er dann. Und ich dachte, dass jemand, der mich zum ersten Mal im Leben sieht, so was eigentlich gar nicht sagen kann. Er gab sich Mühe. Beinahe so wie sich die Jungen in unserer Klasse Mühe gaben, wenn sie einem Mädchen mal was Nettes sagen wollten, anstatt es mit Kreide zu bewerfen.

Vom Bahnhof gingen wir direkt zum Restaurant. Mein Vater und meine Mutter unterhielten sich mühsam, ich ging hinter ihnen her und betrachtete sie mit meiner ganzen Konzentration. Schließlich wusste ich, dass ich diesen Anblick nur für kurze Zeit genießen konnte.

Vor Auerbachs Keller mussten wir uns in eine Schlange stellen. Die Leute standen bis hinauf auf die Treppe, die von der Mädlerpassage ins Kellerrestaurant hinunter geht. Mein Vater, der keinen blassen Schimmer vom Leben in der DDR hatte, marschierte an ihnen vorbei nach unten, als wäre es seine ganz persönliche Galatreppe.

„Wir haben reserviert", teilte er den Wartenden in der Schlange mit.

Jemand nickte ihm mitfühlend zu und sagte: „Wir auch."

Das schien er gar nicht zu hören, er stieß die Schwingtür auf und wäre glatt hindurch marschiert, hätte sich ihm nicht ein Kellner in den Weg gestellt.

„Da müssen Se aber schön warten wie alle andern auch", sagte er.

Mein Vater schnaubte und protestierte, während meine Mutter auf ihn einredete und ihn endlich dazu brachte, die Treppe wieder nach oben zu gehen und sich hinten anzustellen. Nach minutenlangem Widerstand tat er es, wobei er auf jeder Treppenstufe stehen blieb und schimpfte: „Das ist ja unerhört. So was darf man sich doch nicht gefallen lassen."

Ich betete, dass mein Onkel, der mein Vater war, bald wieder still sein würde. Ich hatte noch nie einen Menschen gesehen, der so wenig Kollektivgeist zeigte.

Während wir in der Schlange standen, bemühte ich mich, seine Laune zu verbessern. Ich erzählte ihm, dass ich auf meinem letzten Zeugnis außer drei Zweien nur Einsen gehabt hatte. Aber er sagte nichts dazu, er war viel zu wütend, um mich zu hören. Als wir endlich drankamen, wurden wir durch ein halb leeres Restaurant geführt. Vorbei an lauter unbesetzten Tischen, auf denen Reserviert-Schilder standen.

Die Hände meines Vaters fingen an zu zucken, sein Gesicht lief rot an.

„Unglaublich, die Höhe, Schikane", schimpfte er so laut, dass sich das ganze Restaurant nach uns umsah. „Hier lasse ich mich nicht bedienen. Hier nicht."

In diesem Moment wies uns der Kellner einen Tisch und wieder redete meine Mutter mit Engelszungen auf meinen Vater ein. Endlich setzte er sich. Allerdings mit einem Gesichtsausdruck, als würde er gerade in eine Zwangsjacke gequetscht.

„Aber es gibt doch nichts anderes, Onkel Günther", sagte ich leise.

Meine Mutter starrte die Tischdecke an. Das seidene Tuch an ihrem Hals zitterte. Ich dachte, dass Onkel Günther, also mein Vater doch sehen musste, dass sie mit den Tränen kämpfte. Aber er sah gar nicht hin. Er blätterte nervös in der Speisekarte hin und her.

Als der Kellner kam, bestellte er ein Rumpsteak und betonte, er wolle es blutig haben. Der Kellner guckte ihn komisch an und ich dachte, dass er vielleicht genauso wenig wie ich wusste, wie das geht, ein Stück blutiges Fleisch blutig zu braten.

Mein Vater schien gar nicht daran zu denken, sich mit meiner Mutter oder mir zu unterhalten. Ich verstand nicht viel von dieser Situation, nur eines wurde mir bald klar: Dass ich wohl die einzige war, die sich diesen Tag seit Jahren gewünscht hatte. Und mit jeder Minute wurde mir klarer, warum die beiden anderen das nicht getan hatten.

Meine Mutter versuchte gar nicht erst, das Schweigen zu brechen. Einmal sah sie mich an, als wollte sie sagen: „Es war deine Idee, nicht meine."

Also bemühte ich mich, das Gespräch zu eröffnen.

„Wie geht es meiner Halbschwester?", fragte ich so höflich wie möglich.

„Gut", sagte Vateronkel Günther. „Wenn sie in ein Restaurant will, darf sie sofort hinein gehen."

„Das freut mich für sie", sagte ich, denn ich wollte mich unterhalten können wie eine Erwachsene und ich glaubte, dass Erwachsene so sprachen. „Bestell ihr bitte schöne Grüße von mir", fügte ich hinzu.

„Das werde ich nicht tun. Sie weiß nichts von dir", sagte mein Vater, der nicht mal mein Onkel war.

„Das hättest du dir doch jetzt sparen können", sagte meine Mutter.

„Soll ich sie vielleicht auch noch anlügen, deine Tochter?", erwiderte er.

Als sein Rindfleisch kam, schlitzte er es sofort mit dem Messer auf. Ich fand, dass es lecker aussah. Blut war allerdings nicht zu sehen.

Mein Onkelvater legte das Messer auf das weiße Tischtuch und verkündete: „Das esse ich nicht."

Meine Mutter, die eben noch ihr Schnitzel auf-schnitt, legte ihr Besteck ebenfalls hin. Wir hörten einen kurzen Schluchzer.

Günther guckte mich erstaunt an: „Was hat sie denn?"

„Du verdirbst ihr die Freude", erklärte ich ihm.

„Tsss", machte er. „Was denn für eine Freude?"

Ich war die einzige, die ihren Teller aufaß. Danach brachten wir meinen Vater zum Bahnhof zurück, drei Stunden früher als geplant. Ich hatte längst beschlos-sen, um keine weiteren Besuche zu bitten. Seine Pake-te schickte er nach diesem Treffen trotzdem weiter.

Erst 1989 hörten diese Sendungen auf, vermutlich weil meine Halbschwester dann ihre endgültige Größe erreicht hatte und die Familie kein moralisch wertvol-les Recycling mehr brauchte. Außerdem konnte ich mir meine Jeans jetzt selbst kaufen. Ich hatte lange nicht mehr an meinen Vater gedacht.

Erst jetzt, nachdem ich eine Autofahrerin daran er-innert hatte, welche Ansprüche sie eigentlich an ihr

Auto stellen konnte, sah ich meinen Vater in einem anderen Licht. Er war und ist vermutlich einfach nur ein guter BRD-Bürger.

Ein Mensch ohne hohe und ausgefeilte Bedürfnisse wäre ein ziemlich unbrauchbarer Konsument. Man könnte ihm einfach zu wenig verkaufen. Aber das Wirtschaftswachstum braucht Menschen wie meinen Vater. Wie soll der ganze Wettbewerb funktionieren, wenn jeder einfach das Erstbeste nimmt, was er kriegen kann? Und dann auch noch damit zufrieden ist. Und gar nicht mehr will? Und schließlich begriff ich auch meinen Job. Unsere Aufgabe war gar nicht, die Leute danach zu fragen, was sie wollen, sondern sie möglichst geschickt auf neue Ideen zu bringen, was sie noch wollen könnten.

Weil jetzt schon alle Autofahrer ihr Auto hatten und eigentlich damit zufrieden sein könnten, sollten wir sie daran erinnern, dass es neben dem Fahr- auch einen Hörgenuss gab. Worum sollten Autofirmen sonst noch konkurrieren? Fahren können alle Autos.

Schließlich rief der Projektleiter nach mir und riss mich aus meinen Gedanken.

Ein neuer Autofahrer war gerade eingetroffen.

„Schön, dass Sie mitmachen. Sind Sie denn mit dem Geräusch Ihres Wagens zufrieden?", begrüßte ihn die Assistentin. Es war dieselbe, die mich am Vortag angerufen hatte. Sie hieß Petra, obwohl sie eher einen Namen wie Babette oder Brigitte verdient hätte. Sie unterstrich die großzügigen Formen ihres Körpers mit einem hautengen Pulli und tiefem Dekolleté. Wenn sie lächelte, wuchsen ihr zwei lustige Grübchen neben den Mundwinkeln.

Sie war die perfekte Begrüßung für Männer am Steuer. Fröhlich, sexy, kompetent.

„Wenn ich 220 fahre, dann klingt das vorne links komisch", sagte der Mann, der gerade gekommen war.

Ich verspürte plötzlich das dringende Bedürfnis, auf die Toilette zu gehen, und schob mich hinter ihm vorbei, aber Petra hielt mich auf.

„Das ist deiner, Felicitas."

„Aber auf unserer Teststrecke ist Tempolimit 120", stellte ich klar.

„Dann fährst du eben ein Stück weiter, du wirst schon wieder zurückfinden."

Der Mann war irgendwas zwischen 50 und 60. Er trug eine Marken-Jeans, ein graublaues Seidenhemd, und darüber eine Wildlederjacke mit Strickbesatz. Teure Klamotten, die trotzdem nicht saßen, weil sein Bauch einfach zu groß war. Auf dem Kopf trug er eine Schiebermütze, vermutlich weil er das mit dem schnittigen Aussehen eines Autofahrers verband.

„Haben Sie denn überhaupt Ahnung von Autos?", fragte er mich.

Ich hatte keine Lust, darauf zu antworten. Das einzige, was mir durch den Kopf ging, war die Vorstellung, dass dieser alte Sack das letzte sein könnte, was ich sehen würde, bevor ich mein Leben nach einem

Überholmanöver bei 220 Stundenkilometern aushauchte.

„Was ist? Kommst du nicht klar mit dem Job?", fragte Petra. „Du musst nicht. Das ist nur ein Probetag für dich. Wenn's dir nicht liegt, kannst du nach Hause. Wir kriegen das auch hin, wenn einer weniger da ist."

Das Wochenende brachte zweihundertfünfzig Euro Honorar. Da hatte ich schon fast meine Miete drin.

„Ich hab nur grad überlegt, welche Strecke wir fahren", sagte ich leise.

„Ach so. Ja, ja. Sie ist so eine ganz Konzentrierte, wissen Sie", wandte Petra sich mit ihrem Grübchenlächeln an den Mann.

Der zeigte ihr, dass er seine rechte Augenbraue einen halben Millimeter anheben konnte.

Auf dem Weg zu seinem Auto erklärte ich ihm den Ablauf der Befragung. Ich hätte mich auch mit seiner Mütze unterhalten können, er reagierte überhaupt nicht auf mich.

Vor der Fahrt musste ich ihm ein paar Vorabfragen zu einzelnen Problemthemen stellen. Er gönnte mir nur das absolute Minimum an Antwort.

Haben Sie Probleme mit den Scheibenwischern, der Lichtanlage oder dem Türenschließen?

„Ist in Ordnung."

So ging es weiter und nach der fünften Frage gab er ein Schnaufen von sich und sagte ganze zwei Sätze hintereinander: „Schreiben Sie überall: In Ordnung. Ich ändere meine Meinung nicht."

„Sie wollen gleich losfahren", stellte ich fest.

Er starrte mich mit seinem leeren Blick an.

„Okay!", rief ich. „Dann geht's jetzt los."

Ich kreuzte meinen Fragebogen einmal durch. Als ich ihm erklären wollte, wie er zur Autobahn kam, unterbrach er mich. „Weiß ich."

Auf der Pflasterstraße fing es im Auto an zu klappern und zu rasseln.

Ich machte ihn darauf aufmerksam, aber er sagte: „Das sind keine Probleme."

Wir fuhren auf die Autobahn. Er steuerte sofort auf die linke Spur und blieb immer genau auf Hundertzwanzig.

„Ist das langweilig", stöhnte er.

„Sie können mir auch was anderes über Ihr Auto erzählen", schlug ich ihm vor. „Es scheint ja, dass Sie sehr zufrieden sind. Was gefällt Ihnen denn besonders an Ihrem Wagen?"

Es gab ein leeres Feld für solche zusätzlichen Äußerungen.

„Ich meine nicht Reden. Ich meine, 120 ist langweilig. Da klingt er wie ein Fön."

Der Projektleiter hatte uns gebeten, Aussagen die nicht ganz eindeutig waren, für die Aufnahme noch einmal deutlich zu formulieren. Ich gab mein Bestes: „Sie meinen also, das Schönste am Fahren bei hoher

Geschwindigkeit ist, wenn Sie den Motor richtig laut hören."

Kein Kommentar. Stattdessen brüllte der Motor auf. Wir hatten die Geschwindigkeitsbegrenzung passiert. Die Tachometernadel schlug einen Halbkreis und neigte sich bald gegen das rechte untere Ende der Anzeige. Der Fahrer veranstaltete ein Lichtgewitter mit seinen Scheinwerfern, drückte auf Dauerhupe und alle Autos, die vor uns waren, rutschten nach rechts. Obwohl ich angeschnallt war, hielt ich mich am Sitz fest. Der Motor wurde so laut, dass ich nicht mehr verstand, was der Mann neben mir sagte. Ich hielt ihm einfach mein Mikrofon vors Gesicht. Er fing an zu brüllen: „Der Motor ist geil, aber ganz vorn unten, da klappert es. Das nervt!"

Während Wind-, Reifen- und Motorgeräusche eine bombastische Klangsymphonie der Höchstgeschwindigkeit intonierten, löste er plötzlich meinen Sicherheitsgurt und zerrte meinen rechten Arm, mit dem ich das Mikrofon hielt, über seine Knie. Er griff nach meinem Nacken, um mich weiter nach links zu zerren und drückte meinen Kopf auf seine Unterschenkel. Dann schloss er seine Faust um meinen rechten Oberarm und schrie, ich solle das Mikrofon so weit wie möglich nach vorne halten.

„Da ist es", hörte ich ihn über mir schreien und seine Faust krampfte sich noch fester um meinen Oberarm. „Da vorn! Hörst du das nicht?"

Ich hörte alles Mögliche, aber garantiert nicht das, was er meinte, was mir allerdings auch mehr als egal war.

„Ja, ich hör's", schrie ich, aber er zwang mich weiter, den Arm mit Mikrofon auszustrecken. „Nimm's noch länger auf! Die sollen rauskriegen, was das ist", brüllte er. „Es nervt! Es versaut alles!"

Auf meinem Rücken spürte ich seine fette Wampe, sein Knie drückte auf meinen Brustkorb, und während mein Gesicht auf seinem Schienbein klebte, hatte ich das Gefühl, dass er seinen Oberschenkel an meinem linken rieb. Ich hieb mit meiner linken Faust auf sein freies Schienbein ein.

„Lassen Sie mich sofort los!" schrie ich in schrillem Ton.

Seine Hand zog sich zurück. Ich wühlte mich so schnell ich konnte nach oben, setzte mich wieder auf den Beifahrersitz und schnallte mich an.

„Fahren Sie sofort zurück", brüllte ich ihn an.

Er gehorchte. Obwohl er jetzt langsamer fuhr, raste mein Herz weiter. Ich wollte raus, so schnell es ging.

Der Mann programmierte sein Navigationssystem und fing an zu reden. Es interessierte mich nicht die Bohne, was er über den Sound seines Autos zu erzählen hatte. Ich hielt ihm mein Mikrofon hin und bohrte meinen Blick durch die Frontscheibe, als wäre das ein Weg, das Auto schon vor dem Aussteigen zu verlassen.

Als wir endlich wieder standen, nahm ich mir vor, ihm nicht eine Sekunde ins Gesicht zu sehen. Ich stellte meine restlichen Fragen mit Blick auf den Fragebogen, hielt das Mikrofon irgendwie in seine Richtung, sah ihn nicht an, und hörte ihm auch nicht zu.

Sobald ich mit ihm fertig war, ging ich rauchen. Ich inhalierte, so tief ich konnte, doch die Übelkeit hörte nicht auf.

Von weitem sah ich, wie die Geräuschexpertin des Kunden mit Petra sprach. Es war eine junge Frau mit wasserstoffblonden Haaren, die sie hinter die Ohren geschoben hatte. Diese Ohren waren zwar von normaler Größe und Stellung, aber sie wirkten irgendwie muskulöser als andere Ohren.

Petra gab ihr die Aufnahme, die ich gerade gemacht hatte. Die Ohrenfrau hörte sich eine Sequenz mehrmals an. Petra winkte mich zu sich, damit ich ihr erklärte, was auf der Aufnahme gerade passierte.

Es war die Stelle, wo ich über den Beinen des Mannes lag.

„Da halte ich das Mikrofon an die vordere linke Seite des Wagens", sagte ich so trocken wie möglich. Niemand sollte sich vorstellen, wie das genau ausgesehen hatte.

Die Ohrenfrau sah mich konzentriert an und hörte dann noch mal das Band ab. Dann erklärte sie, im linken inneren Vorderreifen hätten Monteure vergessen, einen Etikettenstreifen abzuziehen.

Der Dicke war mit seinem Auto noch da. Zwei Mechaniker bauten das linke Vorderrad aus und tatsächlich klebte im Inneren des Reifens ein Plastikstreifen von wenigen Zentimetern Länge.

Nachdem diese Sache geklärt war, hatte ich Feierabend. Als die S-Bahn mit einem schwerfälligen Stöhnen anfuhr, war mir immer noch übel. Im letzten Moment war ein Mädchen in Punk-Klamotten hereingekommen. Sie suchte sich einen Platz und obwohl das ganze Abteil leer war, setzte sie sich mir gegenüber.

Sie starrte mein umbrafarbenes Jackett an, als wäre es die Uniform ihres Feindes. Und ohne den Blick von meinem Revers zu lassen, langte sie mit einer Hand in ihren Pullover. Dann zog sie eine geschlossene Faust heraus. Aus der Öffnung zwischen Daumen und Zeigefinger lugte etwas Graues hervor. Es zitterte. Es war eine Ratte. Den ganzen Rest der Fahrt zeigte mir das Punk-Mädchen mit seinem stummen Gesicht diese Ratte. Geschäftig schnüffelte das Tier vor sich hin. Ab und zu richtete es seine schwarzen Stecknadel-Augen auf mich, und guckte mich mit einem kontrollierenden Blick an. Ich hätte aufstehen können, und mich weit weg auf einen anderen Platz setzen. Aber ich blieb, wo ich war, und hielt dem Stecknadel-Blick der Ratte stand.

9

Am nächsten Morgen um sechs Uhr riss mich mein Wecker aus einem Albtraum. Ich war Auto gefahren. Auf dem Beifahrersitz hatte eine Ratte mit zerzaustem Fell gesessen und mich angeglotzt. Ich hatte mich über sie gebeugt, um die Fensterscheibe mit einer altmodischen Kurbel herunter zu leiern. Dann hatte ich Gas gegeben und mich rasant in die Kurven gelegt. Ich hoffte, so würde die Ratte aus dem offenen Fenster geschleudert. Aber anstatt rauszufliegen, wurde sie immer größer, bis sie mit dem Kopf gegen das Autodach stieß und endgültig im Auto festklemmte.

Bei der ersten Raucherpause erzählte ich meinen Kollegen diesen Albtraum. Wie ich gehofft hatte, fanden sie ihn lustig und mit ihrem Lachen war ich in ihrem Kreis aufgenommen.

Der Sonntag blieb zum Glück frei von Überraschungen. Am Abend, nachdem wir alle Interviews gemacht hatten und nach dem vielen Reden kaum noch einen normalen Satz sprechen konnten, setzte sich Petra auf den Empfangstisch und ließ eine Flasche Sekt knallen. „Ihr seid ein tolles Team", rief sie. „Der Kunde ist begeistert von euren Interviews."

Wenn die zufrieden waren, hieß das vor allem, dass ein Folgeauftrag winkte und nur darauf kam es an.

„Ich bin so stolz auf euch", sagte Petra und goss unsre Plastikbecher voll. „Und du hast dich super eingearbeitet, Felix", sagte sie zu mir. Obwohl ich es eigentlich hasse, wenn man mich so anspricht, freute ich mich nun. Schon lange war niemand mehr stolz auf mich gewesen.

Für das nächste Glas Sekt fuhren wir in die Innenstadt. Kurz nach Mitternacht verabschiedeten wir uns dann sternhagelvoll und mit innigen Umarmungen. Von den 250 Euro, die ich verdient hatte, hatten sich fünfzig gerade in ein rauschendes Glücksgefühl verwandelt.

Am Dienstag rief mich Petra an und gab mir den nächsten Job. Meine regelmäßige freie Mitarbeit im Marktforschungsinstitut „human needs" hatte begonnen.

Solche Interviews wie am Wochenende waren eher die Ausnahme. Die meiste Arbeit fand im Callcenter von „human needs" statt und bestand daraus, die Teilnehmer für solche Studien zusammen zu bekommen. Wir mussten Leute aus einer Kartei anrufen, und die Leute aus dieser Kartei wollten fast immer mitmachen, denn für die Teilnahme gab es Geld. Es gab sogar eine schwarze Liste von Namen, die wir nicht einladen durften. Auf dieser schwarzen Liste entdeckte ich auch die Namen Heidemarie Kaastrop und Gerhild Vonderau.

Freie Mitarbeit bei „human needs" hieß, dass ich immer bereit für einen Job sein musste. Wenn es was zu tun gab, wurde ich maximal einen Tag vorher angerufen. Die Arbeitszeit wurde per Stempelkarte gemessen. Wenn wir genügend Probanden für eine Studie zusammen hatten, konnten wir wieder nach Hause gehen. Das hieß: Je schneller wir arbeiteten, umso weniger verdienten wir. In einer Raucherpause schlug ich mal vor, absichtlich langsamer zu machen, damit wir mehr Stunden abrechnen konnten. Meine Kollegen sahen mich an, als hätte ich ihnen einen Raubüberfall vorgeschlagen. In diesem Moment wurde mir die ganze Zweigleisigkeit des freien Marktes klar: Als Konsument soll man so anspruchsvoll und egoistisch wie möglich sein, doch sobald man einen Job hat, hört der Egoismus auf, da denkt man für's Unternehmen. Wir arbeiteten nicht etwa für unser Honorar, sondern für den Erfolg der Studie. Als Callcenter-Team gingen wir in ein neues Projekt wie eine Fußballmannschaft in ein Spiel. Wenn jemand rief: „Ich hab wieder einen", hoben die anderen anerkennend die Daumen. Und wenn wir nur noch einen Probanden brauchten, der die Testgruppe vollmachte, telefonierten wir sogar um die Wette, anstatt jetzt ganz langsam zu werden. Wir arbeiteten also mit aller Kraft daraufhin, dass wir so schnell wie möglich kein Geld mehr verdienten. Die Extra-Belohnung war Petras Lob und eventuell mal wieder der knallende Korken einer Sektflasche. Und natürlich die erhöhte Wahrscheinlichkeit, bald wieder einen Anruf von „human needs" zu bekommen.

In der DDR hätte man so ein Team mit dem Titel „Kollektiv der sozialistischen Arbeit" ausgezeichnet. Auch die Einzel-Auszeichnung „Held der Arbeit" hätten ein paar meiner Kollegen verdient. Der Jurastudent Henry zum Beispiel. Er konnte immer erst ab achtzehn Uhr kommen, denn er machte neben dem Studium ein unbezahltes Vollzeit-Praktikum in einer hoch angesehenen Anwalts-Kanzlei. Im Callcenter arbeitete er jeden Abend von sechs bis zehn und an den Wochenenden so lange er konnte. Die einzige Katastrophe, die er kannte, war, keinen Job zu haben, weil er dann nicht wusste, wie er das Geld für die Miete und die Studiengebühren zusammenkriegen sollte. Nebenbei schrieb er an einer Hausarbeit oder lernte für eine Prüfung. Er erklärte mir mal, dass er das nur schaffe, indem er sich absolut gesund ernährt, weder Alkohol trinkt noch raucht, und seinen Körper darauf trainiert hat, nur noch vier Stunden zu schlafen.

Neben den Studenten gab es auch ein paar Freiberufler, die zusätzliche Jobs brauchten. Journalisten, Musiker, Künstler... Leute, die mit ihrem eigentlichen Beruf nicht genug verdienten, aber lieber jeden zusätzlichen Job annahmen, als beim Arbeitsamt zu landen.

Wenn es schon den Begriff „Held der Arbeit" nicht mehr gab, hätte man einige zumindest zum „Mitarbeiter des Monats" machen können. Allerdings gab es diese schöne Sitte nicht bei „human needs". Zumindest nicht für die freien Mitarbeiter. Die Bezeichnung „freier" Mitarbeiter schien bei den Festangestellten eher Ängste auszulösen. Unsere Bedürfnisse stellten für „human needs" eher eine permanente latente Bedrohung dar.

Deshalb wurden wir an unserem Arbeitsplatz von einer Liste voller Verbote begrüßt. Sie hing an der Seitenwand unserer Telefonbox. Es war verboten, Essen und Getränke am Arbeitsplatz aufzubewahren, privat zu telefonieren, sich mit den anderen freien Mitarbeitern während der Arbeit zu unterhalten, die Espresso-Maschine der Festangestellten zu benutzen und Festangestellte auf dem Flur anzusprechen. Wir waren verpflichtet, uns für jeden privaten Akt auszustempeln, also für so was wie Rauchen und auf die Toilette gehen, wobei abgesehen von einer längeren Mittagspause die kleinen Pausen nie länger als zehn Minuten sein durften. Für jede Zuwiderhandlung gab es nur eine Konsequenz: „Die Beendigung des Arbeitsverhältnisses".

Natürlich gab es auch Leute, die aufpassen mussten, dass wir die Regeln einhielten. Das waren unsere Supervisoren. Ein ganz schön attraktives Wort für Aufseher, finde ich. Dann gab es noch die Projektleiter, die sich die Inhalte der Fragebögen ausdachten und die in freien Mitarbeitern vor allem einen Risikofaktor für die statistische Sauberkeit ihrer Arbeit sahen. Sie wurden sofort nervös, wenn einer von uns einen eigenen Gedanken einbrachte. Und wir mussten uns unbedingt wörtlich an die Interviewtexte halten.

Wenn mir irgendetwas an der Arbeit bei „human needs" gefiel, dann war es das Team der freien Mitarbeiter. Keiner machte diesen Job wirklich gern. Aber trotzdem war die Stimmung super. Mit schlechter

Laune braucht man fremde Leute gar nicht erst anzurufen. Je schwieriger die Arbeit wurde, umso besser
wurden unsere Witze. Außerdem kommt man nach
ein paar Stunden Telefonieren sowieso an einen
Punkt, wo man über die blödesten Bemerkungen lacht.
Das konnten auch die Verbote in unseren Telefonbo-
xen nicht verhindern. Manchmal verließ ich das Callcenter mit dem Gefühl, auf einer Party gewesen zu
sein.

Allerdings war ich mir auch nicht sicher, wie viel
diese heiteren Beziehungen wert waren. Als im Mai
mein Geburtstag heranrückte, machte ich während
einer Raucherpause eine entsprechende Bemerkung
dazu, doch niemand reagierte darauf. Deshalb unter-
ließ ich es, meine Kollegen zu einer kleinen Party einzuladen. Ich hatte zu viel Angst davor, dass sie sich mit
fadenscheinigen Begründungen herauswinden würden oder schlimmer noch, dass sie zusagten und dann
einfach nicht kämen. An meinem Geburtstag selbst
blieb ich abends zu Hause, und um das Alleinsein nicht
so stark zu spüren, betrank ich mich mit ein paar Glä-
sern Wein. Ich verdiente jetzt zwar einigermaßen regelmäßig Geld aber Glück sah anders aus.

Obwohl ich fast jeden Tag arbeiten ging und oft
auch Spaß dabei hatte, war mir klar, dass ich meine
berufliche Entwicklung bei „human needs" geparkt
hatte. Mit diesem wahnsinnigen Autofahrer war ich in
Höchstgeschwindigkeit in den beruflichen Stillstand
gerast.

Wir hatten gerade wieder eine sogenannte Rekrutierung vorzeitig abgeschlossen und ich hatte einen Tag frei, als ich einen Anruf aus einer Drogenberatungsstelle erhielt, bei der ich mich beworben hatte. Der Mann in der Leitung bot mir ein Praktikum an.

„Aber ich habe schon ein Praktikum in einer Drogenberatungsstelle gemacht. Ein ganzes Jahr lang. Das Zeugnis liegt in meinen Unterlagen."

„Deswegen dachten wir ja, du bist besonders geeignet."

„Ich habe Sozialpädagogik studiert und nicht Praktikum", sagte ich.

Der Mann am anderen Ende lachte. „Nach dem Praktikum bist du natürlich eine heiße Kandidatin für eine Festanstellung."

Mit dieser Aussicht hatte ich das letzte Praktikum auch gemacht. Ich hatte ein Jahr lang abends gekellnert und tagsüber ehemalige Drogenabhängige in ihren Wohngemeinschaften besucht. Das Wort „ehemalig" hatte sich viel zu oft als Illusion erwiesen. Ich war belogen und beschimpft worden. Zugegeben, all das gehört zum Job eines Sozialpädagogen, aber als die Stelle, die für mich vorgesehen war, gestrichen wurde, hatte ich trotzdem das Gefühl, von allen Seiten betrogen worden zu sein. Vielleicht reagiere ich deshalb immer noch so allergisch auf bekiffte Punks, die einem den Weg versperren.

„Du hast also keine Lust auf ein Praktikum", unterbrach der fremde Mann meine Gedanken.

„Ich kann's mir nicht leisten", erklärte ich ihm. „Ich habe keine Eltern, die mir meine Miete zahlen."

„Na dann", murmelte der Mann, und ich dachte, vielleicht habe ich gerade meine einzige Chance vertan. Wir legten auf.

Das Telefon klingelte wieder. Vielleicht war das Ganze ein Test gewesen, vielleicht wollte er mir jetzt doch eine bezahlte Probezeit anbieten.

„Hallo?"

„He, Felicitas, ist alles in Ordnung mit dir?"

Es war Mika. Er war von seinen Hochzeiten auf dem Lande zurück. Sein Ford war längst grußlos aus meiner Straße verschwunden.

„Ich hab grad was gekocht", sagte er. „Willst du mir beim Essen helfen?"

„Frag doch gleich, ob ich deine Biotonne sein will."

„He, wieso die schlechte Laune?"

„Schon gut."

Ein paar Minuten später stellte ich mein Fahrrad vor einem Haus in der Nähe des Hafens ab. Durch eine Toreinfahrt gelangte ich auf den Hinterhof. Ich überquerte alte Betonplatten, deren Risse von wucherndem Unkraut aufgesprengt worden waren. Hinter einem dichten Löwenzahnwald drang Musik hervor. Der Sänger von Ten CC erklärte wieder einmal, dass er nicht verliebt sei. Ich sah durch das Souterrain-Fenster hinter dem Unkraut-Grün. Mika stand mitten im Raum, ein Geschirrtuch am Gürtel befestigt, die Hände in die schmale Taille gestemmt und überlegte irgendetwas. Ich klopfte gegen das verschmutzte Glas. Er sah auf und wies mir den Weg zum Kellereingang. Als ich an der Tür angekommen war, stand er schon auf der Schwelle.

„Komm rein."

Ein schmaler Pfad führte zwischen Möbelstücken und Kleiderbergen hindurch zu einer Kochnische. Ich folgte ihm. Wie es aussah, hatte Mika nur dieses eine Zimmer. Ein großes Bettgestell, auf dem sich eine Daunendecke aufplusterte, nahm fast ein Drittel des Raumes ein. Daneben stand ein schmales Regal, in dem noch ein paar Hosen und Pullover lagen, wie eine letzte Reserve, die sich demnächst auf den Weg ins Chaos machen würde. Ein Tisch, beladen von Notenheften, Zeitschriften und DVD-Hüllen beherrschte die Mitte des Raumes. Als ich mich umdrehte, sah ich das Schlagzeug. Es war in der Ecke neben der Tür aufgebaut. Ein komplettes Set mit Base-Drum, Becken und Schellen funkelte mir entgegen. Es war der einzige Gegenstand, der sauber aussah und nicht als Ablage oder Kleiderständer diente.

Im übrigen Chaos verteilten sich Dinge, mit denen man auf irgendeine Weise Klang erzeugen konnte. Rasseln, Knarren, Spielzeugtrommeln, Kuhglocken, ein altes Waschbrett. Das einzige, was dem Raum eine gewisse Struktur gab, war die Wandverkleidung. Dreißiger Eierpaletten aus Presspappe klebten in strenger Regelmäßigkeit neben- und übereinander und sollten wohl für Schallisolierung sorgen.

„Mach's dir gemütlich", sagte Mika. „Ich bin gleich fertig."

Auf den beiden Sesseln, die ich ausmachen konnte, türmten sich Bücher, Notenhefte und Wäschestücke. Das Beste schien mir, mich aufs Bett zurück zu ziehen. Die linke Hälfte war so gut wie frei, ich musste nur ein paar Rasseln wegschieben.

Ich fragte mich, wie Mika es eigentlich schaffte, diese Bude jeden Tag so ordentlich zu verlassen. Er war immer sehr stilvoll angezogen und es war mir nie aufgefallen, dass seine Kleidung zerknittert war oder Flecken hatte. Auch jetzt trug er ein sauberes weißes Hemd und saubere schwarze Jeans und er kochte etwas, das in krassem Widerspruch zu diesem Müllhaufen stand, den er seine Wohnung nannte.

Auf weißen Porzellantellern mit Goldrand servierte er Tafelspitz auf Selleriepüree mit Rosmarinkartoffeln. Er hatte sich an das Rezept eines berühmten Fernsehkochs gehalten. Sorgsam hatte er das Filet in die Tellermitte gelegt und mit einer dunklen Soße eingekreist. Das Püree war in kunstvollen Wirbeln aufgetragen, und die Kartoffelscheiben gleichmäßig aufgefächert.

Das Tablett mit den beiden Tellern, Silberbesteck und zwei vollen Rotweingläsern stellte er auf dem Bett ab.

„Das Beste an so einem Essen ist, wenn du es ohne Stress essen kannst", erklärte er mir, während er sich mit übereinandergeschlagenen Beinen, in schräger Haltung übers Bett lehnte.

Ich konnte nur hoffen, dass der Teller, den er jetzt auf dem Laken vor mir abstellte. nicht durch eine ungeschickte Bewegung von mir von der Matratze rutschte.

„Was meinst du mit Stress?", fragte ich, während ich den Teller ein Stück weiter Richtung Bettmitte schob, auch wenn ich ihn dann nur mit einer unbequemen Drehung erreichte.

„Na, diese ganze Steifheit am Mahagoni-Tisch im Esszimmer und so, als ob das dazu gehört. In Wirklichkeit kriegst du nur Schluckbeschwerden."

Sein Tisch war von Geschirr, Klamotten und Notenheften überhäuft und erntete einen heimlichen sehnsuchtsvollen Blick von mir.

„Weißt du eigentlich, dass es in Asien eine Sitte gibt, wo man eine bestimmte Art von Schalentieren lebendig in kochendes Wasser wirft?", fragte Mika.

Es war schon faszinierend, wie Mika sich über solch exotisches Wissen freuen konnte.

„Der Wassertopf steht direkt auf dem Tisch", erzählte er begeistert. „Vom brodelnden Wasser werden die Schalentiere in die Höhe geworfen und dabei geben sie ein Schreien wieder, das unsere Ohren wie ein feines Klingeln wahrnehmen. Diese Leute essen die

Tiere nicht mal. Sie kochen sie nur, um beim Essen diese Geräusche hören zu können."

Ich bedauerte, dass ich nichts derart Interessantes zu erzählen hatte, erinnerte mich aber daran, dass Männer in der Regel zufrieden sind, wenn frau ihnen bewundernd zuhört.

Mika lächelte stolz und wischte sich mit dem Handrücken über die Lippen. Als wir fertig waren, gab er mir mein Glas in die Hand und stieß mit mir an: „Auf das Leben als Picknick", sagte er. Dann nahm er mir das Glas wieder weg und stellte es zusammen mit seinem auf das Fensterbrett. Er räumte Geschirr und Besteck wieder auf das Tablett, das er mit einer einzigen Armbewegung aus dem Bett schweben ließ und auf dem Boden abstellte. Seine freigewordenen Hände schob er unter mein T-Shirt, mit festen Bewegungen, so wie ein Koch, der genau weiß, wie man Garnelen schält.

Später lagen wir nackt nebeneinander und schauten uns die Reflexionen der Sonnenstrahlen auf den Rotweingläsern an.

„Was hast du eigentlich so vor in den nächsten Tagen?", fragte er.

„Warum?"

„Wir könnten wegfahren."

Zufällig hatten wir bei „human needs" gerade eine Studie beendet. Aber sie konnten jederzeit anrufen, um mich zu einem neuen Job einzuladen. Deshalb ging ich niemals ohne Mobiltelefon aus dem Haus. Andererseits hatte ich in den letzten Tagen ganz gut Geld verdient. Für meine Bankschulden hätte ich zwar noch etwas gebraucht, aber die schwarze Null war schon ganz nah.

„Wohin denn?", fragte ich.

„Weiß ich auch nicht. Hauptsache billig."

„Warum muss ein Erbe wie du eigentlich so sparsam sein?"

„Das geht dich doch nichts an."

Es war komisch, wie empört er das sagte, während er gerade vollkommen nackt neben mir lag.

Aber dann erklärte er es mir doch. „Ich krieg nur eine kleine Monatsrente. Ich wollte nicht so viel. Ich hab sogar noch herunter gehandelt, sonst hätte ich gar keinen Anreiz mehr, um als Musiker Erfolg zu haben."

„Ich weiß, wo wir hinfahren", sagte ich. „Kostet fast nichts."

10

Das letzte Stück zur Feriensiedlung war ein Feldweg. Mikas alter Ford rüttelte über die Sandfurchen. Auf der Fahrt hatte mir Mika von Filmen erzählt, die er in letzter Zeit auf Video gesehen hatte. Doch seit wir die Insel Rügen erreicht hatten, schwieg er und wurde immer nervöser, je schlechter die Straßen wurden.

„Bist du wirklich sicher, dass wir richtig sind?", fragte er.

„Todsicher", antwortete ich. Ich kenne die Gegend seit Ewigkeiten und es hatte sich nichts verändert. Nicole und ich haben uns in dieser Feriensiedlung kennen gelernt. Wir bauten miteinander Sandburgen am Strand, während Nicoles Eltern mit meiner Mutter Rommee spielten. Unsere Freundschaft haben wir der Gewerkschaft unserer Eltern zu verdanken. Wer in der DDR Urlaub machen wollte, musste sich bei der Gewerkschaftsgruppe seines Betriebes für einen Urlaubsplatz bewerben. Die hatten dann ein bestimmtes Kontingent von Plätzen zur Verfügung, die sie nach undurchschaubaren Kriterien verteilten. Ein Feriendorf direkt am Ostseestrand war so etwas wie ein Hauptgewinn. Und es war ziemliches Glück, dass meine Mutter und Nicoles Eltern in Betrieben arbeiteten, die beide Ansprüche auf diese Siedlung hatten. Dass beide Familien dreimal hintereinander ihren Lieblingsplatz in der angegebenen Zeit bekamen, hatten sie verschiedenen Faktoren zu verdanken. Nicoles Eltern waren in der Partei und ich hatte meine Rügener Ferientage einem Gewerkschaftsfunktionär zu verdanken, mit dem meine Mutter häufig essen gegangen war, wie sie mir das erklärte.

Vor zwei Jahren hatte Nicole entdeckt, dass die Holzhütten im Kiefernwald immer noch standen. „Und stell dir vor, es hat sich nichts verändert", schrie sie in einer Mischung aus Entsetzen und Erstaunen ins Telefon. „Wenn du nicht mehr weißt, wie du hinkommst, musst du einfach nach den Schildern vom Golfresort gucken. Das ist da jetzt gleich in der Nähe."

Von diesen Schildern hatten wir schon einige gesehen und schließlich sahen wir hinter einem Weizenfeld eine riesige Leuchtreklame mit der Aufschrift „Corner of Rügen". Im selben Moment entdeckten wir ein verwittertes Holzschild, das nach rechts wies. „Feriendorf Klein-Butzow"

„Da müssen wir rein?", fragte Mika ungläubig.

„Ich dachte, du willst Picknick", antwortete ich.

Er steuerte nach rechts, und seine Miene verriet nur allzu deutlich, dass er heimlich doch aufs Golfresort gehofft hatte.

Wir parkten auf dem sandigen Flecken unter hochgewachsenen Kiefern. Mikas alter Ford stach ausnahmsweise mal nicht aus den anderen alten Gebrauchtwagen heraus.

Einen Zaun gab es nicht mehr, also auch kein Tor. Über den weichen Kiefernwaldboden stapften wir den Bungalows entgegen. Als wir die ersten erreicht hatten, blieb Mika stehen.

„Was ist das?", fragte er und zeigte auf einen Betonklotz in unserer Nähe.

„Da sind die Duschen drin."

Er ging hin und ich folgte ihm. Man konnte die Tür einfach aufmachen und reingucken.

„Das sieht ja aus wie in einer Gaskammer", sagte er.

„Das sind ganz normale Gruppenduschen. Wie habt ihr euch denn im Sportunterricht geduscht?", fragte ich.

„Den musste ich nicht mitmachen. Ich hatte ja Reitunterricht und Tennis."

Wir liefen ein Stück durch die Siedlung. Vor einer Holzhütte saß ein Mann in einer blauen Trainingshose und einem weißen gerippten Unterhemd und schälte Kartoffeln. Die Schalen fielen in eine weiße Emailleschüssel, die er zwischen seine Knie geklemmt hatte.

„Hi", sagte Mika freundlich.

„Das heißt guten Tach", brummte der Mann zurück.

Den nächsten Hüttenbewohner, den wir sahen, begrüßte Mika höflich mit „Guten Tag."

„Golfresort ist da drüben", antwortete der und wies mit dem Kopf die Richtung.

Mikas höfliche Integrationsbemühungen halfen nichts. Diese Urlauber definierten ihn schon beim ersten Blick als „Wessi". Obwohl er sich extra eine blaue Jeans und ein buntes T-Shirt angezogen hatte. Aber es waren Markensachen, Kleidungsstücke, die man hier auch zwölf Jahre nach der Wende noch als „Westklamotten" bezeichnete.

Vielleicht lag es auch daran, dass Mika noch keinen Bauch hatte, obwohl er schon über Dreißig war, oder dass sein Haar von einem Frisör geschnitten worden war und nicht von einer praktisch denkenden Ehefrau.

„Wo geht's denn zum Vermieter?", fragte ich eine Frau, die ihn für mein Empfinden ein bisschen zu lange anstarrte. Sie wischte das Messer, mit dem sie grad Gurkenscheiben geschnitten hatte, an ihrer Schürze ab und zeigte damit nach rechts. „Da ist der Gabi ihr Bungalow. Einfach paar Mal klingeln. Das hört sie von überall."

Gabis Bungalow war aus Stein und weiß gestrichen. Und links und rechts der Tür blühten bunte Blumen auf frisch geharkten Beeten. Sie kam schon nach dem ersten Klingeln, das laut durch die ganze Siedlung schallte, aus einer Holzhütte, hochgewachsen, athletisch, ihr kurzes blondes Wuschelhaar leuchtete in der Sonne. Ich schätzte sie auf Anfang vierzig. Sie trug eine hellblaue Sommerhose und ein dunkelblaues T-Shirt und sie betrachtete uns so aufmerksam, als wollte sie unseren Anblick für immer in ihrem Gedächtnis festhalten.

„Wo kommt ihr denn her?", begrüßte sie uns und antwortete sich gleich selbst. „Du bist doch ne Ossi", sagte sie mit Blick zu mir und dann zu Mika. „Und du kommst bestimmt aus Hamburg."

„Und wenn es so ist, was ist daran so wichtig?", fragte ich.

„Gar nichts. Ich frag mich nur, wie lang ich das den Leuten noch ansehe, ohne mich zu irren. Aber die Zwanzigjährigen kommen ja auch nicht mehr hierher. Die sehen bestimmt schon alle gleich aus", beendete sie ihre Überlegungen.

Sie führte uns zu einem Bungalow, von dem man durch die Bäume direkt auf's Meer sehen konnte. Er war aus Stein wie ihrer.

„Die Holzhütten sehen zwar schöner aus und ihr hättet mehr Platz. Aber da hab ich keine mehr mit Küche. Und einen Gaskocher habt ihr ja wohl nicht dabei."

Nicole hatte Recht. Es hatte sich nichts verändert. Das Doppelbett, der Tisch, die beiden Stühle und die kleine Schrankwand waren Original-Möblierung. Die Rohrstühle mit Lehne und Sitzfläche aus Holz wurden vor 1989 im ganzen Land benutzt. Auf denselben Dingern hatte ich schon in der Schule gesessen. Mika entdeckte auf der Rückseite noch den Werksaufkleber.

„VEB Möbelwerke", las er vor. „Was hieß das eigentlich noch mal?"

„Volkseigener Betrieb."

„Und das hier waren dann auch volkseigene Hütten und volkseigene Duschen und volkseigene Bäume?"

„Ich glaub ja", sagte ich.

„Und volkseigene Eierbecher und ein volkseigenes Bett und das Meer, war das auch volkseigen?"

„Das Meer gehört entweder allen oder keinem, oder nicht?"

„Und die Mauer war auch volkseigen."

„Das hat niemand so gesagt. Aber genau betrachtet wohl schon."

„Warum habt ihr sie dann nicht früher eingerissen? Wenn einem was gehört, kann man damit doch machen, was man will."

„Das wäre Beschädigung von Volkseigentum gewesen."

Er zog mich aufs Bett. „Und warst du eigentlich auch Volkseigentum?", fragte er.

Ich überlegte. „Nee, ich nicht. Aber ich glaube, wir haben Sex ganz generell als Volkseigentum betrachtet."

„Versteh ich nicht."

„Na, irgendwann willst du doch wissen, wie das ist mit dem Sex. Und es war eben immer jemand da, mit dem ich das ausprobieren konnte. "

„Das heißt, du hast die Jungs nur dazu benutzt, um Sex zu haben?"

„Wieso denn benutzt? Die Jungs brauchten mich doch auch dafür."

„Und du hast deinen Körper jedem überlassen, der ihn haben wollte?"

„Was hast du denn jetzt für ein Problem? Ich hab doch gesagt, dass das auf Gegenseitigkeit beruhte."

„Das wäre ja mal ein Grund, die Sache mit dem Volkseigentum weiter zu verfolgen. Jeder vögelt mit jedem!"

„Das hab ich doch gar nicht gesagt."

„Doch, hast du."

„Du hast das komplett falsch verstanden. Wenn ich mit jemandem Sex hatte, dann war ich doch auch in den verliebt. Und er in mich. Dann wollten wir gar keinen anderen mehr."

„Und woran hast du gemerkt, dass du verliebt warst?"

„Wenn ich ein paar Mal mit einem Jungen geschlafen hatte, dann war ich in den auch verliebt. Geht dir das nicht so? Also, wenn man es nicht nach dem ersten oder spätestens zweiten Mal wieder sein lässt, sondern einfach immer weiter macht, dann ist man doch automatisch verliebt. Oder nicht?"

Mika wurde seltsam nervös. Schließlich sagte ich nichts mehr, knöpfte sein Hemd auf, öffnete seinen Hosengürtel und das genügte schon, um seine komische Stimmung zu vertreiben. Er fiel über mich her, als wollte er schon immer mal wissen, wie sich Sex in einem volkseigenen Bett anfühlt. Danach zogen wir uns wieder an und gingen zusammen zum Strand, der gleich hinter der Düne am Rand der Siedlung liegt.

Mika war das Wasser zu kalt. Ich schwamm ein paar Züge und mein Körper fühlte sich noch so schwer an wie eine Boje, die mit Honig gefüllt war. Als ich zurückkam, saß Mika im Schneidersitz im Sand und rauchte einen Joint.

„Das macht's erst perfekt", verkündete er und hielt mir die Tüte hin.

„Ich krieg davon immer Angst", erklärte ich ihm.

„Komm schon."

Ich nahm zwei Züge. Kurz darauf kam das Meer mit großen gewaltigen Wellen auf mich zu. Ich dachte, es würde mich unter sich begraben. Erst im letzten Moment überschlug sich die Gischt und ihr Schaum floss zurück, bis das brüllende Wasser zum nächsten Angriff aufrollte.

In meiner Phantasie sprang ich jedes Mal auf und lief über den Sand davon, aber während ich mir das lebhaft vorstellte, blieb ich neben Mika im Schneidersitz hocken. Irgendwann hörte ich Mika in meinen Gedanken. „Der Klang von dem Wasser ist ja ganz schön", sagte er. „Aber dieses ewige Hin und Her würde mir auf die Nerven gehen. Stell dir mal vor, das geht jetzt schon seit Millionen Jahren so. Also, wenn ich das Meer wäre, ich würde sterben vor Langeweile."

Ich versuchte zu verstehen, was er meinte, aber es gelang mir nicht. Er stand auf und lief langsam über den Sand zum Steilhang, den Blick auf den Boden geheftet. In den Dünen fand er ein verrostetes Blech. Er sammelte Kieselsteine und ließ sie darüber fallen.

„Klingt schön", hörte ich mich sagen.

„Mit den richtigen Steingrößen könnte man einen Akkord bauen", sagte er.

„He, ihr beiden", hörte ich es plötzlich von oben. Es war Gabi, die oberhalb der Düne stand, als hätte sie uns schon eine Weile beobachtet. „Wir machen Lagerfeuer heute Abend. Wenn ihr euch Würste kaufen wollt, könnt ihr jetzt noch in den Konsum gehen. Drüben im Golfresort. Um sieben machen die zu."

„In den Konsum gehen? Was heißt das denn schon wieder?"

„Unsere Supermärkte hießen früher Konsumgenossenschaft", klärte ich Mika auf. „Und manche Ossis verwenden den Begriff einfach weiter."

„Okay. Dann lass uns mal volkseigenes Grillgut kaufen."

„So ein Quatsch, was man kauft, gehört einem doch", sagte ich. „War auch im Sozialismus schon so."

Mika kletterte den Pfad zur Steilküste hinauf. Ich hatte einige Mühe, ihm zu folgen. Unter meinen Füßen fielen zentnerschwere Lehmklumpen in den Sand. Und als wir über den Sandweg zum Golfresort gingen, wunderte ich mich, dass ich das Gleichgewicht nicht verlor.

Das Einkaufen überließ ich Mika, ich bezahlte nur und trug eine Tasche. Zurück im Bungalow fühlte ich mich noch immer wie in Watte gepackt, aber Mika baute sich schon den nächsten Joint. Diesmal lehnte ich ab und bat ihn stattdessen, ein bisschen spazieren zu gehen. Ich brauchte Bewegung und frische Luft, um auszunüchtern. Mika kam nur mir zuliebe mit. Schweigend schlurften wir durch die Siedlung.

In den meisten Holzhütten war Essenszeit. Hinter den Gardinen hörten wir das Klappern von Besteck auf Steingutkeramik. Aus manchen Fenstern drangen auch die Stimmen von Serienschauspielern oder Fernsehmoderatoren.

„Gibt's hier keine Bar oder wenigstens ein Kino oder so was?", fragte Mika.

Früher hatte es eine große Kinoleinwand gegeben. Ich erzählte Mika, wie Nicole und ich unseren Eltern heimlich Zigaretten geklaut hatten, die wir dann abwechselnd rauchten, um im Kino die Mücken zu vertreiben. Dort, wo der Vorführplatz war, lag jetzt eine wild bewachsene Fläche. Die langen Holzbänke waren verschwunden. Nur das Gestell, an dem die große Leinwand hing, ragte nutzlos in die Dämmerung.

„Aber wenigstens eine Kneipe muss es hier doch geben?", insistierte Mika. Ich erinnerte mich an das Restaurant, in das man nur auf Vorbestellung reinkam und dann auch erst mal warten musste. Schließlich fanden wir es, aber es hatte zu. „Wegen Urlaub geschlossen", erklärte das Schild im Fenster.

„Das gibt's doch gar nicht", sagte Mika und lachte hilflos. „Es ist doch schon Juni! Machen die jetzt wirklich Urlaub?"

„Vielleicht hängt das Schild schon ein paar Jahre hier", überlegte ich. „Und die sind einfach nicht wieder zurückgekommen."

In der Stille fiel mir auf, dass sich die Geräuschkulisse änderte. Man hörte kaum noch Besteckklappern aus den umstehenden Bungalows. Dafür tauchten alle paar Minuten Leute unter den Kiefern auf und gingen mit knirschenden Schritten zielstrebig in eine bestimmte Richtung.

„Da muss was los sein", murmelte Mika neugierig.

Wir gingen ihnen hinterher und erreichten bald einen hohen Küstenabschnitt, auf dem sich schon um die dreißig Leute befanden. Der Dünenhang wurde wie eine Zuschauertribüne genutzt. Urlauber in Trainingsanzügen oder verbeulten Jeans saßen auf Decken, hielten ein Bier in der Hand und guckten übers Meer.

„Worauf warten die denn?", fragte Mika.

„Weiß ich auch nicht."

„Vielleicht herrscht hier inzwischen eine Sekte", meinte er.

Bald stellte sich heraus, warum die Leute da waren. Es war ganz einfach. Die Sonne ging unter. Als sie sich der Horizontlinie näherte, verstummten die Gespräche und das Publikum starrte mit gebanntem Blick zum Horizont. Es herrschte eine Spannung, als könnte es sich die Sonne einmal anders überlegen, als könnte sie überm Wasser innehalten und wieder nach oben steigen.

Um uns herum waren Männer wie Manfred, Männer, denen ich so viel Naturromantik gar nicht zugetraut hätte. Ich war richtig gerührt und lächelte Mika zu. Aber der guckte ziemlich missmutig.

„Was ist los?", fragte ich. „Gefällt dir der Film nicht?"

„Scht", zischte ein Mann von der Seite und Mika guckte ihn erschrocken an.

Inzwischen war schon ein Stück der Sonne ins Wasser getaucht und ihr rotes Licht breitete sich über Himmel und Meer aus.

Die Leute gaben Kommentare von sich.

„Guck doch mal, so dunkel war das Rot gestern nicht?"

„Siehste den Streifen da überm Wasser, ganz grade. Eins A."

Erst als nur noch ein winziges Stück vom oberen Rand der Sonne zu sehen war, wurde es wieder so still wie bei einem Krimi, wie in dem Moment, wenn der Mörder schon hinter der bildschönen Frau steht.

„Scht", hörte man es trotz Stille von irgendwo, während die Sonne endgültig unter der Horizontlinie verschwand.

Da begann jemand zu klatschen und alle, wirklich alle, die wir sahen, stimmten in den Applaus ein.

„Da capo", rief jemand und die Leute lachten, und ich war mir fast sicher, dass dieser Witz jeden Abend gemacht und jeden Abend belacht wurde.

„Die ist wohl hier auch volkseigen, die Sonne?" flüsterte mir Mika ins Ohr.

„Was denn sonst?", flüsterte ich zurück.

Die Leute traten den Heimweg in ihre Baracke an. Manche riefen sich „Gute Nacht" zu oder „Bis morgen."

Auch Mika ging in unsere Hütte zurück und machte dort zwei Flaschen Bier auf. Wir tranken schweigend. Es war ein merkwürdiges Schweigen, eines von dieser Art, das Manfred manchmal von sich gibt. Sein Schweigen ist fast immer der Vorbote von einem Schwall an Vorwürfen. Wenn der endlich aus ihm herausbricht, schimpft er auf die DDR-Bonzen, die uns alle betrogen hätten oder auf die Stasi. Und wenn meine Mutter ihn daran erinnert, dass er persönlich doch gar keine Probleme mit der Stasi gehabt hat, brüllt er sie an, das sei noch lange kein Grund, sich nicht über das Unrecht aufzuregen, das diese Schurken begangen hätten. Manfred lässt seine Wut über das Unrecht, das ihm persönlich nie widerfahren ist, so lange und intensiv an uns aus, dass ich mich meistens völlig erschöpft von ihm und meiner Mutter verabschiede. Meine Besuche kommen mir vor wie das Betreten von vermintem Gelände. Ein falsches Wort und Manfreds Kampfreserve für Demokratie und Freiheit explodiert auch zwölf Jahre nach der Wiedervereinigung noch auf dem Feld seiner ungenutzten Möglichkeiten. Das ist auch der Grund, warum die Abstände zwischen meinen Besuchen in Leipzig immer länger werden.

Nun hatte ich allerdings keine Ahnung, ob sich auch in Mika so eine Vorwurfslawine vorbereitete. Vorsichtshalber fragte ich: „Gefällt es dir hier nicht? Sollen wir wieder zurück fahren?"

„Schon in Ordnung", murmelte er und so machten wir uns auf den Weg zu Gabis Lagerfeuer.

11

Glühende Funken kletterten in den Anblick der Sterne. Die Zweige des Lagerfeuers knackten aufgeregt und manchmal zischte ein feuchtes Holzstück auf. Auf die Stöcke, die wir über den Flammen hielten, hatten wir Würste gespießt. Gemeinsam lauschten wir dem Rauschen der Ostseewellen, die wenige Schritte von uns entfernt über den Strand rollten.

Wir schwiegen zu viert. Gabi lebte mit ihrem Freund in ihrem Bungalow. Ralf saß mir gegenüber und sah mich durch die Flammen an. Er war ein braungebrannter Hüne mit langen, blonden Haaren, die er im Nacken zusammengebunden hatte. Mit seinen muskulösen Armen hatte er einen Kasten Bier angeschleppt. Links von mir saß Gabi und rechts Mika. Auch Gabi betrachtete Mika durch die Flammen hindurch, als wollte sie über den bloßen Anblick etwas über ihn herausfinden.

Wir tranken und schwiegen. Das Knistern und Knacken wurde immer lauter in meinen Ohren. Mikas Augen glänzten und ich vermutete, dass er noch halb bekifft im Prasseln der Flammen eine Klangstruktur hörte, aber plötzlich fragte er: „Wie haltet ihr das hier eigentlich aus?"

Seine Frage war mir peinlich. Man kann sich doch nicht einladen lassen, und als erstes das Zuhause der Gastgeber in Frage stellen.

„Was gibt's denn hier auszuhalten?", hielt ich dagegen.

Doch Ralf erwiderte: „Die Frage ist schon korrekt. Ich hab mir mein Leben auch anders vorgestellt."

„Hör auf", fuhr Gabi ihn an. Im Feuerschein warf ihre gerade Nase einen Schatten, der unruhig auf ihren Wangen flackerte.

Es vergingen einige Minuten Meeresrauschen, bis Ralf sagte: „Die Würste müssten jetzt gut sein."

Wir zogen unsere Stöcke zurück, bissen in die heiße knackig geröstete Wursthaut und kauten. Gabi schickte Brot in die Runde.

„Gucken sich die Leute eigentlich jeden Abend den Sonnenuntergang an?", fragte ich, um das Gespräch wieder in Gang zu bringen.

Gabi nickte. „Dabei sehen die gar nichts Besonderes. Im Winter ist es viel schöner."

„Wohnt ihr etwa das ganze Jahr hier?" Mika klang entsetzt.

„Warum nicht?"

„Das ist doch viel zu kalt!"

„Mit Öli geht's schon."

Mika sah fragend zu mir und ich erklärte ihm, was ein Ölradiator ist.

Wir aßen weiter und als Brote und Würste verspeist waren, fragte Ralf: „Will mir jemand beim Stockbrot helfen?"

Dankbar, dass ich was zu tun bekam, stand ich auf, ging an Mika vorbei und setzte mich neben Ralf in den Sand. Er reichte mir einen Plastikeimer, in der sich der Teig befand. Ich grub meine Finger hinein, riss ein Stück heraus und knetete es zu einer Kugel, die ich über einen Stock schieben konnte.

Die beiden anderen starrten ins Feuer.

„Hier ist der einzige Ort, an dem ich ohne schlechtes Gewissen leben kann", erklärte Gabi schließlich.

Mika ließ sich rücklings in den Sand fallen. „Mir wär's hier zu langweilig", sagte er, und ich fragte mich, ob dieser Mann mit seinen übersensiblen Ohren schon jemals einem anderen Menschen wirklich zugehört hatte.

Er riss seine Augen auf und erklärte laut: „Jetzt müssten die alle hier sein. Jetzt, hier im Dunkeln sollten sie stehen und gemeinsam vor der Unendlichkeit des Universums verstummen. Sonnenuntergänge!" Er lachte verächtlich. „Das kann doch jeder. Der totale Kitsch."

„Mika, es gibt ein paar Dinge, die nicht in Konkurrenz zueinander stehen. Sonne und Mond zum Beispiel", sagte ich.

„Ich versteh überhaupt nicht, was du meinst", nörgelte er. „Die Nacht, das ist die Konzentration auf das Wesentliche", erklärte er im Liegen. „Aber ein Sonnenuntergang als Kinoersatz – das ist einfach nur armselig."

„Und wenn man erst ins Kino gehen muss, um zu begreifen, wie schön ein Sonnenuntergang ist, das ist wohl nicht armselig?", erwiderte Ralf. Er hielt Mika einen Stock mit einem rundgeformten Teigbatzen an der Spitze hin.

Mika winkte ab.

„Ich bin nicht so der Stockbrot-Fan."

„Ah, der Herr muss individuell sein", spottete Gabi plötzlich.

Mika richtete sich auf und lächelte sie durch's Feuer an. Dann sagte er zu Ralf: „Na, schieb rüber das Ding."

Ich ging mit meinem Spieß zurück auf meinen Platz. Das gemeinsame Schweigen hatte wieder begonnen. Vier weiße Stockbrote schwebten dort, wo eben vier Würste waren.

Nach einer Weile sagte Ralf: „Nachher kommt noch Blaubeermarmelade in die Löcher."

„Habt ihr bei euch eigentlich die Rollen getauscht?", fragte Mika.

„Wieso, du stehst doch auch lieber am Herd, als mich kochen zu lassen", sagte ich.

Mika hob die Hände. „Das bedeutet gar nichts. Wir kennen uns erst ein paar Wochen."

„Sieht man", meinte Gabi, „dass ihr keine Geschichte zusammen habt."

„Wie lang seid ihr denn schon zusammen?", fragte ich.

„Sieht man doch auch", meinte Mika. „Hundert Jahre."

Ralf berichtigte bierernst: „Fünfzehn."

„Ist das nicht dasselbe?", erwiderte Mika.

Ralf stöhnte leise. „Du wirst das ja wissen."

Ich fragte mich, warum Mika jede Gelegenheit wahrnahm, um die Leute, die uns eingeladen hatten, zu provozieren. Meine Kollegen vom Callcenter fielen mir ein, die immer über alles lachten. Ich hatte bisher gedacht, das wäre ihre Art, mit diesem nervigen Job umzugehen. Aber vielleicht war es in Hamburg generell Sitte, dass man nichts mehr ernst nahm. Mir war das zu anstrengend. Ich wollte mich unterhalten sonst nichts.

„Wie lange wohnt ihr denn schon hier?", fragte ich Ralf über das Feuer hinweg.

„Ganz schön lange schon", sagte er. „Viel zu lang vielleicht."

Ich sah, dass Mika währenddessen seinen Blick in Gabis Augen versenkte und ich versuchte, einfach nicht drauf zu achten.

„Wie seid ihr denn hier gelandet?", fragte ich weiter. Ich wollte auf keinen Fall, dass es jetzt still wurde.

„Das ist ne ziemlich lange Geschichte", sagte Ralf.

„Deswegen brauchst du sie auch nicht zu erzählen", warf Gabi ihm hin, ohne ihren Blick von Mika abzuwenden.

„Ich will dieses komische Brot gar nicht", sagte Mika und rammte seinen Stock in den Sand. Der Teigbollen am oberen Ende schwankte in der Dunkelheit.

„Ich höre gern lange Geschichten", sagte ich.

„Wir haben uns als Lehrer kennen gelernt", begann Ralf.

Mika ließ sich wieder auf den Rücken fallen.

„Das war noch vor 1989 in Leipzig", fuhr Ralf fort. „Ich hab Sport und Mathe gemacht und die Gabi, die war Lehrerin für Geschichte und Staatsbürgerkunde."

Mika fing an zu singen. „Guantanamera, bahia Guantanamera."

„Guajira heißt das", verbesserte Ralf. „Nicht bahia."

„Ist mir doch egal. Bahia heißt Strand und das passt jetzt hierher." Mika sang weiter. „Bahia Guantaname-ra."

Ich sprach lauter, damit Ralf mich trotz des Gesangs hören konnte.

„Und warum seid ihr keine Lehrer mehr?"

Jetzt stieß Gabi ihren Brotstock in den Sand. „Wa-rum, warum! Darum."

Ralf und ich hielten unsere Teigbollen weiter übers Feuer. Die Flammen knisterten immer lauter.

„Müsste gleich durch sein", sagte Ralf endlich und lächelte mich an.

Mika setzte sich auf, um den vierten Joint des Abends zu bauen. „Will noch jemand?"

„Ja, ich!", erklärte Gabi laut.

Ralf stöhnte auf. „Das jetzt auch noch!"

„Musst ja nicht mitrauchen", sagte Mika. „Wir leben in einem freien Land, auch wenn's hier aussieht wie im KZ."

Jetzt rammte Ralf seinen Spieß in den Sand. „Du hast sie wohl nicht mehr alle?" Hinter den Flammen begann sein Gesicht aufgeregt zu zucken.

„Wieso, ist doch so", sagte Mika. „Hier sieht's aus wie im Arbeitslager und in den Duschen denkt man, da wird gleich der Gashahn aufgedreht. Ist dir wohl noch gar nicht aufgefallen?"

„Nee, ich bin seelenblind", sagte Ralf. Er zog ein dunkles Glas aus seinem Rucksack und erklärte mir über die Flammen hinweg, dass selbstgemachte Blaubeermarmelade drin sei. „Es ist das Beste, was du mit Stockbrot essen kannst."

Mika stieß ihn an, damit er den Joint an Gabi weitergab. Ralf reichte das glühende Papierröhrchen weiter. Dann gab er das Marmeladenglas an Mika. Einen Moment später kam es bei mir an.

„Na, schmier dir schon seine Marmelade rein", sagte Mika.

Ich hätte ihm eine Ohrfeige geben sollen. Stattdessen bediente ich mich und tat so, als hätte ich ihn nicht gehört. Bekiffte Männer sollte man nicht ernst nehmen, sagte ich mir.

„Was machst du eigentlich in Hamburg?", wollte Ralf von Mika wissen.

Er sagte: „Aufstehen, Essen, Schlafen gehen."

Gabi lachte auf.

Ralf warf ihren Joint ins Feuer.

„Das kannst du nicht machen!", schrie Gabi.

„Guck dich mal an, jetzt guck dich doch mal an", schrie Ralf. „Da siehst du mal, wie frei du bist. Du drehst ja schon durch, weil ein bisschen Gras und Papier verbrennt. So frei bist du geworden, in dieser Scheißfreiheit hier oben! Aber nicht mal den Mumm, unsere Geschichte zu erzählen, wenn sich jemand dafür interessiert."

Gabi sah stur in die Flammen, wo der letzte Rest des Zigarettenpapiers zu Asche zerfiel.

„Willst du jetzt den Blockwart spielen, oder was?"
Das war wieder Mika.

Ralf erhob sich und warf sein angebissenes Hefebrot ins Feuer.

„Ich geh Holz holen", teilte er mit und kehrte uns seinen sportlichen Rücken zu. Mit jedem Schritt, den er in die Dunkelheit stapfte, wippten seine langen Haare auf und ab.

Ich starrte in die Leere hinterm Feuer. Gabi links und Mika rechts von mir und das einzige, was mich mit den beiden verband, war der neue Joint, den ich von Mika an Gabi und von Gabi an Mika weitergab, während ich in der anderen Hand mein Marmeladenbrot festhielt. Komischerweise kam keiner von beiden auf die Idee, sich auf Ralfs Platz zu setzen. Jedes Mal, wenn ich die Tüte in der Hand hatte, überlegte ich, sie ins Feuer zu werfen. Aber es hätte zu nichts geführt. Mika hätte einfach die nächste gedreht. Ich hätte auch mitkiffen können. Aber das wäre mir vorgekommen wie eine Kapitulation.

Stattdessen aß ich als Einzige Stockbrot mit Blaubeermarmelade.

„Schmeckt's?", fragte Mika.

„Sehr gut", antwortete ich bierernst wie Ralf.

Ich kam mir vor wie ein Indianerhäuptling, der mit einem Sitzstreik sein Revier verteidigt, obwohl er sich längst in einem Reservat befindet.

Endlich zeichneten sich wieder Ralfs Konturen in der Dämmerung ab. Er schleppte einen Haufen Holz heran. Als er uns erreicht hatte, warf er ein dickes Holzscheit ins Feuer.

Die Flammen schlugen aus und schickten ganze Feuerfetzen in die Nacht.

„Willst du uns verbrennen?", schrie Gabi.

„Jeder hat eben seine eigenen Zerstörungsmechanismen", erklärte Ralf und setzte sich wieder.

„Zerstörung, wo? Hab ich was verpasst?", fragte Mika.

„Du kriegst echt nicht mit, dass du jedes vernünftige Gespräch abblockst, oder?", platzte Ralf heraus. „Was ist denn Schlimmes daran, wenn sich die Felicitas für unsere Geschichte interessiert? Hast wohl Angst, dass du was andres hören könntest, als die einfache Geschichte vom bösen Stasi-Staat? Könnte ja mit einem Mal nicht mehr in dein Weltbild passen. Aber lass nur, wenn ihr die ganze Nacht schweigen wollt, dann können wir das gern tun. Ich wollte dann aber wenigstens mal das Feuer knistern hören."

Es hörte sich an, als hätte Ralf seine kleine Rede während seines Spaziergangs vorbereitet. Als er fertig war, schichtete er sorgfältig die gesammelten Holzscheite und Äste neben sich auf.

„Wenn's dir zu langweilig wird, Felicitas, darfst du auch mal einen Ast ins Feuer werfen", bot er mir an.

Gabi warf den Stummel ihres Joints weg. „Ach, erzähl doch, was du willst."

Ralf sah sie ungläubig an. „Wirklich?"

„Brauchst du's schriftlich?"

Er griff sich ein Bier und öffnete es. Dann sah er sich nach Mika um, aber der lag wieder auf dem Rücken und glotzte in die Sterne.

„Also gut", sagte Ralf und fing an. „Ich hab die Gabi schon 87 kennen gelernt. Sie hatte grad fertig studiert und kam an unsere Schule."

Gabi griff sich jetzt doch ihr Stockbrot, schmierte es mit Marmelade voll und konzentrierte sich demonstrativ mehr aufs Essen als aufs Zuhören.

„Ich wollte eigentlich einen Ausreiseantrag stellen", fuhr Ralf fort. „Aber ich hab es immer wieder aufgeschoben. Man hat ja seinen Job als Lehrer verloren, sobald man einen Antrag gestellt hat. Irgendwie hatte ich ja auch meine Ruhe als Sport- und Mathelehrer. Lehrer wie Gabi, die Rotlichtbestrahlung gemacht haben, waren eigentlich tabu für mich."

„Was heißt denn Rotlichtbestrahlung?" fragte Mika.

„ML-lastiger Unterricht", erklärte ich ihm.

„Hä?"

„Unterricht mit einem hohen Anteil von Marxismus-Leninismus. Staatsbürgerkunde und Geschichte zum Beispiel."

„Leninismus gab's auch?"

Ich gab's auf. „Und Gabi war also nicht tabu für dich?", fragte ich Ralf.

„Nee, sie war ganz anders als die ML-Tanten sonst. Wie soll ich sagen. Sie wollte wirklich wissen, was ihre Schüler dachten. Sie war so neugierig auf die. Ich hab noch nie einen Lehrer getroffen, der seine Schüler so ernst genommen hat."

„Und dann ist die Stasi gekommen und hat sie verhaftet", rief Mika dazwischen.

„Quatsch", Ralf schüttelte sein langes Haar. „Das war Ende der Achtziger, Mann. Es war nur so, dass die alten Lehrer sie alle nicht ausstehen konnten. Diese ganzen Bonzen, die nur ihre Ruhe haben wollten und die Macht an unsrer Schule hatten. Gabi hat vor denen überhaupt keinen Respekt gehabt. Aber dafür ist sie nicht in den Knast gekommen. Nur ich, ich hab mich in sie verliebt."

„Wenn das mal nicht schlimmer war", sagte Mika, aber Ralf blieb ganz ruhig.

„Weißt du was?", sagte er zu Mika. „Diese Frau, die dir da gegenüber sitzt und sich jetzt die Birne mit deinem Zeug voll kifft, die hat mal mein Leben verändert. Die hat mich gefragt: Was willst du denn im Westen? Als Ossi kriegst du nicht mal einen Job als Lehrer. Wer abhaut, hat bloß keine Lust sich zu streiten. Und ich sag dir was, Mika. Sie hatte Recht."

„Also, ich wäre sofort abgehauen, wenn ich hier geboren wäre", sagte Mika.

„Na, klar", sagte ich. „Du wärst auf die Welt gekommen und mit der ersten Windel um deinen Hintern wärst du über die Grenze gekrabbelt."

Ralf hörte uns gar nicht zu. „Als ich mit der Gabi zusammen war", sagte er. „Da habe ich Dinge gemacht, auf die ich heute noch stolz bin."

„Was meinst du denn?", fragte Gabi. „Dich von den Bullen verprügeln zu lassen oder was?"

„Wir haben viel mehr gemacht, als uns verprügeln zu lassen", sagte Ralf. „Das kam außerdem nur einmal vor. Es ist viel öfter passiert, dass sie uns nicht verprügelt haben. Du weißt genau, worauf wir heute stolz sein könnten, wenn die Dinge anders gelaufen wären."

Gabi hielt sich die Hände vor's Gesicht. „Ralf, bitte, erzähl jetzt nicht von der Arbeitsgruppe!"

„Wieso nicht? So Typen wie Mika können das ruhig mal wissen, dass es noch andere Leute gab als die Stasi und die Bananen-Demonstranten."

„Was denn für eine Arbeitsgruppe?", wollte ich wissen.

„Eine Zeit lang sah es doch so aus, als könnte es wirklich Reformen in der DDR geben", erklärte mir Ralf. „Und da wollten wir vorbereitet sein. Wir haben angefangen, Programme auszuarbeiten."

„Und wer war dieses Wir?", fragte Mika, der jetzt immerhin ein Minimum an Interesse zeigte.

„Das hing mit dem Neuen Forum zusammen", sagte Ralf. „Das sollte als neue Partei zugelassen werden. Und für den Fall eines Wahlsieges haben Oppositionelle schon mal verschiedene Programme ausgearbeitet. Gabi und ich waren in der Arbeitsgruppe Volksbildung. Da waren Lehrer, Erzieher, Psychologen. Wir haben pädagogische Theorien gebüffelt und an einem neuen Bildungskonzept gearbeitet."

„Ralf", schrie Gabi auf! „Hör auf. Das ist peinlich!"

„Was ist denn daran peinlich? Dass wir damals schon über Ganztagsschulen nachgedacht haben? Aber mit viel kleineren Klassen und einem Programm, von dem die Schüler heute nur träumen können. Es ging um die Verbindung von praktischer Erfahrung und Lernen. Wir wollten das Auswendiglernen abschaffen. Heute wird es damit doch schlimmer denn je. Was soll an unseren Konzepten peinlich gewesen sein?"

„Die Leute haben sich einen Dreck um unsre Reformen geschert! Darum geht's! Und wir haben das nicht mal gemerkt! Das war peinlich. Dass wir wirklich gedacht haben, irgendjemand würde uns überhaupt ernst nehmen."

„Aber wir wurden ernst genommen! Der Bürgermeister hat uns eingeladen."

Gabi lachte auf. „Als Alibi-Clowns für sein Demokratietheater."

„Aber wir haben es wenigstens versucht!", beharrte Ralf.

Das große Holzscheit, das er ins Feuer geworfen hatte, war durchgebrannt und brach auseinander.

„Warum seid ihr nicht in die Politik gegangen?", fragte Mika jetzt einigermaßen ernsthaft.

Ralf stöhnte auf. „Mann, du hast echt keine Ahnung. Was denkst du, was die Gabi nach der Wende war? Eine Staatsbürgerkundelehrerin mit Parteibuch! Die musste drum betteln, dass sie ihren Job weiter machen durfte. Und du glaubst echt, die hätte in der Westpolitik eine Chance gehabt?"

Gabi stand auf. „Ich geh pissen."

Mika sah ihr nach, bis ihre schmale Silhouette in den Dünen verschwand. Dann ließ er sich wieder auf den Rücken fallen, um mit weit aufgerissenen Augen in den Sternenhimmel zu sehen.

Ralf stocherte mit einem Stock in der Glut herum. „In der DDR wussten wir sehr genau, wer ein Bonze war, der nur nach oben wollte und wer in die Partei gegangen ist, weil er über diesen Weg etwas erreichen wollte. Aber das zählt heute alles nicht mehr. Ihr Wessis habt nicht einen Tag in der DDR gelebt und wollt besser als wir selbst wissen, wie es dort eigentlich war.

„Ist ja gut, Ralf", sagte Mika. „Ich hab doch nur was gefragt."

Aber Ralf war noch nicht fertig. „Ich sag dir mal was, du Klugscheißer. Wenn du wirklich an was glaubst, wenn du wirklich Ideale hast, bist du am Arsch. Immer, und egal, wo du lebst. Vor allem in eurer großen Freiheit. Und das wissen Leute wie du auch ganz genau. Das einzige, was euch dann noch bleibt, sind eure faden Witze."

Langsam setzte Mika sich auf und dann fragte er mich: „Was hast du damals eigentlich gemacht, Felicitas?"

„Mika, ich war noch nicht mal achtzehn. Meine Mutter hat mir verboten zu den Demos zu gehen."

Meine Mutter hatte vor allem behauptet, die Stasi hätte mich von Geburt an auf dem Kieker. Als Kind des

Klassenfeindes hätte ich die Staatsfeindlichkeit praktisch im Blut. Sie irrte sich. Als die Archive der Staatssicherheit später geöffnet wurden, gab es keine Akte zu meiner Person. Ich hätte auch nicht gewusst, was ein Spitzel über mich hätte schreiben sollen. Doch das wusste meine Mutter ja damals noch nicht und so verbot sie mir strengstens, dass ich auf die Demos ging, die bis zum November 1989 immerhin verboten waren.

„Dabei wäre ich gern auf so eine Demo gegangen", sagte ich. „Sogar wenn sie mich deshalb für ein paar Tage ins Gefängnis gesteckt hätten."

„Was soll denn daran toll sein?", fragte Mika.

Ralf nickte und köpfte eine Flasche Bier. „Im August 1989 waren wir erst ein paar hundert Mann in der Nikolaikirche", begann er in einem fast feierlichen Tonfall. „Als wir rauskamen, um mit der Demonstration anzufangen, haben die Bullen schon auf uns gewartet. Das kannten wir schon. Aber diesmal waren sie noch näher herangerückt als beim letzten Mal. Wir konnten sogar ihre Augen erkennen, hinter den Plexigläsern ihrer Helme. Ich hab den Schweiß von meinen Nachbarn gerochen, so'n Schiss hatten wir. Grad ein paar Tage vorher hatten sie ja zugeschlagen. Es war verdammt unheimlich. Man wusste nie, ob sie losprügeln oder nicht. An diesem Tag ist was ganz Verrücktes passiert. Ein paar Leute fingen an, die Internationale zu singen." Er nahm einen Schluck Bier und lachte. „Ich weiß nicht, ob ihr das überhaupt versteht. Wir waren ja die Staatsfeinde. Wenn wir die Internationale sangen, dann war das so, als würden wir sagen, wir sind die Kommunisten und nicht ihr. Die Bullen haben so unglaublich blöd geguckt. Und mit einem Mal hab ich so ein irres Gefühl bekommen. Ich dachte, dass das, was wir hier machen, viel mehr ist als Provokation. Dass es absolut richtig ist, wenn ich mich nicht mehr hinter meinem Einmaleins als Mathelehrer verstecke. Ich dachte, jeder Schritt, den ich jetzt mache mit den anderen, das ist ein Schritt aus diesem ganzen Quatsch heraus, aus der Ungerechtigkeit, der Dummheit, aus der Herrschaft von einer Handvoll machtgieriger alter Tattergreise. Ich dachte, was jetzt passiert, das kann man nicht mehr rückgängig machen. Ich hatte das Gefühl, ich könnte wirklich was bewegen."

„Habt ihr doch auch", meinte Mika.

„Ach hör auf", fuhr Ralf ihn an. „Später, als die Mauer auf war, da hab ich mir manchmal sogar heimlich gewünscht, die Polizei wäre wieder da."

„Und wieso?", fragte ich.

„Als diese ganzen Massen über die Straße marschiert sind und nur nach der D-Mark und Wiedervereinigung gerufen haben, da hätte ich mir schon gewünscht, dass die jemand aufhalten würde. Notfalls mit Gewalt."

„Du bist ja ein toller Menschenrechtler", sagte Mika.

„Er hat es sich doch nur vorgestellt", sagte ich.

„Glaubst du vielleicht, ich hab mich dafür verprügeln lassen, dass die DDR wieder kapitalistisch wurde?

Wir hatten echte Visionen! Aber diese Leute hielten es ja schon für Freiheit, wenn sie ihr Kreuzchen für die CDU machen konnten."

„Jetzt halt aber mal die Luft an!" Gabi war plötzlich aus der Dunkelheit aufgetaucht. „Erzählst du so was auch drüben im Golfclub? Ich wette, von denen ahnt nicht einer, dass sie grad von einem kommunistischen Revolutionär massiert werden."

„Was machst du denn im Golf-Club?", fragte Mika neugierig.

„Unser Pawel Kortschagin ist Fitness-Trainer. Der macht jetzt Revolution gegen Fettpölsterchen."

„Wer war Pawel ...?", kam es von Mika, aber Ralf fiel ihm ins Wort. „Na und du?", fuhr er Gabi an. „Klos putzen für die Bonzen von damals, das ist wohl besser? Wären wir zurück nach Leipzig gegangen, dann wäre ich jetzt ein ganz normaler Sportlehrer für ganz normale Kinder. Wegen wem häng ich denn hier oben rum?"

„Lieber Klos putzen, als Kindern erklären, dass man andere Länder bombardiert, um ihnen Demokratie und Freiheit zu bringen. Und außerdem, die Bonzen von damals platzieren ihren Hintern ja wohl eher bei dir in der Sauna als in unseren miesen Baracken hier."

Sie köpfte eine Bierflasche. „Warum willst du das eigentlich alles wissen?", fragte sie mich. „Erzähl doch mal von dir! Was machst du denn so? Ist das vielleicht besser als Klos zu putzen?"

Ich ließ erst das Meer ein paar Wellen lang rauschen, bevor ich sagte, dass ich Sozialpädagogik studiert hatte.

„Und was machst du damit?"

„Ich bin noch auf der Suche. Momentan jobbe ich grad."

„Und was jobbst du so?"

„Was es halt so gibt, kann man sich ja nicht aussuchen. Marktforschung grad."

„Und für wen?"

„Alles Mögliche. Autohersteller zum Beispiel."

„Du arbeitest für die Autoindustrie? Für Benzin werden Kriege in den Öl-Ländern geführt, die Autoabgase zerstören die Atmosphäre, bei der Herstellung von Autos werden Menschen und Rohstoffe massiv ausgebeutet, und du arbeitest für die Autoindustrie?"

„Moment mal, Gabi", versuchte Ralf sie zu bremsen. „Du sprichst hier nicht mit dem Chef von Mercedes."

Sie fuhr herum. „Na, das war ja klar, dass du sie verteidigst, nachdem sie dich grad so schön angehimmelt hat."

„Sie will einfach nur Geld verdienen."

„Das wollten KZ-Aufseher auch schon."

„Aber das kannst du doch nicht vergleichen", ließ Mika sich plötzlich hören.

„Ach! DAS kann ich nicht vergleichen", schleuderte Gabi zurück. „Der Vergleich eines Ferienlagers mit einem KZ ist in Ordnung, ja? Aber wenn eine völlig rücksichtslose Autoindustrie für die Vergasung der ganzen Menschheit sorgt, dann fordert unser feiner Herr plötzlich politisch korrektes Vokabular."

„Und du meinst, wenn du nur noch Klos putzt, verhinderst du Hunger, Not und Umweltkatastrophen?", hielt Mika dagegen.

„Zumindestens wenn sie Öko-Seife benutzt", erwiderte Ralf.

Gabi starrte ihn an: „Ach, jetzt kannst du plötzlich Zynismus! Ausgerechnet jetzt!"

Dann drehte sie sich zu Mika. „Weißt du, wie viele Leute allein in Deutschland in einem Jahr auf der Straße sterben? Mehr als dreitausend. Auf der ganzen Welt sind es über eine Million. Jedes Jahr. Und das sind nur die Unfalltoten. Die Opfer der Abgase, die an Spätfolgen sterben, sind da noch gar nicht mitgezählt. Findest du nicht, dass wir anstatt sogenannter Schurkenstaaten mal ein paar Autowerke bombardieren sollten?"

Mika stand auf: „Mensch Gabi, du bist ja total durchgeknallt." Und das schien er eher attraktiv als ärgerlich zu finden. Er stapfte um Ralf herum und setzte sich neben sie. Er legte einen Arm um ihre Schulter, zog sie nah an sich heran und redete mit ihr wie mit einem kleinen Mädchen.

„Guck mal da hoch, Gabi. Siehst du den Stern da, der nur so ein bisschen funzelt?"

Unwillig schielte sie nach oben. „Keine Ahnung, was du meinst."

Mika nahm ihren Kopf in seine Hände und lenkte ihren Blick. „Siehst du ihn jetzt?"

„Mhm."

„Dieser Stern, der nur noch so funzelt", sagte Mika. „Den gibt es in Wirklichkeit gar nicht mehr. Sein Licht hat ein paar Tausend Jahre gebraucht, bis es hier angekommen ist. Aber jetzt, wo wir hier sitzen und ihn sehen, ist er schon verglüht. Macht dich das fertig?"

Die Flammen spielten ihr nervöses Schattenspiel auf Gabis Wangen. „Nicht wirklich", sagte sie.

„Na siehst du", machte Mika. „Und was ist der Unterschied zwischen diesem Stern und unserer Erde? Es spielt überhaupt keine Rolle, ob du Kloputzer oder Lehrer oder sonst was bist. Du bist ein Exemplar der Menschheit, die sich grad selbst gegen den Baum fährt. Dem Universum ist das egal."

Ralf stand mit einem Satz auf seinen Beinen. Er stürzte sich auf Mika, zerrte ihn von Gabi weg und hielt ihn mit einer Faust an seiner Jacke fest.

„Lass gefälligst das Universum aus dem Spiel! Es ist genau diese Ignoranz, wegen der wir alle drauf gehen. Deine Scheißignoranz, die du grad so wahnsinnig cool findest, die sorgt dafür, dass die Menschheit sich immer weiter in den Selbstmord treibt."

„Ach nee", entgegnete Mika. „Und was ist mit Typen wie dir, die davon träumen, dass Leute mit einer anderen Meinung von Bullen verprügelt werden. Wirst schon ein schöner Staatsfeind gewesen sein. Wahrscheinlich so einer, den die Stasi bezahlt hat. IM oder wie die hießen."

Ralf schlug zu, aber er hatte nicht mit Mikas Reaktion gerechnet.

„Leg dich nie mit einem Schlagzeuger an", sagte der, als Ralf zu Boden taumelte.

„Aufhören", schrie Gabi. „Hört auf!"

Mika ließ die Fäuste sinken. „Das hast du jetzt vom Kloputzen für den Weltfrieden", sagte er. „Dein Mann ist konkurrenztechnisch total unterfordert. Der nutzt die erbärmlichste Chance, damit er mal ein Held sein kann. Ach, und übrigens", jetzt sah er zu mir, „was die beiden hier praktizieren, das haben unsere Landkommunen schon in den Siebzigern gemacht. Aber die haben auch nur die Kleinbürgermoral neu erfunden. Ich geh mal frische Luft schnappen."

Er stapfte durch den Sand davon.

„Mist verdammter", schimpfte Gabi am Lagerfeuer. „Warum muss es immer so ausgehen? Der Krieg ist in uns drin. Nicht mal im Privatleben können wir anders. Nur noch Beleidigungen, Verletzungen. Es gibt keinen Frieden, nirgends, nicht mal hier."

„Ach komm, jetzt mach dich nicht fertig wegen diesem Idioten", sagte Ralf. Er versuchte sie zum Aufstehen zu bewegen. „Du hast dir einfach zu viel reingezogen. Komm ins Bett."

Während sie sich von ihm hochziehen ließ, protestierte sie: „Der kann überhaupt nichts dafür. Du bist dran schuld. Ich wollte die alten Geschichten vergessen. Ein für alle Mal. Wir haben uns versprochen, dass wir nicht mehr davon anfangen."

„Aber du hast es mir erlaubt."

„Mach es nie wieder! Nicht mal, wenn ich es dir erlaube!"

„Okay, ich mach's nie wieder."

Dann saß ich allein am Lagerfeuer, das nur noch schwach vor sich hin glimmte. Ich nahm einen Stein und versuchte, die Glut zu löschen, sie Stück für Stück auszudrücken. Und ich dachte, dass es höchste Zeit für mich war, die Beziehung zu Mika zu beenden. Je mehr Asche ich zum Verglühen brachte, umso besser konnte ich mir vorstellen, wieder ohne Mika zu leben, nie wieder auf ihn zu warten.

Da tauchte er aus der Dunkelheit auf. „Die sind wohl schon weg." Es war eine Feststellung. „Nur du und ich und die Unendlichkeit. Großartig", rief er in die Nacht und hielt mir seinen Joint hin.

12

Es ist schon zwei Stunden her, seit Gabi mit Melanie weggegangen ist. Das Licht zwischen den Bäumen ist nicht mehr so hell und klar wie im Juni. Der Herbst hat seinen Nebelschleier in die Luft gelegt und von den Kiefern fallen Nadeln ab.

Mir kommt der Gedanke, dass Gabi mich austricksen könnte. Vielleicht ist sie längst mit Melanie auf dem Weg nach Hamburg. Ich sehe auf dem Parkplatz nach. Neben dem SUV mit Hybrid-Motor steht noch immer ihr alter, roter Fiat. Warum sollte sie mich auch austricksen wollen? Ich weiß noch nicht viel über sie, aber was ich weiß, genügt, um sicher zu sein, dass von ihr kaum etwas Hinterhältiges zu befürchten ist. Ich glaube, sie will wirklich wissen, warum ich Melanie hier her gebracht habe. Inzwischen bin ich ganz sicher, dass das Mädchen am allerwenigsten für diese Flucht kann. Natürlich, die Kleine ist in einer verdammt schwierigen Situation, aber vielleicht hätte ich auch eine angemessene Lösung in Hamburg finden können. Wie kann ich Gabi erklären, dass ich einfach nur noch weg wollte? Auf jeden Fall hat alles, was ich nach diesem Kurzurlaub in Hamburg erlebt habe, Stück für Stück dazu beigetragen, dass ich vor ein paar Tagen nur noch fliehen wollte. Nicht nur aus Hamburg, sondern am besten ganz aus dieser Welt.

Ich gehe zu dem Bungalow, der im Juni unser Domizil war. Ich betrachte das leere Bett, die verwaisten Rohrstühle. Damals hätte ich die Chance gehabt, mich von Mika zu trennen. Doch ich habe sie nicht genutzt.

Als er mir nachts am Strand den Joint hingehalten hat, habe ich ihn genommen und ich habe mit ihm geschlafen, direkt am Meer, unterm Sternenhimmel. „Jetzt sind wir im Zentrum des Universums", hatte Mika in mein Ohr geflüstert. Und für Minuten war mir, als wäre das, was ich in der Mitte meines Körpers spürte, das Universum selbst. So musste sie sein, die Ewigkeit, die unermüdlich Energie in Energie verwandelt, ohne dass etwas verloren vergeht, mein Orgasmus, das ist die Energie des Universums, dachte ich, vollkommen bekifft unter Mikas zielstrebig arbeitendem Körper.

Danach rauchten wir noch einen Joint und ich bekam das Gefühl, allmählich im Universum zu verschwinden, mich vollständig darin aufzulösen. Das fühlte sich gar nicht so gut an, aber Mika wollte mir weismachen, dass es das Beste sei, was einem passieren könne.

„Die größte Weisheit ist das Nichts!", erklärte er und dann war sein Schweigen groß und feierlich. Für mich war vor allem sein Schweigen ein großes Nichts, und ich hatte Angst, mich darin zu verlieren.

Am Montag-Morgen gingen wir zu Gabis Bungalow, um unsere Übernachtungen zu bezahlen. Sie hatte ihre Möbel hochgestellt und ein Wischeimer stand auf dem Boden. Als ich ihr das Geld gab, sagte sie verlegen. „Ist ein bisschen schief gelaufen der Abend. Tut mir leid."

„Muss dir nicht leidtun", wehrte ich ab. „Wir waren ja alle daran beteiligt."

Mika holte eine Visitenkarte aus seiner Brieftasche und gab sie ihr. „Wenn du mal in Hamburg bist." Ich wusste bis dahin gar nicht, dass er solche Visitenkarten besaß.

Gabi warf Mikas Karte auf ein Regal und deutete dann auf ein paar Stapel Zeitungen: „Dieser alte Mist nimmt nur Platz weg", sagte sie. „Könnt ihr die unterwegs in eine Papiertonne werfen?"

Zu dritt trugen wir die vergilbten Bündel in den Kofferraum. Es waren alte DDR-Zeitungen.

Als wir losfuhren, blieb Gabi auf dem Parkplatz unter den Kiefern stehen, und ich wusste nicht recht, ob wir es waren, denen sie hinterher sah oder ihre Zeitungen, die in Mikas altem Ford davon schaukelten.

Auf der Autofahrt erzählte ich Mika, dass wir in der DDR Geld für diese Zeitungen bekommen hätten. Als Schulkinder hatten wir an jeder Wohnungstür geklingelt und die Nachbarn nach Altpapier gefragt. Für den Altstoffhändler mussten wir die Stapel mit einem Strick zusammenbinden. Wenn wir sie nicht ordentlich und fest genug verschnürt hatten, nahm er unsere Päckchen nicht an. Das fand Mika besonders komisch.

Später, als wir die losen Stapel in die Papiertonne in meiner Straße warfen, las ich ein paar der Überschriften. „Kollektive unterstreichen ihre Begeisterung für die neuen Beschlüsse des Zentralkomitees." „Anständige Bürger verurteilen die Zusammenrottungen an der Nicolai-Kirche." „Provokateure vom Westen aufgehetzt."

Ich konnte mich kaum noch an diese Sprache erinnern. Meine Mutter hatte ein Regionalblatt abonniert und die ersten Seiten meist sofort zum Altpapier gelegt. Sie las nur die Partnersuch-Anzeigen und die Lokalnachrichten.

Manchmal hatte ich versucht, die ersten Seiten der Zeitung zu lesen. Aber am Ende wusste ich nie, was ich eigentlich gelesen hatte. Für mich klang jeder Artikel gleich, und ich vergaß die Worte praktisch schon beim Lesen. An der Hamburger Mülltonne kam mir zum ersten Mal der Gedanke, dass das vielleicht ein Schutz gewesen sein konnte, praktisch eine autogene Selbstbetäubung, mit der ich mich unbewusst gegen eine Sprache geschützt hatte, die nur dazu diente, ein bestimmtes Dogma durchzusetzen, und das auf eine Art und Weise, die weder vor Lüge noch vor offener Aggression gegen Andersdenkende zurückschreckte.

Ich begriff erst jetzt, was uns Ralf am Lagerfeuer erzählt hatte. Wie viel Mut musste es gekostet haben, als Lehrer solchen Dogmen entgegenzutreten. Man fühlt sich nicht so einfach im Recht, wenn man von allen Seiten als Provokateur beschimpft wird, als „Gesindel, das sich zusammenrottet". Ein sogenannter Leserbrief trug die Überschrift „Bodenlose Frechheiten" und beschimpfte eine halbe Seite lang die Demonstranten vor der Leipziger Nikolaikirche. Sie seien „unverschämte Heuchler, die ihre Zeit mit verlogenen Kundgebungen vergeudeten, während anständige Menschen arbeiteten, um die sozialistische Planwirtschaft zu erfüllen."

Darunter stand ein Artikel mit der Überschrift: „Unter Vollnarkose in den Westen. Neue Schmuggelopfer an der ungarischen Grenze."

Mika schaute mir über die Schulter: „Haben sie damit etwa die Massenflucht von 89 erklärt?", fragte er.

Ich nickte. An solche Meldungen konnte ich mich sogar noch erinnern. Aber auch daran, dass damals schon jeder darüber gelacht hatte. Wir wussten alle, dass hier ein paar systemtreue Journalisten mit Verzweiflung versuchten, die Wahrheit mit Lügen aufzuhalten.

„Warum hat sie diesen Quatsch aufgehoben?", wunderte sich Mika.

„Vielleicht, weil es zu absurd ist, um sich ohne Belege daran erinnern zu können", überlegte ich.

Er sah mich zweifelnd an. „Wahrscheinlich lagen die Dinger schon rum, als sie dort eingezogen ist."

Als ich meinen letzten Stapel hineinwarf, rutschte eine lose halbe Seite hervor. Ich zog sie heraus, weil mir das Foto darauf sofort ins Auge gefallen war. Ich hatte die beiden Menschen wiedererkannt. Am oberen Seitenrand war noch ein Datum zu sehen, die Zeitung war vom Februar 1990.

„Herzliche Begegnung mit Vertretern des Neuen Forum", stand unter dem Foto. Ralf und Gabi schüttelten dem Bürgermeister von Leipzig die Hand. Ralf hatte schon damals seine Haare im Nacken zusammengebunden. Gabi trug einen Röhrenrock, Rollkragenpullover und Stiefel.

„Die sah ja scharf aus", hörte ich Mika hinter mir.

Ich faltete das Blatt zusammen.

„Schmeiß es weg", sagte er.

„Warum?"

„Weil es ihr Wille war, dass wir es wegschmeißen."

„Es ist doch auch meine Vergangenheit", sagte ich und steckte das Papier in meine Tasche. Mika schlug den Deckel der Tonne zu.

„Wenn du willst, gehen wir einkaufen und ich koch uns was", schlug ich vor.

Er sah mich an, als müsste ich ihm leidtun. „Sei mir nicht böse, Felicitas. Aber ich brauch mal ne Pause."

„Wir haben doch grad Urlaub gemacht."

Er drückte mir einen Kuss auf die Wange und sagte: „Eine Pause von dir."

Ich sah der schmutzig roten Heckklappe nach und ärgerte mich, dass ich nicht Schluss gemacht hatte. Mika war verschwunden und hatte alles offengelassen. Wieder einmal.

13

Mit zwei Reißzwecken machte ich das Foto von Gabi und Ralf an der Wand über meinem Küchentisch fest. Erst dann ging ich zum Anrufbeantworter, der geschäftig blinkte.

Ich drückte auf die Abhörtaste. Meine Mutter fragte, wie es mir ginge, während Manfred im Hintergrund polterte: „Anständige Kinder rufen ihre Mutter an und lassen sich nicht hinterher telefonieren."

Petra von „human needs" hatte einen Spruch hinterlassen. „Tja, schade. Ich hätte nen Job für dich gehabt."

Ich überlegte, ob es eine Fügung des Universums war, dass ich meine Mitwirkung an der weiteren Verschärfung von Umweltkatastrophen und Ausbeutung durch die Autoindustrie verpasst hatte.

Aber schon zwei Stunden später überwältigte mich doch wieder die Sorge um meinen Kontostand und ich rief Petra an. Vielleicht konnte ich ja noch in die laufende Studie einsteigen.

„Zu spät", sagte sie. „Aber ruf mal in der Pharma-Abteilung an, die suchen grad jemanden."

„Wer? Felicitas? Nie gehört", sagte eine Mitarbeiterin namens Agnes. „Hör mal, hier geht's um Pharma. Da können wir nicht jeden nehmen." Sie legte das Telefon beiseite und ich hörte, wie sie in das Büro rief: „Hat schon mal jemand mit einer Felicitas gearbeitet?"

„Die ist okay", hörte ich eine Stimme. „Stellt ein bisschen viele Fragen am Anfang, aber sie macht einen guten Job."

Agnes nahm den Hörer wieder auf. „Okay. Kannst du gleich da sein?"

Natürlich konnte ich das, sonst hätte ich nicht angerufen.

Agnes erwartete mich an ihrem Schreibtisch. Sie war eine kleine sehnige Frau, ihre durchtrainierten Oberschenkel waren nur von einem kurzen geblümten Rock bedeckt. Sie hatte kurze, silbrig graue Haare und einen schmalen breiten Mund. Neben ihr saß Karin. Karin war mindestens dreimal so breit wie Agnes und erinnerte mich an eine Schildkröte.

Ihr Kopf versank zwischen speckigen Schultern und hörte nie auf zu wackeln. Als hätte sich bei ihr irgendein Muskel im Nacken gelöst, der für das Stillstehen des Kopfes verantwortlich war.

Im ersten Moment wirkte das, als würde schon mein bloßer Anblick ein Kopfschütteln bei ihr hervorrufen.

Agnes dagegen begrüßte mich enthusiastisch. „Hi!", sagte sie und zeigte mir ihre regelmäßigen Zahnreihen. „Ist ja cool, dass du gleich Zeit hattest."

Karin sagte nur mit leiser hoher Stimme: „Guten Tag, Frau Glück." Sie lächelte ein komisches Lächeln, was ich allerdings oft zu sehen bekomme, wenn Leute mich mit meinem Nachnamen ansprechen.

Agnes warf ihr einen genervten Blick zu. „Ich bin voll im Stress", stöhnte sie. „Karin ist deine Supervisorin, ich wollte nur beim Briefing noch mit dabei sein, nur um sicher zu gehen. Ist nicht ganz einfach, die Sache."

Sie nickte Karin zu und heftete ihren Blick dann auf ihren Computer, die rechte Hand fest um die Maus geschlossen, ihr Zeigefinger drückte im Sekundentakt zu.

Währenddessen ging Karin den Fragebogen mit mir durch.

Ich sollte durch meine Fragen herausfinden, ob die Leute am Telefon für eine geplante Studie in Frage kämen. So was heißt im Fachjargon Quotenscreening.

„Bin ich eigentlich die Einzige, die daran arbeiten wird?", fragte ich Karin.

Sie lächelte wieder ihr komisches Lächeln.

„Siehst du hier noch wen?"

Karin fing an, den Fragebogen vorzulesen. Das machten die Supervisoren häufig bei so einem Briefing. Ich verstand es nie. Lesen konnte ich selbst. Was ich brauchte, war Hintergrundwissen. Wenn die Leute am Telefon mitbekamen, dass ich keine Ahnung hatte, wovon ich sprach, legten sie gern auf. Und mit dem Thema dieser Studie konnte ich noch gar nichts anfangen.

„Oncology/Fatigue 30235", stand am oberen Rand des Dokuments.

Als ich Karin fragte, was das hieß, setzte sie schon wieder ihr nerviges Lächeln auf. „Sei doch nicht so ungeduldig, Frau Glück. Das kommt schon noch alles."

Ich musste mir weiter anhören, wie man nach dem Alter fragt, und nach dem Geschlecht, falls man es nicht eindeutig über die Stimme erkannte. Es ging weiter mit Familienstand und Beruf, bis endlich die erste Quotenfrage kam. „Sind Sie an Krebs erkrankt, ja oder nein?" Bei „nein" stand „Bedanken und Beenden".

„Entschuldigung", sagte ich leise. Aber Karin ignorierte das und las weiter vor: „Wie wird derzeit Ihre verbleibende Lebenserwartung eingeschätzt. Zwei Monate, ein halbes Jahr, ein Jahr, zwei Jahre. Bei mehr als zwei Jahren bedanken und beenden. Und darunter musst du zusehen, dass du in jeder Staffelung mindestens einen kriegst", erklärte Karin, ohne einmal vom Papier aufzusehen.

Nur Agnes warf mir einen prüfenden Blick zu. Ich musste schon ziemlich blass ausgesehen haben, denn jetzt richtete sie ihre Augen missbilligend auf Karin, die völlig ungerührt den Text vor ihren Augen herunterleierte: „Seit wann sind Sie an Krebs erkrankt. Sind Sie wiederholt erkrankt. Wenn ja, wie oft?" Agnes unterbrach sie: „Gibt's bis hierhin schon mal Fragen?"

„Ja", sagte ich erleichtert. „Ich würde gern wissen, worum es geht."

Karin schaute zum ersten Mal hoch.

„Ich hatte doch gesagt, das kommt gleich", erklärte sie, und zum ersten Mal lächelte sie nicht.

„Sie hat aber jetzt gefragt", entgegnete Agnes und wandte sich dann an mich.

„Also, pass auf. Unser Kunde hat ein Mittel für Krebskranke entwickelt, damit die nicht mehr so müde sind. Das Mittel ist jetzt im Testlauf, das heißt, es geht von den Ärzten direkt an die Patienten. Und die werden von uns befragt. Den größten Teil haben wir schon geschafft. Aber wir brauchen noch mindestens vier aus der letalen Kategorie unter Vierzig. Die Listen haben wir von den Ärzten. Du musst dir keinen Kopf machen. Die wissen nicht erst seit gestern, dass sie Krebs haben."

„Aber was sollen wir denn herausbekommen? Ich dachte immer, Verträglichkeitsstudien werden von Wissenschaftlern durchgeführt."

„Natürlich machen wir hier keine pharmazeutischen Studien", bestätigte Agnes schmallippig.

„Irgendwann muss man für dieses Medikament ja auch Werbung machen", belehrte mich Karin und von ihr erfuhr ich auch, dass ich die entsprechenden Interviews später auch selbst machen sollte, und dass meine Gesprächspartner im Anschluss fünfzig Euro bekommen würden.

„Hast du ihr schon gesagt, dass sie den erhöhten Stundenlohn bekommt?", fragte Agnes.

„Soll sie nicht erst mal einen Probetag bestehen?"

„Nein." Agnes schlug ihren Zeigefinger auf die Entertaste und hinter ihr begann ein Drucker zu rattern. „Wir haben schon viel zu viel Zeit verloren."

Dann zog sie eine dreiseitige Liste aus dem Drucker und überreichte sie mir mit den Worten: „Ich habe keine Ahnung, wie aktuell diese Daten sind."

Mit einem Stapel Fragebögen und einer Datenliste von etwa einhundert todkranken Menschen ging ich an meinen Telefonplatz.

In den Call-Boxen neben mir saßen meine Kollegen und telefonierten gerade wieder eine statistisch saubere Stichprobe aus Autofahrern im Raum Köln zusammen.

Ich sah mir meine Liste an. Agnes hatte die Kranken alphabetisch nach Vornamen geordnet. Sie waren über das gesamte Bundesgebiet verteilt. Die Liste begann mit Achim Ballau aus Passau. Irgendwie beruhigte es mich, dass der Mann so weit weg war.

Ich wählte seine Nummer. Frau Ballau nahm ab.

„Einen schönen guten Tag und entschuldigen Sie bitte die Störung", sagte ich. „Mein Name ist Felicitas Glück vom Marktforschungsinstitut ‚human needs'. Ich wollte Sie fragen, ob Ihr Mann wohl zu sprechen ist. Es geht um eine Befragung zum Thema Müdigkeit."

Sie schluchzte auf.

„Entschuldigen Sie...", stammelte ich.

„Na, na", sagte sie. „Des können Sie ja net wissen."

Sie schluchzte noch lauter auf.

Ich hätte mir sehr gewünscht, dass in diesem Fragebogen irgendetwas gestanden hätte, was man in so einem Moment sagen sollte. Aber für alles, was „human needs" nicht weiterbrachte, gab es nur eine Formel. „Bedanken und Beenden."

„Es tut mir leid", stammelte ich. „Ich meine, mein herzliches Beileid."

Um mich her wurde es plötzlich ganz still.

„Dankschön", sagte Frau Ballau und schluchzte noch einmal. „Dank Ihnen."

Sie legte auf.

Ich drehte mich um und sah in die erschrockenen Gesichter meiner Kollegen.

„Was musst du denn machen?", fragte einer von ihnen.

Ich schlug eine Rauchpause vor und fast alle kamen mit.

Die Raucherecke befand sich im Treppenschacht für den Notausgang. Wir brauchten nur ein zwei Mal Rauch ausstoßen und standen im Nebel.

„Eigentlich überlege ich, ob ich diesen Job abgebe", sagte ich, nachdem ich ihnen erzählt hatte, was ich machen sollte.

„Wieso, du machst doch nichts Schlechtes", meinte Andreas, ein fünfzigjähriger, freiberuflicher Schauspieler. „Die sind vielleicht sogar froh, wenn mal jemand anderes mit ihnen redet und nicht immer nur der Arzt."

„Es wird doch auch anerkannt, dass du es schwerer hast", sagte die blonde Svenja. „Deswegen bekommst du doch einen Euro mehr pro Stunde."

„Und einer muss es nun mal machen", meinte Miriam, die noch immer auf ihre Festanstellung hinarbeitete.

Ich sagte nichts dazu, und durch die Rauchschwaden konnte ich sehen, dass meine Kollegen sich nicht wohl fühlten. Ich hatte das Gefühl, mein Motivationsmangel war eine zusätzliche Belastung für sie. Schnell lächelte ich ihnen zu. „Ja, klar", sagte ich. „Ich muss wahrscheinlich erst wieder reinkommen. Hatte ja grad Urlaub."

Und gleich drehten Anekdoten von der Ostsee die Runde. Jeder hatte schon mal am Strand gesessen und gekifft und dabei die verrücktesten Dinge gemacht. Den Rest der zehn Minuten nutzten wir wieder, um uns so oft wie möglich zum Lachen zu bringen und dann rannten wir gemeinsam zur Stechuhr, um uns wieder einzustempeln.

Danach versuchte ich vergebens einen Krebskranken an die Leitung zu bekommen. Adelheid aus Köln war grad zur Chemotherapie und Bernd aus Dresden regte sich auf, wie ich an seine Daten gekommen war: „Des muss dieses Orschloch von Vertretungsarzt gewesen sein. Sagen Se dem mal nen scheenen Gruß. Seine Diagnose war falsch. Ich hab gar keen Krebs. Aber wahrscheinlich schickt der jeden inde Chemo. Kriegter wohl Provision für."

Ich rief Karin an und fragte, ob man den Dresdner Arzt vielleicht überprüfen lassen sollte.

„Ich glaub, ich versteh da gerade was nicht, Frau Glück", entgegnete sie und ich konnte mir gut vorstellen, wie sie gerade lächelte. „Willst du mir jetzt sagen, was ich in meinem Job zu tun habe?"

Ich entschuldigte mich und legte auf.

Hinter mir hörte ich, wie meine Kollegen fröhlich mit ihren Autofahrern plauderten und ich dachte: Manchmal kann einem ein Job, den man kurz zuvor nur mit Zähneknirschen gemacht hat, plötzlich wie ein Traumberuf vorkommen.

Ich war froh, dass mich die nächsten drei Telefonnummern nur mit Anrufbeantwortern verbanden. Der letzte gehörte Daniela aus Leipzig. Anstelle eines dieser üblichen Sprüche hörte ich die ersten Takte von Steppenwolfs Superhit: „Get your Motor running, Head out on the highway..."

Daniela hatte den Titel bis zum ersten „Born to be wild" laufen lassen, bevor sie darüber gesprochen hatte: „He Leute, ihr wisst ja, ich hab nicht viel Zeit. Also fasst euch kurz." Die Musik wurde wieder lauter und endete mit „I never wanna die..."

Klick, Stille. Es war, als könnte man den Tod in der Telefonleitung hören, bis das Tut-tut-tut einsetzte, als wollte es daran erinnern, dass nach jedem Tod das Leben für den Rest der Welt weiter ging.

Ich war mir sicher, dass ich Daniela mit unserer Befragung nicht auf die Nerven gehen wollte.

Mit dem Lineal zog ich eine rote Linie über ihren Namen. Dahinter schrieb ich „KZ", das Kürzel für „keine Zeit".

Endlich legte ich auf und wählte dann die Nummer von Dietmar Petersen aus Rostock. Er war sogar zu Hause. Nachdem ich den Begrüßungstext abgespult hatte, sagte er nichts.

„Sind Sie noch dran?" fragte ich.

„Jea", krächzte er heiser.

„Hätten Sie denn Interesse an einem Interview zum Thema Müdigkeit?" fragte ich. „Es dauert ungefähr eine Stunde und Sie würden 50 Euro bekommen."

„Jemh", hörte ich wieder das heisere Krächzen. Dann vernahm ich ein Krachen und Poltern in der Leitung. „Fangen Sie an", hörte ich plötzlich eine blecherne Stimme, die aus einem Automaten zu kommen schien.

„Vielen Dank", sagte ich und las von meinem Fragebogen ab. „Ich werde Ihnen nun ein paar Fragen stellen, um herauszufinden, ob Sie für unsere Studie infrage kommen."

„Okay", tönte es blechern durch die Leitung.

So ein Screener enthält nur Ausschlussfragen. Mit der ersten falschen Antwort ist der Befragte für die Teilnahme disqualifiziert. Doch obwohl hinter jeder falschen Antwort „Bedanken und Beenden" steht, hatte mich Karin gebeten, die Befragung auf jeden Fall bis zum Ende durchzuziehen, damit wir Leute in Reserve hatten. Dietmar Petersen antwortete, wie wir es uns für die Studie nur wünschen konnten. Er hatte nicht mehr als maximal zwei Jahre zu leben, litt an schweren Erschöpfungszuständen und nahm das Mittel, das gerade getestet wurde.

Ich las die vorletzte Frage vor: „Benutzen Sie eine elektronische Sprechhilfe?"

„Hören Sie ... nicht?", kam es blechern aus dem Hörer.

„Ja, natürlich, verzeihen Sie."

Bei Antwort „Ja" stand: „Bedanken und Beenden"

Aber wie es mir gesagt wurde, stellte ich auch die letzte Frage noch, bedankte mich erst dann und sagte, dass ich mich wegen des Termins noch mal melden würde.

„Krieg ich ... fünfzig Euro?", fragte die elektronische Stimme von Herrn Petersen.

„Noch nicht, das war erst der Screener", erklärte ich ihm. „Um herauszufinden, dass Sie in die Quote passen."

„Ach so", antwortete er geduldig und fragte mich. „Und ... hab ich .... bestanden?"

Die blechernen Laute signalisierten vermutlich ein Lachen. Herr Petersen war schon 75 und lebte allein.

„Ja", log ich. „Sie kommen bestimmt in die enge Auswahl. Ich melde mich dann wieder."

„Danke", sagte die Blechstimme. „Sie sind sehr nett... Auf Wiederhören."

Er legte auf.

Ich zog mir das Headset vom Kopf und überprüfte den Fragebogen noch mal auf Vollständigkeit.

„Na, wie sieht's aus", ertönte Karins Stimme hinter mir. „Hast du schon einen?" Sie hatte sich an mich herangeschlichen, ohne dass ich es gemerkt hatte.

„Ja", sagte ich. „Kehlkopfkrebs."

„Mit Sprechhilfe?"

Ich nickte.

„Was glaubst du wohl, warum das im Screener ausgeschlossen wird?", fragte sie und quälte mich mit ihrem Lächeln. „Die brauchen eine Stunde für einen Satz. Da kannst du doch kein Interview machen."

„Der spricht noch ganz flott", verteidigte ich den einsamen Herrn Petersen.

„Zeig mal her?" Sie blätterte mit ihren kurzen dicken Fingern durch die Seiten.

„75? Der hat auf dieser Liste gar nichts mehr zu suchen", konstatierte sie mit gespielter Müdigkeit. Ich sollte nur noch Teilnehmer unter sechzig rekrutieren, am wichtigsten waren aber die unter vierzig. Karin ergriff die Liste mit meinen Kandidaten.

„Warum hat Daniela aus Leipzig denn keine Zeit?"

Daniela war 38.

„Ähm. Sie will noch mal an einem Motorrad-Rennen teilnehmen so kurz vor Schluss. Und dafür muss sie trainieren."

„Magst du mir mal die Nummer aufschreiben?"

Das war seit einiger Zeit Mode. Anstatt uns zu sagen, was wir machen sollten, wurden wir gefragt, ob wir etwas machen „mögen". Eine ehrliche Antwort war da kaum noch drin.

„Ich kann sie auch selbst noch mal anrufen", schlug ich vor. „Ich meine, wenn ich sie erwische, wenn sie mehr Zeit hat, dann krieg ich sie bestimmt rum."

Karins Kopf wackelte heftig, während sie mich mit ihren kleinen Augen fixierte.

„Na, gut", sagte sie nach einer Ewigkeit. Und warf die Liste wieder auf meinen Tisch.

Ich wählte Danielas Nummer. Ihr Anrufbeantworter spielte wieder „Born to be wild". Ich hörte mir den Song bis zu Ende an, und war froh, dass ich auch diesmal nicht mit ihr sprechen musste. Aber ich erklärte ihrem Gerät, warum ich anrief und dass ich es später nochmal versuchen würde.

14

Ein paar Tage später hatte ich Nicole angerufen und ihr erzählt, dass ich in Klein-Butzow gewesen war und dort oft an sie gedacht hatte.

„Na, sieh mal, wie verbunden wir miteinander sind", sagte sie. „Ich fahre morgen dorthin und mache ein Yoga-Seminar."

„In Klein-Butzow?"

„Nein, nebenan, in diesem Golf-Resort. Hast du nicht Lust, nochmal hochzufahren und daran teilzunehmen?"

„Das kann ich nicht bezahlen, Nicole. Und außerdem hab ich kein Auto."

„Oh sorry. Okay, das war ein Fettnäpfchen."

„Schon in Ordnung."

Schließlich fragte Nicole nach meinen Bewerbungen.

„Zwei von meinen Wunsch-Stellen haben abgesagt", erklärte ich ihr und zählte ihr auch die anderen Absagen auf, die ich inzwischen bekommen hatte.

„Na, ist doch super", sagte Nicole.

„Was ist daran super?"

„Es gibt noch zwei Bewerbungen in deinem Beruf, die noch nicht abgesagt wurden", stellte sie feierlich fest. Sie hatte genau mitgezählt.

„Weißt du Nicole, für manche Leute ist es schon schwer, ein halb leeres Glas als ein halb volles zu betrachten. Aber bei dir denke ich immer, dass ich mich über das totale Nichts freuen soll."

„Zwei offene Möglichkeiten sind kein totales Nichts."

„Die haben es nicht für nötig gehalten, mir eine Absage zu schreiben. Das ist alles."

„Jetzt hör doch mal auf mit deiner Dunkelmalerei. Pass auf. Erst mal erholst du dich von den Absagen. Und wenn du energetisch wieder auf dem Berg bist, schickst du die nächsten Bewerbungen los."

„Und in der Zwischenzeit arbeite ich mich vor lauter Schwachsinn in den Wahnsinn."

„Wieso das denn?"

Ich erzählte ihr, was ich bei „human needs" zu tun hatte. „Und wahrscheinlich geht es bei dieser Befragung nur darum, herauszukriegen, welche Zeitschriften diese Krebskranken lesen, damit man dort gezielt Werbung machen kann. Verstehst du? Der Mensch als Konsument, bis zum letzten Atemzug. Als was anderes werden wir schon gar nicht mehr gesehen."

„Weißt du, was du wieder mal völlig außer Acht lässt", entgegnete Nicole. „DU rufst die Leute an."

„Ja, eben! Und?"

„DU rufst sie an! DU mit deiner ganz persönlichen Menschlichkeit." Wenn sie glaubte, jeder Mensch, der von mir angerufen wurde, hatte schon mal das soziale Glückslos gezogen, dann irrte sie sich.

„Ich muss mich an meinen Fragebogen halten", erklärte ich ihr.

„Oh Mann, bist du stur", stöhnte sie auf. „Du wirst doch wohl innerhalb eines vorhandenen Systems Löcher finden, durch die du mit deinem ganzen Menschsein hindurch kannst. Da haben wir doch Erfahrung drin."

Ich verstand sie immer noch nicht.

„Du kannst es doch nicht nur von deinem Job abhängig machen, ob du Felicitas Glück bist oder nicht", erklärte sie ungeduldig. „Du musst eben momentan deine ganz persönliche Lösung finden, dieser Menschenlosigkeit im System etwas entgegen zu setzen, also dich selbst einzubringen. Und ich sehe da noch einige Zwischenräume offen."

Ich schwieg, während sich vor meinen Augen Nicoles menschliche Zwischenräume öffneten wie hohe Gewölbe in einem Tempel der universalen Einigkeit mit sich selbst.

„Du hast wohl Recht", sagte ich leise.

„Fein, ich muss jetzt aber mal anfangen zu packen. Ich hab noch gar nichts vorbereitet", erklärte sie mir, schob noch ein „Das wird schon" hinterher und legte auf.

Ich blieb auf meinem Sofa sitzen. Nach einer Weile machte ich eine Bestandsaufnahme meiner derzeitigen sozialen Kontakte. So etwas tat ich ab und an mal, um mich zu vergewissern, dass ich nicht ganz allein auf der Welt war. Da war vor allem meine Mutter. Doch seit sie ihr Beratungsbüro nicht mehr hatte, und ich sie nur noch unter der Dauerpräsenz von Manfred in ihrem Wohnzimmer erreichen konnte, kam zwischen uns kaum noch ein vernünftiges Gespräch zustande. Nicole hatte gerade keine Zeit für mich. Und meine Kollegen von „human needs" hatten am Tag zuvor alle Quoten vollgekriegt und waren nach Hause geschickt worden. Selbst ‚Kohlenhornig' gab es nicht mehr. Ich hatte ihm im Juni einen großen Vorrat Kohlen zum Sonderpreis abgekauft, bevor er seinen Laden für immer geschlossen hatte. Es war Sommer, ich war nun schon ein halbes Jahr in Hamburg, und die einzigen Menschen, mit denen ich ein paar Worte wechseln konnte, waren die dicke Karin mit ihrem Wackelkopf, Danielas Anrufbeantworter und der einsame Herr Petersen. Und Mika. Aber ich wollte nicht abhängig von Mika sein, und deshalb versuchte ich, mich mit aller Kraft auf die Menschen in meinem Job zu konzentrieren. Als ich mich am nächsten Morgen auf meinen Telefonplatz setzte, kam nicht Karin, sondern Agnes zu mir.

„Kannst du mir erklären, wieso du noch niemanden rekrutiert hast? Du sitzt doch schon seit Tagen da dran." Ihr schmaler Mund schloss sich zu einer scharfen Linie in ihrem Gesicht.

„Die sind schwer zu erreichen", erzählte ich ihr. „Einer war gar nicht krebskrank. Und ein paar sind auch schon tot."

„Belästige mich doch nicht mit Dünnschiss. Ist ja logisch, dass nicht alle Datensätze funktionieren. Aber ich frage mich, was du hier eigentlich treibst. Ich habe mal in deine Statistik geguckt. In der Zeit hättest du doppelt so viele Nummern anfassen können."

„Aber..." Ich schloss den Mund wieder. Das geboten Agnes' messerscharfe Lippen. Wahrscheinlich hatte sie erst vor fünf Minuten einen Anruf ihres Kunden bekommen. Irgendein Marketing-Heini aus dieser Pillenfirma. Jedenfalls einer, der noch nie an einem einzigen Tag mehrere Krebskranke hintereinander anrufen musste. Das einzige, womit der fertig werden musste, war ein Chef, der ihn anschrie, weil er einem selbstgemachten Zeitplan hinterher hing. Und da er nicht zurück schreien konnte, schrie er Agnes an und Agnes wollte Karin anschreien, aber die war noch nicht da, also schrie sie mich an. Ich hätte nur noch die Verstorbenen anschreien können: „Was fällt Ihnen eigentlich ein zu sterben? Wegen Ihnen hat der Ansprechpartner von der Chefin meiner Chefin einen Anschiss gekriegt."

Das einzig Realistische, was ich tun konnte, war, keinen überflüssigen Widerstand zu leisten.

„Du hast vollkommen Recht", sagte ich also zu Agnes. „Ich werde mein Bestes tun."

Es wirkte. Aber kaum war sie verschwunden, war ich wütend auf Agnes und konnte nichts mit dieser Wut anfangen. Da mir nichts Besseres einfiel, wählte ich Danielas Nummer. „Get your motor running", legte Steppenwolf los. Das tat gut. Ich lehnte mich zurück, „head out on the highway". Ich freute mich jetzt schon auf den Refrain, doch da hörte ich plötzlich ein Knacken. Daniela war zu Hause.

„Hallo", hörte ich eine leise Stimme.

„Hallo", stammelte ich. „Ich heiße Glück. Felicitas Glück."

„Schön für dich", stöhnte Daniela. Es knackte wieder. Aufgelegt.

Sie hatte traurig geklungen oder erschöpft. Aber es war ja auch erst kurz nach neun, dachte ich. So früh bei fremden Leuten anzurufen, sollte eigentlich verboten werden.

„Das wird ja wohl nicht dein letzter Versuch bei Daniela aus Leipzig gewesen sein", hörte ich eine Stimme über mir. Schnaufend schob Karin ihren umfangreichen Leib an mir vorbei und ich schaute zu ihr auf.

„Sie war nur grad ganz schlecht drauf", entschuldigte ich mich.

Karin lächelte. „Verstehe. Und du bist dir auch ganz sicher, dass nicht du diejenige bist, die grad ganz schlecht drauf ist."

Wenn sie doch wenigstens aufhören würde zu lächeln, dachte ich. Am schlimmsten fand ich an diesem Morgen ihre kleinen runden Apfelbäckchen. Sie sahen so unverschämt gesund aus.

„Fühlst du dich denn wohl, Frau Glück?", fragte Karin.

„Danke, ja", antwortete ich. „Wieso?"

„Du hast schon mal besser ausgesehen", erklärte sie mir.

„Hab schlecht geschlafen", sagte ich, was auch stimmte. Damit hatte ich schon einige Zeit Probleme. Ich wünschte mir, dass Karin so schnell wie möglich weg ging. Doch Karin zog sich einen Stuhl heran und senkte ihren breiten Hintern mittig darauf ab.

„Du hast keine Kinder, nicht wahr?", fragte sie mich, immer noch lächelnd.

Ohne eine Antwort abzuwarten, erklärte sie mir: „Dann wüsstest du nämlich, was richtiger Stress ist. Was auch immer du gerade erlebst, es ist pille palle, das wirst du schon noch merken, wenn du selbst Kinder hast."

Und dann erzählte sie mir, dass sie später gekommen sei, weil sie ihren Sohn zu einem Berufsberater bringen musste. Sie verriet mir, dass ihr Sohn sechzehn war und keine Ahnung hatte, was er mal werden wollte. Und dann machte sie sich in meiner Gegenwart ausführliche Gedanken darüber, woran das liegen konnte.

Nach einer halben Stunde hatte ich das Gefühl fast alles über ihren unentschlossenen Sprössling zu wissen, dazu hatte auch eine komplette astrologische Sternbild-Deutung beigetragen - er war Jungfrau. Bevor ich Karin davon abhalten konnte, ging sie zu ihrer älteren Tochter über, die gerade ihre Grundausbildung auf einer Polizeischule machte, worauf Karin offensichtlich sehr stolz war. Ich hoffte, dass sie nicht noch ein drittes Kind hatte. Hatte sie nicht. Doch von ihrer Tochter kam Karin zu ihrem Mann. Ich erfuhr, dass er aus Ghana war und dass ihr gemeinsamer Anfang vor zwanzig Jahren nicht leicht gewesen sei. Außer mir war niemand im Studio. Ich war Karins Vertrauensseligkeit vollkommen allein ausgeliefert.

„Ähm, Karin, ich sollte dann vielleicht mal wieder...", versuchte ich, sie an meine Pflichten zu erinnern. Doch sie legte mir ihre rosige Hand auf den Arm. Ein wenig Privates müsse schon mal erlaubt sein in einer Firma, die sich hauptsächlich mit Kommunikation beschäftige.

So erfuhr ich, wie sie ihren ghanaischen Mann davon überzeugt hatte, eine Paartherapie mitzumachen und wie sie dort gelernt hätten, Kompromisse auszuhandeln. „Es ist eben alles ein Geben und Nehmen", erklärte sie mir, und ich wünschte inzwischen inständig, dass sie bald aufhörte, mir alle Einzelheiten ihres Privatlebens preiszugeben und fürchtete zudem, dass sie dafür auch noch etwas zurückhaben wollte, wegen des Gebens und Nehmens. Vollkommen wehrlos hörte ich, wie sie die Kompromisse aufzählte, die sie und ihr Mann gefunden hatten, wer wann wem wobei helfen konnte oder eben nicht.

„Selbst im sexuellen Bereich haben wir unsere Einigung gefunden", erklärte sie und ihr Lächeln hatte sich inzwischen in ein übermütiges Lachen verwandelt. „Und weißt du welche?"

„Entschuldige", flüsterte ich und stand dabei auf. „Ich muss jetzt, glaube ich, doch mal auf Toilette."

Als ich wiederkam, war sie verschwunden. Ich sah auf die Uhr. Es war schon nach zehn. Sie hatte mich über eine Stunde belagert.

Mit dem dringenden Bedürfnis zu rauchen, ging ich kurz darauf zum Stempelautomaten. Doch gerade, als ich meine Karte hineinschieben wollte, stand sie vor mir.

„Wo willst du denn hin?"

„Ne Raucherpause machen, wieso?"

„Ich denke, dass du jetzt aber wirklich genug Pause hattest."

Sie sah mich so lange an, bis ich die Karte wieder zurücksteckte und auf meinen Platz ging. Sie überwachte auch noch, wie ich mir das Headset über die Ohren schob und eine Nummer ins Telefon tippte. Erst dann verschwand sie im Supervisionszimmer.

Daniela ging gleich ran und ich erklärte ihr ziemlich stockend, worum es ging.

Als ich fertig war, sagte Daniela: „Tschuldige wegen vorhin. Ich bin noch nicht so gut drauf. Komm grad erst aus'm Krankenhaus, weißte."

Ich blätterte in meinem Fragebogen bis zu der Stelle, zu der diese Aussage passte. Als ich sie gefunden hatte, las ich die nächstfolgende Frage vor und übernahm dabei die Du-Anrede. „Wann war denn dein letzter Krankenhausaufenthalt genau?"

Meistens kriegte man unschlüssige Testpersonen in die Befragung rein, wenn man ihnen das Gefühl gab, man würde sich nur so mit ihnen unterhalten. Man musste dann versuchen, die Fragen des Fragebogens ins Gespräch einzubringen, egal in welcher Reihenfolge. Aber Daniela war nicht blöd.

„Nee, nee Frau Glück", sagte sie. „Wennde hier nur deine Nummer durchziehen willst, wird das nüscht."

Komisch war nur, dass sie nicht auflegte. Es blieb vollkommen still in der Leitung.

„Bist du noch dran?", fragte ich.

„Ich find das ja gut, dass mich jemand anruft, den ich gar nicht kenne", sagte sie endlich. „Weißt du, in so nem Krankenhaus hat ja auch keiner Zeit für dich. Und bei mir zu Hause ist ja totale Ebbe. Also du kannst mir deine Fragen ja stellen, aber wir können doch auch noch über was andres reden, oder?"

Der Zwischenraum, von dem Nicole gestern noch philosophiert hatte, tat sich hier von ganz allein an meinen Ohren auf. Plötzlich hatte ich die beste Gelegenheit ganz und gar Felicitas Glück zu sein. „Klar", sagte ich. „Zum Beispiel über deinen Anrufbeantworter. Find ich ganz schön cool, die Steppenwolfnummer."

Sie lachte. „Das hab ich aufgenommen, als sie mir die Diagnose gesagt haben. Also, okay, schon ein paar Tage später. Aber doch kurz danach."

Sie erzählte mir, was sie bis zu ihrer Diagnose gemacht hatte. Sie hatte bei einem Veranstalter für Rockkonzerte gearbeitet. „Mehr so unterste Scharsche, weißte. Ich war eine von denen, die den ganzen Tag rennen müssen", meinte sie. „Und mit einem Mal musst du ins Krankenhaus und sollst nur noch stillhalten. Da kriegste einen zu viel."

Sie wurde operiert und bekam eine Chemotherapie. Während dieser Zeit hat sich ihr Freund von ihr getrennt. „Ich hab den verstanden", meinte sie. „Wenn das nich mir selbst passiert wär, bei jemand anders hätt ich das auch nich ausgehalten. Als Gesunder kannste ja gar nüscht machen."

Die Stelle in ihrem Betrieb hatten sie inzwischen mit einer Vertretung besetzt. Als Daniela zurückkam, sah sie sich die Sache zum ersten Mal von außen an. Sie meinte, sie hätte nur ein paar Minuten lang zugeschaut, wie diese Frau gearbeitet hätte. „Und während ich der so zusehe, wird mir mit einem Mal mein eigener Job klar. Du hast ja ständig Angst. Angst, dass alles schief geht, dass die Technik nicht klappt, die Mitarbeiter nicht funktionieren, dein Boss dich anscheißt. Ich dachte, wenn ich wieder richtig gesund werden will, hab ich nur eine Chance. Aufhören. Sofort."

„Das verstehe ich", sagte ich leise. „Es gibt Jobs, die können einen krank machen."

„Genau, aber ich hab mir erst ma nüscht anmerken lassen", meinte sie. „Als dann mein Chef kam und rumdruckste, die Neue, die hätte sich jetzt so super eingearbeitet und so, da hab ich mir Mühe gegeben, ganz beleidigt zu gucken. Als der mich fragte, ob ich vielleicht mit ner Kündigung mit Abfindung zufrieden wär, is bei mir innerlich ne Tür aufgegangen, weeßte. Ach was, n riesiges Scheunentor. Und dahinter war nur noch Landschaft, fette schöne Landschaft und gute Straßen."

Plötzlich wurde es still in der Leitung.

„Daniela", sagte ich leise.

„Mhm."

„Hast du irgendjemanden, der bei dir vorbeikommt?"

„Ja, klar", sagte sie. „Mein Ex kommt schon ab und zu noch mal. Aber wird ja auch nich so lange dauern. Ich meine jetzt, wo das Ding weg ist, was soll da noch passieren? In paar Wochen bin ich wieder fit. Und dann schwing ich mich erst mal in'n Sattel und später überleg ich mir, was ich als nächstes für'n Job mach. Jedenfalls reiß ich mir nie wieder so den Arsch für andre auf."

„Klar", sagte ich. „Da musst du umsatteln."

Sie lachte. „Hör mal, du solltest jetzt lieber deine Fragen stellen, Frau Glück. Ich bin schon wieder zum Umfallen müde. Deine Pillen nützen übrigens gar nichts", sagte sie vorwurfsvoll. „Die sollen die Müdigkeit ja wegkriegen, aber mir wird bloß schlecht davon."

Ich erklärte ihr, dass ich weder mit dem Pharmahersteller noch mit der Marktforschung viel zu tun hätte.

Aber Daniela antwortete nur mit einem müden „mhm" und ich sah ein, dass ich mich mit meinem Fragebogen jetzt wirklich beeilen musste. Nach ein paar

Fragen schlief sie ein, und ich legte auf. So hatte ich wenigstens einen Grund, sie nochmal anzurufen.

Kaum hatte ich aufgelegt, tauchte Karin im Studio auf.

„Was hat denn gerade so lange gedauert?", fragte sie scheinheilig. Sie hat mitgehört, schoss es mir durch den Kopf. „Ich musste erst mal ihr persönliches Vertrauen gewinnen", erklärte ich.

„Persönliches Vertrauen, so, so! Haben sich vielleicht zwei Ostfrauen mal schön privat unterhalten."

Sie zog sich den Fragebogen heran. „Du bist gar nicht fertig!"

„Sie ist doch am Telefon eingeschlafen!"

Karin nahm den Fragebogen mit.

„Sieh zu, dass du weiterkommst", schnauzte sie mich an, bevor sie sich in ihr Büro verzog.

Mir war es egal. So lange sie nicht wieder versuchte, mir von ihren Ehegeheimnissen zu erzählen, nahm ich ihr nichts mehr übel.

15

Ab jetzt rief ich Daniela jeden Tag an. Zuerst mussten wir noch den Fragebogen abarbeiten. Und danach hatte ich einfach Rückfragen. Das war gar nicht so schwierig. Sogar den alten Herrn Petersen rief ich noch ein paar Mal an. Agnes hatte ihn auf Reserve gelegt, und mich gebeten, alle Kandidaten in regelmäßigen Abständen anzurufen, um zu überprüfen, ob sie noch interviewfähig waren. Nun war es die Marketingabteilung des Pharmakonzerns, die sie hängen ließ und mit dem endgültigen Fragebogen nicht fertig wurde. Ich hatte neben Daniela noch zwei mögliche Kandidaten gefunden. Eine Frau mit einem französischen Akzent, die früher Apothekerin war, und seit ihrer letzten Magenkrebs-Operation invalid geschrieben war. Sie versuchte, mit mir über das Anti-Müdigkeits-Medikament zu fachsimpeln und meinte, sie würde es genießen, endlich mal wieder mit jemandem zu sprechen, der Ahnung von Pharmazie hätte. Ich spielte für sie die wissenschaftliche Angestellte einer medizinischen Forschungseinrichtung und tat alles, um ihren Glauben an mich aufrecht zu erhalten. Nach vielen wiederholten Versuchen gelang es mir auch endlich mit einem Mann mit einem Gehirntumor zu sprechen, den ich schon oft erreicht hatte, der aber immer einen anderen Grund hatte, um mich abzuwimmeln. Chemotherapie, Müdigkeit, Krankengymnastik oder einfach schlechte Laune. Ich kam nie so weit, ihm die ganzen Bedingungen der Studie zu erklären. Eines Tages rief ich ihn an und sagte gleich als erstes, es gehe noch einmal um die Studie, bei der er für seine Teilnahme fünfzig Euro bekommen würde. Da hatte er endlich ein bisschen Zeit.

Nachdem ich ihn „rekrutiert" hatte, rief er fast jeden Tag an, um zu fragen, wann er endlich sein Honorar bekäme. Und ich musste ihm immer wieder auf's

Neue erklären, dass er dafür noch ein zweites Interview machen musste, das ich noch nicht auf dem Tisch hätte, wofür ich mir jedes Mal die schlimmsten Vorwürfe anhören musste.

Noch zwei Mal war Karin mit einem Stuhl in ihrer Hand auf mich zugekommen, aber ich stand jedes Mal rechtzeitig auf und verschwand Richtung Toilette. Die schönste Zeit des Tages war zwischen eins und zwei, wenn Karin Mittagspause machte. Daniela wusste inzwischen schon Bescheid. Kaum war Karin aus der Tür, rief ich sie an. Sie erzählte mir, dass es ihr immer besser ging und sie wieder Motorrad fuhr, jeden Nachmittag. Sie schilderte kurze Fahrten über Landstraßen in der Umgebung von Leipzig. Ich hätte ihr stundenlang zuhören können. Viele der Orte, die sie beschrieb, kannte ich selbst und sie weckten Sehnsucht nach der Gegend, die ich vor mehr als zehn Jahren in schönster Aufbruchstimmung verlassen hatte.

Mika hatte seit unserem Kurzurlaub nichts wieder von sich hören lassen, aber ich hörte allmählich auf, ihn zu vermissen. Seit meiner Ankunft in Hamburg ging es mir zum ersten Mal gut. Ich war jetzt oft abends allein zu Hause, ohne mich einsam zu fühlen. Ich saß gern an meinem Küchentisch, trank ein bisschen Wein und dachte an Gabi und Ralf, deren Zeitungsbild an der Wand hing. Sie hatten mich daran erinnert, dass ich noch mit siebzehn Jahren in einem Land gelebt hatte, an dessen Existenz ich überhaupt keinen Zweifel hatte. Ich war für diese Gesellschaft erzogen worden und machte 1989 mein Abitur, um Lehrerin in der sozialistischen Schulbildung zu werden. Doch dann war alles anders gekommen. Das Jahr vom Mauerfall 1989 bis zur Wiedervereinigung 1990 war eine Zeit, die sich wohl niemand richtig vorstellen kann, der so etwas nicht erlebt hat. Mit der Mauer war nicht nur eine Staatsgrenze gefallen. Ein paar Monate lang schien es überhaupt keine Tabus mehr zu geben. Mit 18 hatte ich im Herbst 1989 mein Studium in Leipzig begonnen. In den ersten Monaten herrschten noch die üblichen Dogmen, doch nach dem 9. November war plötzlich alles offen. Wir konnten alles sagen, was wir dachten, ohne zu befürchten, dass wir uns mit unseren Ansichten Ärger einhandeln würden. Die Lehrkräfte selbst fingen an, Dinge offen auszusprechen, die sie vorher nur hinter vorgehaltener Hand gesagt hätten. Und da hatte sich so Einiges angestaut. Wir glaubten, den Aufbruch in eine völlig neue, gerechte und freie Welt zu erleben. Der Frühling 1990 war eine Zeit der großen Unsicherheit, aber auch der großen Diskussionen und Hoffnungen. Welche Gesetze galten noch, welche würden bald gelten? Nichts stand mehr fest. Wer würde sich durchsetzen? Diejenigen, die noch immer für eine langsame Reformierung eintraten, „für unser Land", wie damals ein berühmter Aufruf hieß, dem sich Millionen anschlossen, oder die Massen, die jeden Montag demonstrieren gingen, um die D-Mark und die Wiedervereinigung zu fordern.

Die meisten unserer Professoren und Dozenten hofften ganz offensichtlich auf die erste Variante und die meisten Studenten wohl auch. Ich auf jeden Fall.

Dann kam die Währungsunion und über Nacht füllten sich die Regale unserer Konsumläden mit Waren aus dem Westen. Mit der heiß ersehnten Westmark war der Joghurt plötzlich drei Mal so teuer wie am Vortag, dafür gab es ihn jetzt in dreißig verschiedenen Sorten. Anstatt über eine neue Gesellschaft nachzudenken, musste ich lernen, welchen von dreißig Joghurt-Sorten ich haben wollte.

Aber das waren Kleinigkeiten. Nach der Wiedervereinigung hatte man Ende 1990 beschlossen, die meisten unserer Lehrkräfte zu entlassen. Sicher gab es einige, um die ich nicht trauerte. Aber mit anderen hatten wir in den letzten Monaten wichtige Auseinandersetzungen erlebt, zu den jüngeren fast freundschaftliche Verhältnisse entwickelt. Doch trotz einiger Protestaktionen, an denen ich mich auch beteiligte, verschwanden unsere Dozenten nach und nach und ihre vakanten Stellen wurden mit Lehrkräften aus dem Westen besetzt, die nicht mehr mit uns diskutierten. Und selbst wenn, dann gaben sie uns das Gefühl, wir müssten erst einmal ein paar Dinge begreifen, die für sie längst Selbstverständlichkeiten waren.

Mit ihnen kamen auch jede Menge Studenten aus dem Westen nach Leipzig und die behandelten uns, also die aus dem Osten, ganz gern mal wie Vollidioten, weil wir das Scheine-System nicht so richtig kapierten.

Das war auch ein Grund, warum Nicole und ich nach Berlin gezogen waren. Wir hatten genug davon, uns in unserer Heimatstadt von Leuten belehren zu lassen, die nicht mal älter als wir waren. An einem anderen Ort ertrug man das leichter.

Das neue Studiensystem war auch gar nicht so schwer. Es gibt Schlimmeres als die Anpassung an neue Verwaltungsstrukturen. Aber die Aufbruchstimmung des Wendejahres verflog. Viele von uns erlebten mit, wie ihre Eltern arbeitslos wurden und sich erfolglos um die wenigen Stellen bewarben, die es noch gab.

Meinen persönlichen Schock erlebte ich Anfang 1991. Ich war schon in Berlin und schaute mit meinem ersten eigenen Fernseher Nachrichten.

Im Irak spitzte sich eine Krise zu, und eines Abends kam in den Nachrichten, dass die USA ab jetzt den Irak bombardierten. Die Bilder zeigten explodierende Häuser, flammende Infernos, und der Sprecher erzählte irgendetwas über eine politische Notwendigkeit, doch ich hörte kaum hin. Ich hielt mich mit beiden Händen an den Seitenlehnen eines alten Sessels fest, als könnte ich damit die Zeit aufhalten. Seit ich ein kleines Kind war, hatte ich gelernt, das sozialistische Weltsystem würde den Frieden sichern. Natürlich gab es den Einsatz der sowjetischen Armee in Afghanistan, und unsere Staatsbürgerkundelehrer beteuerten immer wieder, dass der notwendig gewesen sei, um eine Konterrevolution aufzuhalten, von der die fortschrittliche Gesellschaft in Afghanistan bedroht war.

So wie sie beteuerten, dass die Sowjetunion und der Warschauer Pakt ein passives Militärbündnis waren, das durch seine Existenz nur dafür sorgen sollte, dass die USA, die bereits Atombomben auf Hiroshima und Nagasaki abgeworfen und Vietnam mit einem flammenden Inferno verwüstet hatten, nicht noch mehr Übel auf dieser Welt anstellten und vor allem die Länder des Warschauer Paktes verschonten. Wir hatten unsere Lehrer mehr oder weniger ernst genommen, als sie die Dinge so darstellten. Die großen Schilder, die überall im Land herumstanden, um zu verkünden, der Sozialismus sei der Garant für den Weltfrieden, hatten wir eher belächelt.

Doch nun, kaum war es vorbei mit dem Sozialismus und dem Warschauer Pakt, berichteten Nachrichtensprecher, ohne mit der Wimper zu zucken, von Luftangriffen auf den Irak. Ich hatte furchtbare Angst, dass die Bombardierung des Iraks 1991 der Anfang weltweiter Kriege sein würde. Doch der Krieg blieb vorerst im Irak, und die Nachrichten darüber gingen weiter, so lange bis ich nichts mehr empfand, wenn ich sie hörte.

Als die USA und andere NATO-Staaten Jugoslawien bombardierten, nahm ich das schon wie durch einen dicken Nebel wahr. Und nun war es kaum ein Jahr her, dass zwei Flugzeuge in das Worldtrade-Center geflogen und danach drei Gebäude eingestürzt waren. Seitdem hatten die USA den Verteidigungsfall ausgerufen und begonnen, Afghanistan zu bombardieren, mit der Begründung, die Attentäter seien aus diesem Land gekommen, obwohl deren letzter Wohnsitz eigentlich Hamburg Harburg gewesen war. Auch wenn mir die Idiotie des Afghanistan-Krieges von Anfang an bewusst war, er war und ist kaum Gegenstand von Gesprächen. In den Nachrichten faselt man von notwendigem Handeln zum Schutz von Demokratie und Freiheit. Und bis zu meinem Kurztripp nach Rügen hatte ich diesen Phrasen genauso wenig zugehört, wie ich früher den Phrasen in den Nachrichtensendungen der DDR zugehört hatte. Wenn es um Kriegsnachrichten ging, war der Nebel um mich herum schon sehr dicht geworden, nichts davon drang mehr in spürbare Nähe an mich heran.

Doch nun saß ich in meiner Küche und mir wurde klar, wie sehr ich in den letzten Jahren abgestumpft war. In kaum mehr als zwölf Jahren hatte ich alles vergessen, was mich als Kind und als Jugendliche bewegt hatte!

Während ich das Foto von Gabi und Ralf betrachtete, stiegen plötzlich wieder Erinnerungen an meine Kindheit auf. Eigentlich war ich schon von Anfang an mit „Westfernsehen" aufgewachsen. Auf dem Schulhof redeten alle über die Sendungen, die im Westfernsehen liefen. Aber dabei ging es eher um Quizz-Shows. Unser Lieblingskomiker war „Otto" und nicht Eberhard Cohrs. Und meine Mutter sah Westfernsehen, um so meinem Vater näher zu sein, wie sie behauptete. Mir selbst war das Fernsehen gar nicht so wichtig. Als einzige Tochter einer alleinstehenden Mutter war ich vor allem froh, dass ich Klassenkameraden hatte, und dass unsere Lehrer so großen Wert darauf legten, dass wir auch kameradschaftlich zueinander waren.

Kameradschaft war eins meiner Lieblingswörter gewesen. Es begleitete zahllose Geschichten, die wir im Laufe der Schulzeit hörten. Alle, die den Faschismus besiegt hatten, waren Kameraden gewesen. Männer, die in Konzentrationslagern jüdische Kinder beschützten, hatten das nur durch Mut und Zusammenhalt geschafft. Ernst Thälmann hatte schon als Junge seinen einzigen Apfel mit einem armen Mitschüler geteilt und mit seinen bloßen Händen in zwei Hälften gebrochen. Und ich wollte in einer Gesellschaft leben, in der mutige Hafenarbeiter wie Ernst Thälmann nicht mehr an die Wand gestellt und erschossen wurden.

Unsere Lehrer erklärten uns, wir könnten die Wiederkehr des Faschismus verhindern, wenn wir gute Thälmannpioniere wären. Thälmannpioniere sollten fröhlich sein, das gehörte zu ihren Geboten. Und deswegen war es bestimmt auch gut, über Otto-Witze zu lachen. Aber vor allem waren Thälmann-Pioniere hilfsbereit und fleißig. Das gefiel mir. Ich half meinen Mitschülern bei den Hausaufgaben, sah zu, dass ich mich im Schulgarten nicht faul auf der Arbeit anderer ausruhte, und drängelte mich niemals vor. Gut-Sein fühlte sich ziemlich gut an. Ich konnte Altpapier sammeln und abgeben und das Geld, das ich dafür bekam einer Solidaritätskasse für die Kinder in Vietnam spenden. Wenn ich sehr viel Geld sammelte und abgab, tat ich etwas dafür, dass wir als Klassenkollektiv eine Auszeichnung bekamen. Und wenn ich zu alten Leuten ging, um ihr Altpapier abzuholen, blieb ich manchmal sehr lange in ihren Küchen hocken, um auch die zweite Tasse Kakao zu trinken, die sie mir hinstellten, obwohl draußen das schönste Wetter war und ich mich vor der Haut auf der Milch ekelte. Aber ich spürte, dass die alten Leute traurig gewesen wären, wenn ich gleich wieder gegangen wäre, und dachte: Nur wenn ich blieb, war ich ein guter Thälmann-Pionier. Das Gefühl, ein guter Pionier zu sein, half mir gegen die meisten Probleme. Gegen das Jammern meiner Mutter, gegen die Hänseleien von unkameradschaftlichen Mitschülern, sogar gegen die Enttäuschung über meinen Onkelvater Günther.

Und jetzt saß ich in einer Altbau-Küche in Hamburg und mein ganzer Wille zum Gut-Sein kam plötzlich zu mir zurück. Hatte ich nicht auch 1990 vom Lehrerstudium zur Sozialpädagogik gewechselt, weil ich glaubte, damit etwas Gutes tun zu können? Zum Beispiel Kinder zu kameradschaftlichen Menschen zu erziehen, auch wenn ich schnell lernte, dass ich das Wort „teamfähig" benutzen musste, wenn ich ernst genommen werden wollte. Aber zwischen all der Vielfalt von Joghurt und Käse, dem Rennen um die richtigen Scheine, um Praktika oder Jobs war mein Wille, ein guter Mensch sein zu wollen, irgendwie in Tiefschlaf verfallen.

Die Begegnung mit Gabi und Ralf musste an ihm gerüttelt haben. Und dann hatte Nicole ihn wieder ganz geweckt, mit ihrem Rat, die Zwischenräume des Systems zu nutzen. Und nun zog sich auch der dicke Nebel der Ignoranz wieder zurück, und meine Erziehung zur internationalen Solidarität wurde wieder spürbar. Wenn ich jetzt auf Nachrichten über den Krieg in Afghanistan stieß, dachte ich wieder an das Leid der vielen unschuldigen Menschen dort. Und die Brutalität und Sinnlosigkeit dieses Krieges machte mich wieder wütend. Und das ist so geblieben. Es kann doch nicht alles sein, was die Menschheit nach Tausenden von Jahren voller wissenschaftlicher Erkenntnisse fertig bringt: Konflikte noch immer mit brutaler Gewalt lösen zu wollen! Durch die militärische Übermacht von Bombenfliegern, die den Tod aus der Luft bringen! Was die anstehenden Konflikte nicht einmal klärt sondern eher verschlimmert! Doch diese Kriege werden weitergehen, so lange ein paar Hundert Menschen daran verdienen, und kapitalistische Gesetze es möglich machen, dass man mit dem Tod und dem Zugriff auf Bodenschätze gute Geschäfte machen kann.

Es war nicht schön, diesen Tatsachen nach langer Zeit wieder so klar ins Auge sehen zu können, so als säße ich im Staatsbürgerkundeunterricht. Es ist allerdings ein gewaltiger Unterschied, ob ein Staatsbürgerkundelehrer vor solchen Verhältnissen warnt oder ob dieser Lehrer nicht mehr da ist, aber das, wovor er gewarnt hat, inzwischen Realität ist. Ich spürte meine eigene Ohnmacht schmerzhafter denn je. Und doch erinnerte ich mich gerade angesichts dieser Ohnmacht wieder an das, was uns unsere Lehrer gepredigt hatten: Ihr könnt etwas für den Weltfrieden tun, im Kleinen und im Großen, wenn ihr selbst jeden Tag gegen Gewalt und Egoismus auftretet, wenn ihr stattdessen hilfsbereit und verständnisvoll seid. Ich war mir plötzlich wieder sicher, dass ich keine andere Wahl hatte, als mich von diesem Gedanken leiten zu lassen.

Für das Wimmern jugendlicher Möchtegern-Popstars im Fernsehen hatte ich nur noch ein müdes Lächeln übrig. Ich hatte mit Kranken zu tun, die man in ihrer letzten Lebensphase als „Testmaterial" missbrauchen wollte. Das musste ich verhindern, so gut ich konnte.

Im Callcenter nutzte ich nun ganz bewusst jede Gelegenheit dafür. Sobald ich wusste, dass Karin mich gerade nicht kontrollierte, rief ich Daniela an und die französische Frau und nahm mir alle Zeit der Welt für sie. Und wenn ich einen besonders guten Tag hatte, wählte ich auch die Nummer von Herrn Petersen und hörte ihm geduldig zu, wenn er mit seiner elektronischen Sprechhilfe seinen Beitrag zu unserer Unterhaltung intonierte.

Es war nicht viel Gutes, was ich ausrichten konnte, aber es war gut für diese Menschen, so hoffte ich zumindest. Ich fühlte mich immer besser. Ich traute mich sogar allein in eine Ottenser Bar zu gehen. Ich ging zum ersten Mal ins „Familien-Eck" am Alma-Wartenberg-Platz.

16

Auf den ersten Blick sieht diese Bar ziemlich gewöhnlich aus. An einem dunkelbraunen Tresen stehen dunkle hölzerne Barhocker. An den Wänden ziehen sich ledergepolsterte Bänke entlang, die Gläser werden auf ausgedienten Fässern abgestellt. Es gibt alle handelsüblichen Sorten von Schnaps und genau zwei Sorten Wein, einen roten und einen weißen. So ähnlich hätte ich mir die Stammkneipe meines Erzeugers in Karlsruhe vorgestellt. Es gibt aber zwei Details, die aus der vermeintlichen Spießerspelunke etwas Besonderes machen. An einer Wand hängt ein großer Spiegel in Schräglage, so kann man das Geschehen von oben betrachten oder auch auf sich selbst herabsehen. Die zweite Besonderheit im Familien-Eck ist das DJ-Pult, das seitlich über dem Tresen angebracht ist. Der Slogan „God is a DJ" wird hier gelebte Realität. Der Plattenaufleger steht über dem Publikum, die Füße in Höhe des Tresens. Er entscheidet, ob wir aufgeputscht oder eingelullt werden. An diesem Abend im Familien-Eck hatte Gott eine Halbglatze, von der lange graue Haare herabfielen und legte Soul-Musik auf. Ich blieb in der Nähe der Tür und sah mich unter den Gästen um. Es waren fast nur Männer da. Und Mika war unter ihnen. Das war kein großer Zufall, ich wusste, dass er oft hierher ging. Spätestens jetzt musste ich mir eingestehen, dass ich nur hierhergekommen war, weil ich heimlich gehofft hatte, ihn hier zu finden. Mit wilden Gesten redete er auf seinen Tresen-Nachbarn ein.

Er hatte mich noch nicht entdeckt. Ich hatte Angst davor. Ich hielt es für möglich, dass er sich einfach abwenden würde. Trotzdem blieb ich und schaute ihm zu. Sein Gesprächspartner wurde als erster auf mich aufmerksam, er stieß Mika am Arm an und deutete auf mich. Mika sah mich und lächelte. Er kam auf mich zu und sagte: „Na du."

„Die kommt von einem anderen Stern", erklärte er seinem Freund, der ihm zögernd gefolgt war. „Die ist gar nicht wirklich real."

„Ich wollte sowieso grad gehen", sagte der Freund höflich und verließ uns.

„Was hast du damit gemeint?", fragte ich. „Mit dem anderen Stern?"

„Ich war ein paar Mal kurz davor, dich anzurufen, aber ich wusste, dass wir uns wiedersehen würden", sagte Mika. „Das mit uns muss was Überirdisches sein."

„Das ist doch Quatsch. Du entscheidest dich einfach nicht für mich", erklärte ich ihm.

Er lächelte, als wäre ich ein trotziges Kind und er mein Vater.

„Was soll eine Entscheidung von mir für eine Bedeutung haben? Die Liebe ist entweder da oder nicht.

Ob man sich gegen sie wehrt oder nicht, ist doch völlig egal."

Dabei schob er sein Gesicht vor, um mich zu küssen.

Ich schüttelte den Kopf. „Ich will eine richtige Beziehung. Keinen Betthasen."

„Beziehung", wiederholte er. „Das klingt wie Schraube und Mutter, so als könnte man das Verhältnis zwischen zwei Menschen mit einem Gewindeschneider bearbeiten."

Ich verlor die Lust auf dieses Gespräch und ging zur Bar, um mir ein Glas Wein zu bestellen. An den Tresen gelehnt schaute ich zu dem Spiegel hoch, der über uns schwebte. Ich war die einzige, die aus dieser Ansammlung von Nachtschwärmern herausschaute. Jetzt sah auch Mika hinauf. Zwischen den anderen Barbesuchern sahen wir irgendwie verloren aus. Vielleicht lag es auch einfach nur an diesem Spiegel. Jeder, der zu ihm hinaufschaut, sieht aus wie ein Kind, das zu einem Erwachsenen aufblickt. Ich jedenfalls hielt die offene Frage in Mikas Blick nicht lange aus und stellte mich wieder zu ihm, sobald ich meinen Wein bekommen hatte. Er fing an, mich zu küssen und später gingen wir zu mir und alles fing wieder von vorne an. Und dann sagte ich mir: Vielleicht haben wir ja doch eine Chance. Jetzt, wo ich mir vorgenommen hatte, in erster Linie ein guter Mensch zu sein, war ich ja vielleicht auch besser für die Liebe geeignet.

Wir verabredeten uns nur selten. Wenn ich Mika sehen wollte, ging ich ins Familien-Eck. Solange er nicht gerade ein Konzert hatte oder auf einer Session im Jazz Club spielte, war er garantiert dort und unterhielt die Leute mit Filmerzählungen oder Musikeranekdoten. Ich hörte ihm gern zu. Ich langweilte mich nicht einmal, wenn er zwei verschiedenen Gesprächspartnern nacheinander haargenau dasselbe erzählte. Und es machte mir auch nichts aus, den ganzen Abend neben ihm zu sitzen, ohne selbst etwas zu sagen. Irgendwann in dieser Zeit habe ich ein Interview mit der Ehefrau eines berühmten Schriftstellers gelesen. Sie sagte, ihr Mann sei der beste Entertainer, den sie je kennen gelernt hatte. Und dieser Schriftsteller sagte über seine Frau, ein Publikum, das seine Fähigkeiten besser zu schätzen wüsste als sie, könne er sich nicht vorstellen.

Ich schätzte Mikas Fähigkeiten nicht nur, ich hielt sie für übernatürlich. Niemand konnte einen Film so nacherzählen wie er, von Anfang an, mit allen Details, allen Dialogen und vor allem mit allen wichtigen Pointen. Als hätte er diesen Film beim Zuschauen in seinem Kopf abgespeichert wie eine DVD. Einen habe ich mir später mal angesehen, aber es war langweilig für mich. Ich habe nichts Wichtiges entdeckt, das Mika ausgelassen hätte. Ich hatte sogar das Gefühl, dass die Filmemacher gar nichts aus ihren Ideen gemacht hatten. Bei Mika hatte sich das alles viel interessanter angehört.

Genauso unerschöpflich wie sein Gedächtnis war Mikas Neugier für naturwissenschaftliche Entdeckungen. In dieser Zeit beschäftigte er sich am liebsten mit astrophysikalischen Theorien. Hatte er wieder einmal von einer neuen Erkenntnis gelesen, sprach er tagelang von nichts anderem. Er war jedes Mal davon überzeugt, dass er gerade das wirklich Wesentliche für diese Welt entdeckt hatte, als wäre er einer der wenigen Auserwählten, denen es vergönnt war, den tiefsten Zusammenhang zwischen dem menschlichen Dasein und den Prozessen des Universums zu erkennen. Ich glaube, dass er vielen seiner Gesprächspartner das Gefühl schenken konnte, ihr persönliches Schicksal sei weniger tragisch, als sie eigentlich dachten. Eines zumindest gelang ihm fast immer: Er brachte seine Zuhörer zum Lachen. Und sie freuten sich immer, wenn er kam. Denn wenn Mika da war, wurde es auf jeden Fall unterhaltsam. Manchmal dachte ich, in früheren Jahrhunderten wäre Mika wahrscheinlich so etwas wie ein Prophet geworden, zumindest ein überall willkommener Wanderprediger.

Wenn wir allein im Familieneck herumsaßen, redete er allerdings wenig. Und immer öfter entstanden Phasen des Schweigens, die uns beide nervös machten. Er fing dann an, mit Klängen und Geräuschen zu experimentieren oder einfach nur Bierdeckel in die Luft zu werfen. Sobald jemand zu uns stieß, brach er diese Spielereien ab, als wären sie ihm peinlich. Wie auch immer ein Abend verlief, es endete jedes Mal damit, dass Mika mit zu mir kam. Allerdings wartete ich immer darauf, bis er so weit war und das konnte ziemlich lange dauern. Mein Weinkonsum stieg in dieser Zeit beträchtlich. Und ich schlief viel zu wenig.

Tagsüber arbeitete ich bei „human needs", wo ich zwischendurch auch an anderen als der Pharma-Studie mitarbeitete. Mir fiel es jeden Morgen schwerer, mich aus dem Bett zu quälen, meinen Kater mit kalten Duschen zu bekämpfen und meine Augenringe ließen sich kaum noch mit Make-up kaschieren. Eines Abends, als Mika meiner Meinung nach betrunken genug war, bat ich ihn, mit mir nach Hause zu gehen, auch wenn es noch vor Mitternacht war. Kaum hatte ich es gesagt, bestellte er sich noch ein Bier und einen Schnaps und erklärte mir, er lasse sich von niemandem unter Druck setzen.

Ich ärgerte mich, weil das Spiel nur allzu durchschaubar war. Ich hatte ihm eine Grenze angeboten und er nutzte die Gelegenheit, um drüber zu gehen. Nur so konnte er mal für einen Augenblick seine Freiheit spüren. Mit Vernunft war da nichts zu machen. Ich ließ ihn allein im Familieneck sitzen und ging nach Hause. Zwei Stunden später klingelte er Sturm. Es mag bescheuert klingen, aber ich war nicht sauer, dass er mich aus dem Schlaf riss. Ich war froh, dass ich ihn nicht verloren hatte.

In dieser Zeit hörte ich vor allem Jazz von den bekanntesten Jazz-Sängerinnen. Ihre Lieder und vor allem die Art wie sie sangen, gaben mir das Gefühl, dass ich nicht völlig daneben lag, mit meiner sehnsüchtigen Liebe zu diesem chaotischen Schlagzeuger Mika Ballhaus. Oft hörte ich „Loving that man of mine" in einer Version von Ella Fitzgerald, als sie noch ganz jung war. Bald ging ich fast immer vor Mika nach Hause und wurde dann von ihm aus dem Bett geklingelt. Jedes Mal, wenn ich schlaftrunken an meine Tür wankte, sang ich in Gedanken die Zeilen: *„He can come home as late as can be, home without him ain't no home to me".*

Ich ließ meine Wohnungstür offen und legte mich wieder ins Bett, während Mika in mein Schlafzimmer tapste. Mika ist keiner von diesen Betrunkenen, die brutal oder gewalttätig werden. Er wirkt höchstens noch verletzlicher als sonst. Und alles, was an körperlichen Dingen geschah, wenn er sich betrunken zu mir legte, war, dass er mich mit beiden Armen umschlang. Es war die Umarmung des Bären Balu, der den kleinen Mogli beschützt. Und ich fand es nicht schlimm, wenn ich lange nicht wieder einschlafen konnte. Wenn ich wach lag, konnte ich diese Umarmung wenigstens genießen.

Natürlich hätte Mika die Möglichkeit gehabt, mich nicht zu wecken. Er hätte nur einen Schlüssel von meiner Wohnung annehmen müssen. Mehrmals hatte ich versucht, ihm diesen Wohnungsschlüssel zu geben. Aber er lehnte hartnäckig ab. Ebenso hartnäckig, wie er sich weigerte, gemeinsam mit mir nach Hause zu gehen, obwohl es manchmal nicht länger als zehn Minuten dauerte, bis er hinterherkam.

Ich ließ ihm diesen Eigensinn und hoffte, eines Tages würde vielleicht doch noch die praktische Vernunft siegen.

Im Laufe der Zeit hatte sich unsere Beziehung einer Art Normalzustand angenähert. Er sagte mir Bescheid, wenn er am Abend ein Konzert hatte oder wegfahren musste. So bekam ich per SMS auch die Nachricht, dass er wieder für ein paar Tage zu Hochzeitsfeiern aufs Land müsse. In diesen Tagen trank ich keinen Tropfen Alkohol, rührte keine Zigarette an und rekrutierte noch zwei Versuchspersonen für die Krebs-Studie.

Die Stichprobe, die ich jetzt zusammen hatte, sollte vom Kunden, also dem Hersteller des Medikaments, geprüft werden, und so hatte ich ein paar Tage frei.

Bevor ich das Callcenter verließ, notierte ich mir heimlich Danielas Nummer, um sie von zu Hause aus anrufen zu können. Ich machte mir Sorgen um sie. Sie hatte schon eine Weile keine Motorradfahrt mehr unternommen. Und als wir das letzte Mal telefonierten, hatte sie sehr müde geklungen. Das war drei Tage her und seitdem war sie nicht mehr ans Telefon gegangen, wenn ich sie anrief.

Als ich es von zu Hause probierte, nahm sie den Hörer ab.

„Ja", sagte sie. Ihre Stimme klang nach sehr schlechter Laune.

„Hi, hier ist Felicitas. Wie geht's dir Daniela."

Sie schwieg zuerst, dann sagte sie. „Wenn ich gewusst hätte, dass du's bist, hätte ich nicht abgenommen."

„Warum denn?"

„Ich kenn dich überhaupt nicht. Wer weiß, was du deinem Scheißinstitut über mich erzählst."

„Ich ruf dich von zu Hause an", sagte ich. „Aber wenn du nicht willst, dann kann ich auch wieder auflegen."

Sie sagte nichts. Ihr Atem bekam eine hohe Tonlage und ich hatte das Gefühl, dass es plötzlich unendlich viele Worte gab, die falsch und verletzend gewesen wären.

Endlich flüsterte Daniela etwas und ihre Stimme klang heißer wie bei jemandem, der hohes Fieber hat. „Das Schlimmste ist, dass ich das Wichtigste noch gar nicht gemacht habe."

Dann legte sie auf.

Ich zog mich an und lief zur „Tankstelle". Das war eine Bar, die Mika nicht mochte. Er hatte sie mal Spießerkneipe genannt.

Als ich eintrat, waren alle Barhocker leer. Ich setzte mich, bestellte ein Glas Wein, zog eine Zeitung zu mir, aber dann hatte ich keine Lust zu lesen. Der Barkeeper polierte Gläser, immer im selben Rhythmus, ich hätte ihm noch ewig zusehen können, es machte meine Gedanken an Daniela ein bisschen leichter, doch plötzlich ging die Tür auf und Mika kam herein.

Seine Wangen waren noch schmaler als sonst. Er zuckte zusammen, als er mich sah, dann lächelte er, aber es war ein komisches, unglückliches Lächeln.

„Hi, Felicitas." Er setzte sich neben mich auf den Barhocker, als wäre er dazu verpflichtet.

„Ich dachte, hierher gehst du nicht", sagte ich.

Der Barkeeper kam und seine Begrüßung verriet, dass Mika oft hier war.

„Hi, und?"

„Kannst du mir was anschreiben?", fragte Mika.

Der Barkeeper nickte und köpfte ein Bier.

„Ich bezahl das", sagte ich.

„Das musst du nicht", wehrte Mika ab.

„Ist schon okay."

„Ist es nicht!", brüllte er mich plötzlich an.

Ich starrte auf die Glasregale vor mir. Im Spiegel hinter den polierten Weingläsern sah ich mein Gesicht. Es erinnerte mich sehr bedrohlich an den Gesichtsausdruck meiner Mutter, wenn sie von Manfred angefahren wurde.

Ich senkte meinen Blick und sagte: „Ich hab mir geschworen, dass kein Mann mich so anbrüllen darf. Genauso brüllt der Freund meiner Mutter immer rum."

„Und ich hab meinem Vater geschworen, dass ich kein Geld von Frauen nehme", sagte Mika.

Er trank seine Flasche in einem Zug aus und drehte sie dann hin und her. Das Barlicht setzte einen Leuchtpunkt auf das dunkelgrüne Glas. Der Punkt blieb dort sitzen, egal wie sehr Mika die Flasche in seinen Händen drehte.

„Sag mal", begann ich vorsichtig. „Sind die Hochzeiten auf dem Land ausgefallen oder hast du die erfunden?"

Er antwortete nicht.

„Wieso rufst du mich nicht an, wenn's dir nicht gut geht?"

„Du gehst mir auf die Nerven", sagte er.

Ich wollte ein guter Mensch sein, das schon. Aber ich wollte nicht zum Blitzableiter für schlecht gelaunte Männer werden. Das hatte ich mir beim Leben Manfreds geschworen. Und selbst wenn ich die letzten fünf Tage zu Hause gesessen und gemeinsam mit meinem CD-Player Liebeslieder für Mika gesungen hatte - das sollte alles nichts mehr zählen, wenn Mika sich in einen Typen wie Manfred verwandelte.

Ich sagte gar nichts und wartete und nahm mir vor, einfach aufzustehen und zu gehen, sollte Mika mich noch ein einziges Mal anfahren.

Er tat es nicht. Er beugte sich über den Tresen und fischte ein paar Streichholzschachteln aus einem großen Glas. Der Barkeeper sah wortlos zu. Es war ihm wohl lieber, dass Mika sich leise beschäftigte, anstatt lautstark herum zu schnauzen.

Mika nahm eine von den Schachteln und stellte sie mit der schmalen Seite auf die Marmorfläche des Tresens. Dann schob er mir die nächste zu.

„Mal sehen, wer die letzte Schachtel drauf stellt."

Ein Spiel also. Okay, dachte ich. Spiele waren eben unser Stil, wir hatten uns auf einem Kinderspielplatz ineinander verliebt und wenn nichts mehr lief, sollten wir wohl wieder miteinander spielen wie Kinder.

Wir stellten die Streichholzschachteln so behutsam übereinander, als würden wir uns auf die fragile Balance zwischen uns konzentrieren. Als wir bei der sechsten Schachtel angekommen waren, schien die ganze Bar den Atem anzuhalten. Ich war dran und ich dachte, dass ich die Sache jetzt auf keinen Fall vermasseln durfte, wenn ich wollte, dass Mika und ich wieder zueinander fanden. Meine Hand blieb vollkommen ruhig. Das Brenzlige war der erste Kontakt. Nach einem hauchzarten Wackeln blieb meine Schachtel stehen. Ich bekam sogar Beifall. Als Mika die siebte Schachtel aufnahm, war es mucksmäuschenstill. Doch Mikas Finger zuckten plötzlich, wie eigenwillige ausgestreckte Würmer schlugen sie aus, unser Turm zerfiel.

Mika rannte raus und marschierte über das Kopfsteinpflaster der Bahrenfelder Straße zum Alma Wartenberg Platz. Ich bezahlte und holte ihn ein.

„Es war doch nur ein Spiel, Mika."

„Ich bin kein Idiot", brüllte er mich an.

„Ich hab nie gesagt, dass du ein Idiot bist."

„Warum lässt du mich nicht einfach in Ruhe mein Bier trinken."

Er riss die Tür zum Familien-Eck auf. Ich blieb neben ihm. Solange er mich neben sich duldete, wollte ich bleiben. Ich dachte, der einzige Weg, ihn davon zu überzeugen, dass er nicht allein war, war, ihn einfach nicht allein zu lassen. Während er von ein paar Musikern lautstark begrüßt wurde, blieb ich höflich lächelnd neben ihm stehen. Schließlich fragte jemand, ob ich seine Freundin wäre, und er sagte „Ja".

So wenig wie ich mit dieser Antwort gerechnet hätte, war ich jetzt davon überzeugt, dass ich alles richtig gemacht hatte.

Ich ging an die Theke, um Bier und Tequila zu holen und auch gleich zu bezahlen. Dabei war es eigentlich völlig schwachsinnig mein bisschen Geld auszugeben, damit Mika, ohne Schulden zu machen, weiter trinken konnte. Alkohol war das letzte, was er brauchte. Wahrscheinlich hatte er den ganzen Tag nichts gegessen, zu viel gekifft und so wie er aussah, schon lange nicht mehr ordentlich geschlafen. Er begann den Musikern, die ihn begrüßt hatten, von einem Science Fiction Film zu erzählen, den er in den letzten Tagen gesehen hatte. Aber ich sah, dass die Jungs ihm längst nicht so aufmerksam zuhörten, wie ich es getan hätte. Mika fing an, sie mit einer physikalischen Theorie zu malträtieren, die in diesem Film eine Rolle gespielt hatte. Anfangs versuchten ein paar mitzureden, und ihr naturwissenschaftliches Wissen einzubringen, aber Mika ließ sie nicht ausreden und wusste alles besser, so dass sie sich nach und nach von ihm abwandten und miteinander unterhielten. Da sprang Mika mit einem Mal auf das alte Bierfass, an dem wir gestanden hatten. Ein paar Gläser fielen zu Boden. Und Mika schwankte auf dem Fass gefährlich hin und her.

„Das Universum!", schrie er. Jetzt hörte ihm die ganze Kneipe zu. Der DJ drehte sogar die Musik runter. „Das Universum...", schrie Mika. „... hat uns längst abgeschrieben. Es sind nur noch ein paar lächerliche Prozesse, die uns vor dem totalen Aus trennen."

Er breitete seine Arme aus. „Wir sind die letzten Elemente der Auflösung", schrie er. „Wir sind die letzten versprengten Mutanten am armseligen Ende der Evolution. Aber etwas haben wir noch, meine Freunde!" Mika starrte uns mit aufgerissenen Augen an. „Unser Zentrum, meine Lieben. Unser Herz! Es ist Zeit, dort hinein zu schauen. Tut es!!!" Er riss sich sein Hemd auf und zeigte uns seine weiße magere Brust. „Ihr werdet erstarren im Angesicht des Dunkels, das sich euch öffnet!"

„Geile Performance", schrie einer, die Leute grölten begeistert und klatschten Beifall, als Mika wieder vom Fass herunterkletterte. Auch seine Kumpels hatten ihm nun endlich die volle Aufmerksamkeit geschenkt, und lachten. „Tolle Nummer, Mika. Echt cool!"

Der DJ drehte die Musik wieder auf. *„Get up",* schrie James Brown. *"You're like a Sex-Machine"*

„Lacht mal schön!", schrie Mika seinen Kumpels zu. „Aber wisst ihr überhaupt, warum ich zum Lachen bin?"

Sie schüttelten die Köpfe.

„Weil es mein purer Ernst ist", brüllte er. „Mein purer Ernst!"

Sie brachen erneut in Lachsalven aus. Als Mika mein ernstes Gesicht sah, beugte er sich vor und gab mir einen Kuss. „Lass uns verschwinden."

Draußen regnete es und Mika legte den Arm um mich. Doch anstatt in meine Richtung zu gehen, wankte er mit mir in eine Seitenstraße, wo sein Auto stand.

„Bist du verrückt, du bist total besoffen!", sagte ich.

„Na und?" Er fummelte mit seinem Schlüssel im Autoschloss herum. „Du kannst mir gar nichts verbieten. Wir sind nicht verheiratet."

Er schaffte es, den Schlüssel ins Schloss zu schieben und riss die Tür auf.

„Mika, du kannst nicht fahren!"

„Hab doch ´nen Führerschein", sagte er und plumpste auf den Fahrersitz. Plötzlich krachte es und dann hörte ich ein langes Knirschen. Mika sank immer tiefer in den Sitz. Ich sah, dass es der Sitz selbst war, der durch den Fahrzeugboden rutschte. Der Rost hatte sich durchgefressen und Mikas Hintern steckte mitsamt dem Sitz im Loch.

„Scheißregen", schrie er. „Da muss ja alles verrosten."

Mühselig krabbelte er nach draußen. Als er endlich wieder stand, warf er die Tür zu und ging los. „Scheißkarre", schimpfte er. „Ich konnte dieses Auto noch nie leiden."

Als wir in meinem Bett nebeneinander lagen, starrte er zur Decke. Ich wusste, dass es auf der ganzen Welt kein Wort gab, das Mika in diesem Moment nicht zum Ausrasten gebracht hätte. Ich drehte ihm den Rücken zu. Und ich dachte: Wenn wir noch mal einen Turm aus Streichholzschachteln bauen würden, dann würde ich Mika auf jeden Fall gewinnen lassen.

17

In meiner Küche roch es nach kaltem Espresso. Mika hatte den Rücken an die Wand gelehnt. Auf dem Tisch neben ihm stand eine leere Kaffeetasse und ein voller Aschenbecher. In seiner Hand glimmte eine Zigarette. Sein Gesicht war grau wie Stein und die Falten darin sahen aus wie eingemeißelt. Er starrte auf das Bullauge meiner Waschmaschine.

„Du solltest erst mal was essen", sagte ich und löste mich von der Türschwelle. Mit lautem Gepolter räumte ich den Inhalt meines Kühlschranks auf den Tisch. „Seit wann bist du denn wach?", fragte ich.

„Sieben oder so."

Wir waren nicht vor drei im Bett gewesen. Ich schmierte ein paar Brötchen und stellte sie auf den Tisch, er musste sich nur noch bedienen. Aber er tat es nicht. Stattdessen zündete er sich eine neue Zigarette an.

Ich saß vor ihm, meine Kaffeetasse dampfte, ich kaute an einem Käsebrötchen und fühlte mich in meiner eigenen Wohnung abgelehnt. Ich weiß nicht, ob es nur mein persönliches Problem ist, dass ich schlechtgelauntes Schweigen immer als Ablehnung empfinde, aber es ist so.

Ich versuchte, ein Gespräch in Gang zu bringen.

„Was machst du jetzt, wenn du einen Gig hast? Kannst du dir von jemandem ein Auto leihen?"

„Ich will diese Gigs ja gar nicht. Vielleicht war es ein Wink des Universums, dass meine Karre jetzt im Arsch ist."

„Aber dann verdienst du kein Geld mehr", sagte ich.

„Aber dann verdienst du kein Geld mehr", äffte er mich nach und starrte wieder in die Waschmaschine, als wäre dort der Übergang in die vierte Dimension, zumindest dorthin, wo man kein Geld mehr zum Leben brauchte.

Ich sah aus dem Fenster. Die Sonne schien wieder. Das Gestrüpp auf dem Bahndamm hatte zu welken begonnen. Ratternd fuhr ein Zug vorbei.

„Wir könnten was unternehmen", sagte ich.

„Ohne Auto?"

„Wie wär's mit spazieren gehen."

Kommentarlos steckte er sich die nächste Zigarette an.

Was tun andere Frauen eigentlich, wenn ihr Freund nicht aufhört, in ihre Waschmaschine zu starren? Stellen sie das Ding einfach an? Oder fangen sie an zu reden, und sind froh, dass er sie endlich mal nicht unterbricht? Wir mussten ja nicht spazieren gehen. Von mir aus konnten wir auch Kreuzworträtsel lösen oder fernsehen oder Halma spielen. All das wäre mir lieber gewesen als dieses lähmende Schweigen in meiner Küche.

„Du kannst ja spazieren gehen", sagte Mika. „Ich glaub, ich leg mich lieber noch mal schlafen."

Vor dem Fenster fuhr der nächste Zug vorbei. Ich hielt es in meiner eigenen Wohnung nicht mehr aus, zog mich an und ging nach draußen, ohne zu wissen wohin. Ich lief die Bahrenfelder Straße immer geradeaus, vorbei an den Punks auf dem Alma Wartenberg Platz.

„Die sieht aber hässlich aus", rief einer mir nach.

Am Spritzenplatz, da wo die Shoppingmeile anfängt, standen die nächsten Altpunks, umringt von ihren Hunden und leeren Bierflaschen und hielten mir ihre Bettelbüchsen hin.

Ich hätte sie am liebsten angeschrien, nur ihre Schäferhunde hielten mich davon ab. Ich lief weiter, vorbei an Papier- und Schuhläden, Drogerien und Schnäppchenmärkten, ich sah nichts, wofür sich das Stehenbleiben gelohnt hätte. Erst das Antiquariat am anderen Ende der Straße schien mir ein würdiger Grund, um anzuhalten und mich von meinen Grübeleien über Mika abzulenken. Ich ging hinein. Es war eng und vollgestopft und außer dem Verkäufer schien kein

Mensch darin zu sein. Es war wie ein Versteck, in das man sich verkriechen konnte.

Mechanisch begann ich die Buchrücken abzulesen. Matute „Seltsame Kinder", Marias „Mein Herz so weiß", Makarenko „Der Weg ins Leben". Ich stutzte. Was hatte der Erfinder der Kollektiverziehung in einem Hamburger Antiquariat zu suchen?

Ich drehte mich um und sah, dass der alte Verkäufer mich beobachtete. Er lugte über seine Lesebrille hinweg und wartete. Ich nahm den dicken Makarenko-Band aus dem Regal und fragte: „Wie kommt das denn hierher?"

„Was meinst du damit? Es ist doch ein ganz normales Buch."

Zum letzten Mal hatte ich einen Text von Makarenko zu Beginn meines Lehrerstudiums gelesen. Makarenko war eine historische Figur der sozialistischen Erziehung gewesen. Der sowjetische Lehrer hatte in den Zwanziger Jahren eine Landkolonie gegründet, um aus kriminellen, verwahrlosten Kindern gute Menschen zu machen. Seine Erfahrungen hat er in seinem Buch aufgeschrieben. Er lässt keinen Zweifel daran, dass er eigentlich die ganze Zeit nur herum probiert hat. Die pädagogischen Prinzipien, die sich dabei bewährt haben, sind die gleichen, auf die bürgerliche Reformpädagogen auch gekommen sind. Selbstbestimmung, Demokratie und Konsequenz, die Voraussetzungen für eine funktionierende Gemeinschaft eben. Im Kern sind es dieselben Grundlagen, auf denen die pädagogischen Erfolge von O'Neill aufbauten, dem angeblichen Erfinder der antiautoritären Erziehung.

Makarenko brachte seine Schützlinge dazu, dass sie sich achteten, anstatt sich zu schlagen, und dass sie gemeinsam arbeiteten, anstatt sich gegenseitig zu beklauen. In seinem Buch „Der Weg ins Leben" schildert er die unterschiedlichsten Einzelfälle. Eine dieser Geschichten haben wir schon im Deutschunterricht gelesen. Und als Schulkind hatte ich sogar heimlich davon geträumt, ich könnte in einer Kolonie von Makarenko aufwachsen. Wenn ich abends allein in meinem Kinderzimmer hockte, stellte ich mir gern vor, wie es wäre, wenn mich fünfundzwanzig Gleichaltrige gut finden würden, weil ich ein guter Kamerad für sie war. Das hätte ich jedenfalls besser gefunden als den Moment, wo meine Mutter in mein Zimmer kam, mir melancholisch über den Kopf strich und seufzte „Ach, wenn ich dich nicht hätte".

Immerhin hatten die Ideen von Makarenko wohl ihren Anteil daran, dass alle Kinder in der DDR vom zehnten bis zum vierzehnten Lebensjahr im Sommer in ein Ferienlager fahren konnten. Das hieß, zwei Wochen Urlaub von den Eltern und Gleichaltrige kennen lernen, die man nicht schon aus der Schule kannte. Ich freute mich schon Monate vorher darauf. Allerdings gingen wir im Ferienlager nicht auf den Kartoffelacker, sondern baden oder wandern. Wir spielten Tischtennis und hatten höchstens die Verantwortung für einen aufgeräumten Bungalow zu tragen.

Bei Makarenko war persönliche Verantwortung der Schlüssel zu allem.

Er stellte seinen Schützlingen frei fortzugehen, was kaum einer tat. Er stellte ihnen auch frei, sich an der Landarbeit zu beteiligen. Die meisten faulenzten so lange, bis es ihnen peinlich wurde, Kartoffeln zu essen, für deren Wachstum und Ernte sie nichts getan hatten.

Als Siebzehnjährige hatte ich davon geträumt, so eine kluge Pädagogin zu werden wie Makarenko. Doch 1990 waren Makarenkos Ideen gemeinsam mit der sozialistischen Planwirtschaft auf dem Müll der Geschichte gelandet. Kollektiverziehung wurde zum Synonym für gegenseitige Überwachung.

Mit dem Makarenko-Buch in der Hand setzte ich mich auf einen Schemel.

Ich überlegte, wo ich in meinem jetzigen Leben überhaupt noch so etwas wie eine Gemeinschaft erlebte. Der Team-Geist bei „Human needs" war was anderes. Mit einem Team kann man ein Fußballspiel gewinnen oder eben in kürzester Zeit eine Probandengruppe für eine Autostudie „rekrutieren". Aber ein Team will immer „besser" sein als ein anderes oder besser als es schon mal war. Bei Makarenko ging es nie darum, besser zu sein. Das Ziel war, gut zu sein, und damit war alles erreicht. Und mit einem Mal dachte ich, dass es keine größere Entfernung gab, als die Entfernung zwischen den Worten „gut" und „besser".

Ich dachte, wie verrückt es war, dass man vor lauter Ehrgeiz, immer besser als andere zu sein, eigentlich niemals gut sein konnte. Und wenn einmal etwas Gutes erreicht war, konnte es sich gar nicht lange halten, weil in einer Wettbewerbsgesellschaft ja immer alles noch besser sein muss. Und vor lauter Ehrgeiz, immer besser sein zu müssen, konzentriert man sich nur noch auf Mängel. Und das so lange, bis sich selbst die besten Dinge nicht einmal mehr gut anfühlen.

Weil ich besser sein wollte als meine Mitbewerber, zerbrach ich mir ständig den Kopf darüber, wie ich anders sein konnte, als ich war. Weil Mika ein besserer Musiker sein wollte, als er es bisher gewesen war, quälte er sich mit Grübeleien und endlosen Klangexperimenten, und war inzwischen so weit gekommen, dass er gar keine Musik mehr machte und nur noch versuchte, sich seine Selbstzweifel aus dem Kopf zu kiffen und zu trinken.

Und was tat ich? Ich trank mit ihm oder lief vor ihm davon, aber ich traute mich kaum, ihm die Meinung zu sagen. Hatte ich nicht eben sogar überlegt, das Buch lieber nicht zu kaufen, aus Angst, Mika könnte mich auslachen, wenn er es sehen würde? Aus Angst, dass er so was sagen könnte, wie „Du kommst echt nicht los von deiner Stasi-Diktatur, oder?"

Ich kaufte das Buch. Und ich nahm mir fest vor, mit Mika über Drogen zu sprechen. Ich wollte ihm vorschlagen, mit ihm gemeinsam mindestens ein paar Wochen auf Alkohol, Hasch und Zigaretten zu verzichten. Auf dem Weg nach Hause kaufte ich Obst und Gemüse. Und ich nahm mir vor, dass ich hart bleiben würde, auch wenn Mika mich auslachen würde, weil ich versuchen wollte, ihm zu helfen. Ich werde ihn zwingen, sich mit mir zu streiten, dachte ich und stieg mit Tüten voll frischem Obst und Gemüse im Arm, die Treppe hinauf.

18

Die Fußmatte war zur Seite geflogen. Ich schloss auf und sah durch die offene Küchentür, dass der Küchentisch schief stand. Zwei Stühle lagen umgekippt auf dem Boden. Ich ging in das Schlafzimmer, das Bett war noch so zerwühlt, wie ich es am Morgen verlassen hatte. Auch im Wohnzimmer war Mika nicht. Es sah aus, als hätte er einen Wutanfall bekommen, hätte alles um sich geworfen und wäre dann fluchtartig gegangen. Aber warum?

Ich ging zurück in die Küche. Auf dem Tisch stand der volle Aschenbecher. Erst jetzt sah ich die weißen Plastik-Blättchen daneben. Sie lagen auch auf einem Stuhl und auf dem Boden. Und jetzt sah ich auch, dass Mikas Zigarettenschachtel auseinandergerissen war, und auf dem umgedrehten Stück Pappe etwas geschrieben stand. In einer fremden Schrift.

„Herr Ballhaus ist im Krankenhaus. Die Feuerwehr HH."

Meine Gedanken nahmen Anlauf und rasten mit voller Wucht ins Leere. Mit zitternden Knien ging ich zum Telefon. Später fuhr ich auf dem Fahrrad zum Krankenhaus. „Lieber Gott, lass es nichts Schlimmes sein", betete ich, während ein Auto nach dem anderen an mir vorbeiraste. „Ein Kreislaufkollaps oder so was, aber nichts Schlimmes." An der Aufnahme musste ich warten, weil Mikas Daten noch nicht im Computer waren, und sie mit jeder Station telefonierten. Endlich schickten sie mich zur Intensiv-Station.

Dort sagte ein Pfleger: „Der ist im Herzkathederlabor." Er zeigte mir einen Raum, wo ich warten musste. Ich stellte mich ans Fenster und sah über die Dächer von Ottensen. Rote Ziegeldächer über roten Klinkersteinen.

Mein Herz schlug so heftig, als wollte es Mikas kaputtes Herz damit stärken.

„Ich habe ihn allein gelassen", hämmerten die Gedanken in meinem Kopf.

Als ich endlich zu ihm durfte, saß er auf dem weißen Bett und rief mir entgegen: „Felix, stell dir vor, ich hatte einen Herzinfarkt."

Gummischnüre verbanden seine Brust mit einer Maschine. Die Schnüre waren mit Plastikteilen festgeklebt. Ich erkannte die Form der weißen Blättchen in meiner Küche wieder.

„Ich hab das pure Dasein gespürt", erklärte er mir begeistert.

Sie müssen ihm ziemlich starke Drogen gegeben haben, dachte ich.

„Ich hab kapiert, dass ich die Wahl habe, Felix. Ich musste entscheiden, ob ich leben will oder nicht. Und ich hab's getan. Ich hab mich für dieses verdammte beschissene Leben entschieden. Ich hab die Feuerwehr gerufen."

„Das hast du toll gemacht", sagte ich und gab mir Mühe zu lächeln.

„Wo warst du überhaupt?", fragte er.

„Ich hab ein Buch gekauft."

Ich fing an zu weinen. „Du hast ja gesagt, dass du dich nicht gut fühlst. Ich hätte dich nicht allein lassen dürfen."

„So ein Quatsch. Felix. Vielleicht war es sogar besser so. Vielleicht hätte ich die Feuerwehr gar nicht gerufen, wenn du da gewesen wärst, weil ich den starken Mann gespielt hätte, und dann wäre ich jetzt schon tot, überleg mal."

Er lachte immer noch, als hätte er gerade einen tollen Zeichentrickfilm gesehen. Er zog mich an sich und nahm mich in die Arme, als müsste nicht er, sondern ich vor etwas geschützt werden.

„Wie lang sind wir jetzt schon verheiratet?", fragte er.

Ich dachte, vielleicht bindet uns dieser Moment jetzt mehr aneinander als alles, was wir bis jetzt erlebt hatten. Im nächsten Moment schämte ich mich für diesen Gedanken.

Mika griff zur Fernbedienung und schaltete den Fernseher über seinem Bett an. Er zappte zu einem

Musikvideo von Britney Spears, die gerade durch die Passagierreihen eines Flugzeugs tanzte.

„Tolles Mädel", sagte Mika. Dann musterte er mich von der Seite. „Du musst nicht hierbleiben", sagte er. Ich ging wieder.

Ich besorgte alles, wovon ich glaubte, dass man es in einem Krankenhaus gut gebrauchen konnte, und es war mir egal, dass ich mein letztes Geld dafür ausgab. Ich kaufte Comics und Science-Fiction-Romane, Unterwäsche und einen Discman. Zuhause suchte ich einen Stapel CD's zusammen, packte das Obst wieder ein und fuhr voll beladen ins Krankenhaus zurück.

Die Wirkung von Mikas Beruhigungsmedikamenten hatte nachgelassen. Er sah erschöpft aus und machte keinen Hehl aus seiner schlechten Laune.

„Was soll ich mit dem ganzen Kram?", fragte er, als ich meine Schätze auf das Tischchen packte, das an einem Schwenkarm über seinem Bett schwebte. Es sank unter der Last nach unten.

„Den CD-Spieler kannst du gleich wieder mitnehmen", sagte Mika.

„Aber ich hab ihn extra für dich gekauft."

„Umso schlimmer. Bring ihn zurück und lass dir das Geld wiedergeben. Die CD's brauch ich auch nicht."

„Willst du denn keine Musik hören?"

„Ich will gar nichts hören", sagte er und starrte aus dem Fenster. In der Stadt kamen die ersten Nachtlichter zur Welt.

Mikas Gesicht hatte sich seit dem Nachmittag sehr verändert. Nach der Operation hatte er ausgesehen wie ein frisch gewaschener kleiner Junge, jetzt lagen seine Augen in dunklen Höhlen und er wirkte älter als er eigentlich war.

„Ich bin müde", sagte er.

Ich nahm seine Hand, aber er entzog sie mir. „Lass mal gut sein."

Es war nichts zu machen. Mit der Hälfte der Sachen, die ich ihm mitgebracht hatte, musste ich wieder gehen.

Das einzige, was Mika beschäftigte, war die Frage, wann er das Krankenhaus wieder verlassen konnte. Vom ersten Tag an sprach er von seiner Entlassung. Er war so ungeduldig, als könnte er die Dinge ungeschehen machen, wenn er nur schnell genug wieder zu Hause war. Er hatte jetzt zwei Gummiringe am Herz, damit es sich nicht wieder verschließen konnte.

Schon am dritten Tag bestand er darauf, dass wir wenigstens das Gebäude verließen. Ich ging ihm voran auf einen Kiesweg, der zu einem kleinen Teich führte.

„Wo willst du denn hin?", fragte er.

„Ich dachte, du wolltest einen Spaziergang machen?"

„Einen Spaziergang." Er lachte verächtlich und blieb einfach stehen, wo er war.

„Was ist denn?"

„Ich hab Herzrhythmus-Störungen, verstehst du. Als Schlagzeuger. Ich kann nie wieder Schlagzeug spielen, ohne Angst zu haben. Warum soll ich spazieren gehen?"

„Du wolltest doch sowieso viel mehr mit Klängen arbeiten", sagte ich. „Warum versuchst du eigentlich nicht Filmmusiker zu werden?"

„Die haben grad auf mich gewartet", sagte er düster.

Es fing an zu nieseln und wir stellten uns unter das Vordach des Haupteingangs.

Mika fragte: „Hast du ne Zigarette?"

„Bist du jetzt total durchgeknallt? Du hattest einen Herzinfarkt, Mika."

„Deine Mami-Nummer geht mir auf die Nerven."

Er drehte sich um und ging zurück zum Fahrstuhl. Ich folgte ihm wie eine Idiotin.

„Sie haben noch einen Besuch", sagte die Krankenschwester auf seiner Station und zeigte auf den Besuchertisch am Ende des Flurs. Dieser Tisch befand sich an einem großen Fenster, aus dem man weit über die ganze Stadt sehen konnte. An diesem Tag sah man allerdings nur einen grauen Regenschleier.

Die Frau, die am Besuchertisch auf Mika wartete, schien dennoch fasziniert davon zu sein. Sie saß mit dem Rücken zum Flur, und ich sah nur ihren Hinterkopf mit den wilden blonden Locken.

Mika blieb stehen. „Ist wohl besser, wenn du jetzt gehst, Felicitas", sagte er.

Ich redete mir ein, es wäre eine Verwandte oder eine befreundete Musikerin, doch dann drehte sie sich um und bestätigte meinen ersten Eindruck.

„Was macht die denn hier?", fragte ich.

Mika sah zu Boden. Und Gabi machte keine Anstalten aufzustehen und zu mir zu kommen. Sie drehte sich wieder zum Fenster, als wäre der Regen über Hamburg das Spannendste, was sie je im Leben gesehen hatte.

„Sie hat mich angerufen vor einer Woche", sagte Mika. „Sie wollte nur mal ein paar Tage weg von der Insel, verstehst du?"

„Und da hast du sie in deine Kellerwohnung eingeladen?"

„Sie hat mir sogar dazu geraten, dass ich das mit dir noch mal probieren soll. Ich hab's ja auch versucht. Aber mit uns beiden, Felicitas, das stimmt irgendwie nicht."

Das waren also die Hochzeiten auf dem Land gewesen. Gabi und Mika in seiner Kellerwohnung.

„Mit Gabi komm ich einfach in Dimensionen, die ich mit dir nie erreiche", erklärte Mika.

Wahrscheinlich kifften sie ununterbrochen.

„Aber wieso bist du dann wieder zu mir gekommen?"

Mika sah an mir vorbei. Und mir fiel wieder ein, dass wir uns nur zufällig in der „Tankstelle" getroffen hatten.

Und ich begriff. Er war nur aus purer Gewohnheit mit mir nach Hause gegangen.

„Ich muss mich entscheiden", fuhr er mich an. „Es zerreißt mein Herz, wenn ich mich nicht entscheide! Und ich habe mich jetzt für Gabi entschieden."

Ich hätte nie geglaubt, dass Mika so pathetisch werden konnte, als wäre das Leben ein Musical. Die Entscheidung zwischen zwei Frauen sollte schuld an seinem Herzinfarkt sein? Ich überließ ihn der anderen Frau und ging.

In meinem Briefkasten lag ein A-4-Umschlag. Ich nahm ihn mit und setzte mich an meinen Küchentisch. Voller irrsinniger Hoffnung öffnete ich ihn. Ich überflog die Zeilen des Anschreibens.

„...haben wir uns leider für eine Mitbewerberin entschieden", las ich und starrte weiter darauf. Ich sah wieder kurze blonde Locken vor mir.

„Ich freue mich so für die Gabi", flüsterte ich. „Ich freue mich so sehr für sie."

Endlich konnte ich weinen.

19

Ich verbrachte sinnlose Stunden in Ottensen. Im Konsumtempel Mercado besuchte ich sämtliche Klamottenläden, verzog mich in Spiegelkabinen, um mir irgendwelche T-Shirts, Hosen und Kleider anzuziehen und mir jedes Mal zu sagen, dass ich nicht genug Geld verdiente, um etwas zu kaufen, das mir nicht gefiel. Mir konnte nichts gefallen, auch das schönste Kleid konnte nichts daran ändern, dass Gabi sich jetzt um Mika kümmerte, dass sie vielleicht schon bald nach Hamburg zog, um jeden Tag mit ihm zusammen kiffen zu können.

Und nichts konnte den Gedanken ändern, dass ich nicht da gewesen war, als Mika seinen Herzinfarkt bekommen hatte. Ich wusste nicht mal, welche dieser beiden Tatsachen eigentlich die schlimmere war.

Ich verließ das Mercado und lief ziellos durch die Ottenser Hauptstraße. Der Himmel war grau und ein kalter Wind schlug mir um die Ohren. Ich konnte nach Hause gehen und meinen neuen Ölradiator anstellen. Doch mein Zuhause kam mir vor wie eine Falle. Ich hatte Angst, dass ich nicht mehr die Kraft haben würde, diese Falle wieder zu verlassen. Ich guckte mir ein Ladenschaufenster am Straßenrand an. Ich glotzte hinein, ohne wirklich etwas zu sehen, erst als mein Handy klingelte, merkte ich, dass ich vor einer Boutique für Schwangerschaftsmode gestanden hatte.

Es war Agnes. „Wir sind so weit. Wenn du willst, kannst du gleich heute Nachmittag anfangen."

Zehn Minuten später übergab mir die dicke Karin einen Stapel Fragebögen.

„Eigentlich haben wir ja schon überlegt, jemanden anderes mit den Interviews zu beauftragen", hatte sie gesagt und mit dem Kopf gewackelt. „Die Rekrutierung hat weiß Gott viel zu lange gedauert."

Warum sie sich dann doch für mich entschieden hatten, verriet sie mir nicht.

Dafür quälte sie mich in einem stundenlangen Briefing durch das gesamte Interview.

„Schätzen Sie anhand der folgenden Skala, von Null bis Fünf, ob die Einnahme dieses Medikamentes ihren Alltag außerordentlich erleichtert fünf, sehr erleichtert vier, erleichtert ..."

Sie las alles vor, jeden Punkt, ohne auch nur einmal vom Papier aufzuschauen.

Dabei hatte der Fragebogen durchaus originelle Passagen, die aber in Karins monotoner Vortragsweise völlig untergingen. Zum Beispiel so etwas wie: „Welche der folgenden Eigenschaftswörter treffen auf das Medikament zu. Optimistisch, hell, fortschrittlich, grün, blau oder lebensbejahend."

Nach zwanzig Seiten folgte eine Überleitung: „Für die Weiterentwicklung unseres Produktes würden wir gern einen Eindruck von Ihren Lebensgewohnheiten bekommen."

Und dann kamen Fragen wie: Welche der folgenden Fernsehsender sehen Sie zwischen acht und zehn Uhr morgens, zwischen zehn und zwölf Uhr und so weiter. Es folgte eine Liste von 25 Sendern mit jeweils zehn Zeitzonen und dann folgten sämtliche Zeitschriften, die irgendwas mit Gesundheit zu tun haben.

Ich dachte der einzige, der jetzt noch nicht kapiert hätte, dass es nur um die Vorbereitung einer Werbekampagne ging, wäre vielleicht Herr Petersen gewesen. Aber den hatten wir ja von vornherein ausgeschlossen. Dachte ich. Als mir Karin die endgültige Probandenliste übergab, entdeckte ich seinen Namen. „Das ist ja sicher in deinem Sinne", sagte sie und schelmisch glänzten ihre Apfelbäckchen.

Froh, endlich aus dem Briefing entlassen zu sein, verzog ich mich in meine Telefonbox. Ich sah mir die Teilnehmerliste an, sieben Adressen, nach Priorität sortiert. Daniela aus Leipzig belegte Platz Eins. Seit meinem Anruf von zu Hause aus hatte ich sie nicht wieder angerufen.

Hinter mir telefonierte das Team für die Autostudien um die Wette.

Ich musste mich erst einmal sammeln und blätterte den Fragebogen noch einmal durch. Schon nach fünf Minuten stellte sich Karin hinter meinen Stuhl, um nachzuschauen, was ich machte.

Ich wählte die Nummer der Apothekerin, und Karin verließ ihren Beobachtungsposten wieder. Die Apothekerin freute sich, dass ich sie nicht vergessen hatte, aber schon bald fiel ihr auf, dass meine Fragen nicht besonders wissenschaftlich waren. Ich musste sie mit Engelszungen überreden, weiter zu machen und brachte sie durch den ersten Teil des Interviews, bis wir zu den Fernsehfragen kamen. Nachdem ich ihr die erste vorgelesen hatte, bebte die Leitung vor empörtem Schweigen. Dann sagte sie schlicht: „Es ist überhaupt keine Forschung, was Sie machen."

„Es ist Marktforschung", sagte ich kleinlaut.

„Für so etwas habe ich keine Zeit", sagte sie und legte auf.

Wenn das so weiter ging, hatte ich die ganzen Wochen vorher umsonst gearbeitet. Und Karin würde mich anschreien, um sich dann von Agnes anschreien zu lassen, die sich wiederum vom Marketingchef ihres Kunden anschreien lassen müsste und an dem würde sicher auch jemand seine Wut auslassen, weil man „human needs" völlig umsonst Geld „in den Rachen warf".

Ich brauchte dringend eine Erfolgsmeldung und jetzt lag meine ganze Hoffnung auf Daniela. So oft wie ich mit ihr telefoniert hatte, konnte sie sich nun ruhig mal erkenntlich zeigen.

Das Freizeichen erklang wieder und wieder, doch sie nahm nicht ab. Aber das Schlimmste war, ihr Anrufbeantworter ging nicht an. Ich wählte ihre Nummer noch mehrfach. Die Freizeichen tuteten, Steppenwolf fing nicht mehr an zu singen. „Das Wichtigste hab ich noch gar nicht gemacht", hörte ich Danielas heisere Stimme wieder. Was auch immer das gewesen war, die Sache war klar.

Ich starrte eine Weile aus dem Fenster. Da tauchte Karin auf der Straße auf, sie war wohl auf dem Weg in die Mittagspause, und ich wählte Nicoles Nummer.

Zum Glück war sie schon wieder aus Klein-Butzow zurück.

„Meine Testperson ist gestorben", sagte ich leise ins Telefon. „Sie war nicht mal vierzig."

„Jetzt komm schon", sagte Nicole. „Du hast sie doch gar nicht gekannt, Felicitas."

„Vor kurzem hat sie mir noch von ihren Motorrad-touren erzählt. Nicole, ich glaube, die hat sie sich alle nur ausgedacht."

„Sieh es doch mal so", sagte Nicole sanft. „Ohne dich hätte sie diese schönen Tagträume vielleicht nie er-funden."

Ich schwieg und Nicole schwieg mit mir.

„Ich vermiss dich so sehr", sagte ich.

„Jetzt hör mal auf, Felicitas. Du kannst dich doch nicht an so ein fremdes Unglück hängen, bloß weil du in Hamburg noch keine Freunde gefunden hast. Wo bist du jetzt überhaupt?"

„Im Callcenter", sagte ich. Natürlich sprach ich so leise es ging. „Meine Supervisorin macht gerade Pause. Eigentlich war das immer die Zeit, wo ich mit Daniela telefonieren konnte, weißt du. Ich hab es gemacht, wie du gesagt hast. Ich hab mir meine menschlichen Zwi-schenräume geschaffen."

Plötzlich hatte ich ein komisches Gefühl und sagte Nicole: „Ich muss jetzt mal wieder Schluss machen."

Ich hatte den Hörer kaum aufgelegt, als ich Karins hohe Stimme über meinem Kopf hörte.

„Du gehst jetzt nach Hause und denkst über deine Arbeitseinstellung nach."

Ich drehte mich um und schaute hoch. Es war Karin, sie war zurückgekommen, ohne dass ich es bemerkt hatte. Und hinter der Glasscheibe, im Supervisoren-Büro, saß Miriam und verfolgte gespannt unser Gespräch. Die hat mich grad abgehört und Karin zurückgeholt, stellte ich erstaunt fest.

„Wird's bald!", machte Karin.

„Aber hast du nicht selbst gesagt, dass Privatgespräche drin sein müssen, in einer Firma, die von Kommunikation lebt", versuchte ich mich zu verteidigen. Karins Kopf wackelte so schrecklich hin und her wie der Kopf eines Wackeldackels in einem Auto bei voller Fahrt. Dann brüllte sie: „Raus hier! Das war's für dich!"

Als ich auf der Straße stand, sah ich noch einmal am Gebäude hinauf, zu den Fenstern von „human needs". Gemeinsam standen Miriam und Karin am Fenster und sahen zu, wie ich ging.

„Du hast halt dort nicht hingehört", sagte Nicole. „Im Grunde genommen kannst du dieser Karin einen Blumentopf schießen, zum Dank, dass sie dich rausgeschmissen hat. Du kennst doch den Spruch: Wem ein Fenster zugeht, öffnet sich eine Tür. Aber vielleicht siehst du die ja vor lauter Bäumen nicht."

Sie erklärte mir wieder einmal, ihr Weg sei auch nicht nur Zuckerlutschen gewesen. Aber nun trage sie als Selbständige den beruflichen Erfolg in der Tasche.

„Warum machst du dich eigentlich nicht selbständig?", fragte sie mich.

„Als Sozialpädagogin?", entgegnete ich. „Da kann man doch nicht alleine arbeiten."

Ich wollte ihr von dem Makarenko-Buch, das ich gefunden hatte, erzählen. Aber kaum hatte ich es erwähnt, unterbrach mich Nicole: „Willst du jetzt die Kollektiverziehung schönreden oder was?"

Da hatte ich mal was Positives in meinem Leben gefunden, und es war ihr auch wieder nicht recht.

„Nicole, hast du Makarenko mal gelesen? Das ist eine Erziehung, wo der Mensch noch ein soziales Wesen ist und nicht ein Individuum, das für die Konkurrenz zu seinen Mitmenschen fit gemacht wird."

„Ach hör doch auf, die Gemeinschaften im Sozialismus, das waren doch alles nur Zwangsgemeinschaften. Ist dir die Freiheit denn gar nichts wert?"

„Welche Freiheit meinst du denn, Nicole? Ich muss auf einem freien Wohnungsmarkt für die letzte Bruchbude ein Heidengeld bezahlen, das ich unter der Kontrolle einer seelisch gestörten Aufseherin verdiene, mit Telefonaten, die ich im Inneren zutiefst ablehne. Wer ist denn da frei? Ich nicht. Vielleicht würde ich ja viel lieber jeden Morgen um fünf aufstehen, um mit einer Gruppe von Halbwüchsigen Kartoffeln zu ernten."

„Dann mach es!", sagte Nicole, als ob ich mal eben eine Landkolonie aus der Tasche zaubern könnte. „Ich hoffe allerdings, dir ist klar, dass du grad das Arbeitslager neu erfinden willst. Aber wenn das dein Traum ist. Go for it!", sagte sie und fügte hinzu: „Ich hatte schon lange das Gefühl, dass die Parallelen zwischen uns auseinandergegangen sind, seit du in Hamburg bist."

„Jetzt nimmst du es aber zu tragisch", sagte ich.

„Nein, wirklich. Es trifft sich perfekt. Ausgerechnet heute, wo du mich anrufst, um mir zu sagen, dass du die kommunistische Kollektiverziehung bejubelst, habe ich beschlossen, für eine Weile in die totale Isolation zu gehen."

„Wie meinst du das?"

„So wie ich es sage. Ich werde meine Türen schließen, meinen Telefonstecker ziehen und mein Handy abschalten, meinen Briefkasten nicht mehr leeren und fasten."

„Und was willst du dann machen?"

„Meditieren."

„Wie lange denn?"

„Vier Wochen mindestens."

„Und deine Jobs?"

„Ich hab mir frei genommen. Und außer der Miete brauche ich ja jetzt auch kein Geld mehr. Das ist wahre Freiheit."

„Nein", erwiderte ich. „Das ist Hunger und Entsagung. Und außerdem hört es sich langweilig an."

„Was dem einen sein Swimming Pool ist dem andern sein Schrebergarten", orakelte sie.

„Aber dann kann ich dich ja gar nicht mehr anrufen."

„Stimmt. Wenn du meine Nummer wählst, wirst du ein Besetztzeichen hören. Also, mach es gut. Und pass auf dich auf."

Und dann hörte ich das Besetztzeichen.

20

Wie ein Tourist lief ich über die Reeperbahn. Bunte Lampen leuchteten die Nacht weg, die Passantenströme übertünchten das Gefühl von Alleinsein und mit dem Anblick der Nutten am Straßenrand redete ich mir ein, dass es Schlimmeres als meine Sorgen gab. Ich lief auf der rechten Straßenseite vom S-Bahnhof Reeperbahn zum U-Bahnhof St. Pauli, überquerte die Straße und lief auf der anderen Seite wieder zurück. Und am Bahnhof Reeperbahn begann ich meine Tour von neuem. Wenn ich an einem Kiosk vorbeikam, ging ich rein und kaufte mir eine kleine Flasche Wodka. Manchmal kamen mir Pärchen entgegen, die einander an den Händen hielten, manchmal Horden von Jungs, die über mich lachten. „Iiih, ist die hässlich", schrie einer. Wenn mir die Tränen kamen, stellte ich mich vor ein Schaufenster, starrte auf rote Latex-Klamotten, holte meine Wodka-Flasche hervor und trank sie aus.

Dann ging ich weiter. Es war schon weit nach Mitternacht. Gerade hatte ich beim Anblick von roter Reizwäsche wieder ein Fläschchen Wodka getrunken, als ein Mann aus dem Laden kam, sich in meine Nähe stellte und eine Zigarette rauchte. Er war klein und dünn wie Mika. Er trug eine rotbraune Kunstlederhose und hatte einen kleinen, eiförmigen Kopf, der kahl rasiert war. Seine Glatze glänzte rötlich. Sogar sein Gesicht hatte einen rötlichen Glanz. Es sah aus, als wäre sein ganzer Kopf entzündet. Aber das Komischste in seinem Gesicht waren die Augen. Es waren die grünsten Augen, die ich je gesehen habe. Ich zuckte zusammen, als er mich ansah.

„Hi, Maria", sagte er zu mir. Er brummte so tief wie Mika mit seiner Bassstimme. Ich fragte mich, ob schmächtige Männer das Tiefsprechen vielleicht trainierten, sozusagen als Ausgleich für ihre Körpergröße.

„Hast wohl nix zu tun", fragte er mich.

„Ich heiß nicht Maria", erwiderte ich.

„Frauen sind Marias oder Carmens", erklärte er mir. „Oder Heikes, aber um die geht's nicht. Du bist ne Maria, schätz ich."

„Ich heiß aber Felicitas", sagte ich.

„Hagen", erwiderte er. „Willsten Bier? Komm rein, da kannste dich setzen."

Wir setzten uns in seinem Laden auf zwei kleine Lederhocker. Ich merkte, dass er mich etwas fragen wollte, aber er hatte noch Kundschaft und wartete wohl, bis die draußen war. Es war ein Pärchen, er in

Anzug, sie im Kostüm, als kämen sie grad von einem Firmenmeeting. Sie hielten sich an den Händen und begutachteten Hagens Angebot an Sex-Tools auf eine Art, als würden sie die Lederbezüge für ihr neues Auto auswählen. Der Mann hatte eine Lesebrille, die er ab und an mit seiner freien Hand die Nase hinaufschob.

Hagen behielt die beiden auf dezente Weise im Auge. Ich sah die kleine Fledermaus, die auf seiner Glatze tätowiert war, nur zwei Fingerbreit über dem Nacken.

Am Ende des Ladens gab es noch eine Tür und ich fragte mich, ob dahinter vielleicht eine Peep-Show war, für die er mich engagieren wollte.

„Ganz schön wenig los dort", versuchte ich es mit einem Anfang für ein Gespräch.

„Hä?", machte Hagen.

Ich deutete mit dem Kopf zu dieser Tür. „Na, dein Laden dahinten. Geht gar niemand rein."

„Ist kein Laden", sagte er, ohne das unschlüssige Pärchen aus den Augen zu lassen. „Die sehen mal wieder den Wald vor lauter Palmen nicht", brummte er und stand auf.

Obwohl seine Kunstlederhose ganz eng war, schlug sie Falten um seinen mageren Hintern. Er trat neben das Paar und griff nach einem Päckchen im Regal, aus dem er eine Peitsche mit mindestens zehn Striemen holte. Die Frau betastete den Griff und die Striemen, nickte endlich zufrieden und zu dritt gingen sie zur Kasse.

Als das Paar draußen war, schloss Hagen die Tür ab.

Eine hohle Kugel plumpste in meinen Magen.

Er musste grinsen. „Na guck nich so bedröbbelt. Ich tu dir nix."

„Aber du willst doch was von mir?"

„Kannst ja nein sagen."

Er ging an mir vorbei und öffnete die Tür am Ende des Ladens. Im Schummerlicht sah ich ein ramponiertes Fünfziger-Jahre-Sofa, einen abgeschabten Ledersessel und eine Kommode auf der eine Sammlung von Dildos der Dicke nach aufgereiht war. Von oben hing ein Mikrofon herab. Die Wände waren mit Samt ausgeschlagen, aber nicht mit rotem, wie man an so einem Ort erwartet hätte, sondern mit einem verschossenen Dunkelbau. Es gab noch eine zweite Tür, auf die Hagen jetzt zuging. Er klopfte auf die Wand daneben. Es klang nach Sperrholz.

„Früher konnte man hier durchgucken", erklärte er mir. „Aber das find ich blöd. Ich muss nich zugucken, wie ihr das macht. Is mir piepegal eigentlich." Er öffnete die Tür und winkte mir, damit ich mir das Mischpult ansah.

„Supergeiles Teil", erklärte er. „Du kannst dich in die hinterste Ecke verkriechen, ich kann das immer aussteuern. Meinste, du schaffst ne Stunde?"

Jetzt kapierte ich. Der Mann hieß Hagen. Das musste der Typ sein, von dem Clara mit C mir erzählt hatte. Ich stand mitten in seinem Stöhnstudio. Und er bot mir den Job an, den ich nie im Leben hatte machen wollen.

„Wenn du's hinbekommst, gibt's dreihundert Honorar", sagte er. „Wir verkaufen's als heiße Maria, wenn du nichts dagegen hast. Die dreihundert sind natürlich nur Garantiehonorar. Wenn das Ding `n Renner wird, wirst du am Absatz beteiligt."

Was hatte ich schon für Jobs in den letzten Monaten gemacht? Ich hatte arglose Kinder mit Werbematerial drangsaliert und Menschen, die im Sterben lagen, nach ihren Gewohnheiten ausspioniert. Das Tonband einer Sex-Hotline voll zu stöhnen, schien mir inzwischen der harmloseste Job von allen zu sein.

„Okay", sagte ich.

Der Typ wollte sich gleich in seine Kabine zurückziehen, aber dann kam er noch mal zurück und zeigte mir, wie man die Tür, die zum Laden ging, abschloss. Der Schließer sah aus wie der Riegel auf der Innenseite einer Klotür, mit einem Dreieck, in dem es rot wurde, wenn man zugesperrt hatte.

„Damit du nicht mittendrin denkst, dass einer reinkommen könnte", erklärte mir der Rotkopf.

Auch die Tür, die meine Kabine von seinem Tonstudio trennte, hatte so einen Schließer, mit dem ich mich vor ihm einsperren könnte.

„Ich würd zwar eh nicht rauskommen", sagte er. „Aber ich hab die Erfahrung gemacht, dass ihr euch wirklich ganz sicher fühlen müsst, wenn's was werden soll."

Er verschwand in seinem Tonstudio und ich schloss ihn dort ein. Einen Moment lang dachte ich, dass ich jetzt seine Kasse ausräumen und mit der Kohle abhauen konnte. Aber dann fiel mir ein, dass er ja den Laden abgeschlossen hatte. Ich war in einem Gefängnis und hatte den Gefängniswärter eingesperrt.

Ich sah mir die Dildo-Kollektion auf der Kommode an. Solche Dinger habe ich noch nie benutzt. Ich versuchte eins anzufassen. Sobald ich das Hartgummi zwischen meinen Fingern hatte, spürte ich, wie ich rot wurde. Wie sicher war es eigentlich, dass Hagen mich nicht sehen konnte? Dass der ehemalige Einwegspiegel entfernt war, musste nicht viel heißen. Wer weiß, warum die Wandbespannung hier dunkelblau war. Wie schnell konnte man bei Dunkelblau ein Loch übersehen! Was, wenn Hagen hier direkt an der Reeperbahn eine besonders raffinierte Peepshow aufgebaut hatte. Der Geheimtipp für Touristen – Sexperformerinnen, die keine Ahnung haben, dass man ihnen zuschaut.

Hagen war auf so eine unheimliche Weise wortkarg, dass ich ihm alles zutraute.

Ich unterzog alle vier Wände einer eingehenden Prüfung. Danach suchte ich auch noch Decke und Fußboden nach Löchern ab, bis ich wirklich sicher war, dass es nicht das allerkleinste Guckloch gab. Ich öffnete auch noch einmal die Tür zum Laden, und schloss sie ein zweites Mal ab, ehe ich endlich anfing - das heißt, ehe ich mich in den Ledersessel setzte und meine Jeans und den Slip hinunter zog, weil ich mir vorstellte, dass Frauen einen Stöhnjob damit begannen, dass sie sich selbst stimulierten.

Die Dildos ließ ich, wo sie waren. Ich war oft und lang genug in meinem Leben allein gewesen und kriegte das Nötige auch ohne Hilfsmittel hin. Und eigentlich hätte es klappen müssen, Wodka hatte ich jede Menge getrunken, meine Hemmschwellen mussten am Boden liegen. Dennoch tasteten meine Finger ziemlich unschlüssig in meinem Slip herum. Auch wenn ich Hagen nicht sah, war er doch immer noch weniger als zwei Meter von mir entfernt, nur durch eine lächerliche Wand aus Sperrholz von mir getrennt. Ich zog meine Hand wieder hervor. Es musste doch eine Möglichkeit geben, diesen Job zu erledigen, ohne die entsprechenden Begleitumstände herzustellen. Ich stand auf und hielt meinen Mund ans Mikrofon.

„Uuuuuh!", kam es aus meinem Mund, aber das klang eher, als wollte ich anfangen einen Pop-Song zu singen. Hagen verdrehte bestimmt schon seine grünen Augen. Vielleicht sollte ich es einfach sein lassen, dachte ich, aber dann dachte ich wieder an die dreihundert Euro, das war meine komplette Miete und ich wusste doch gar nicht, woher das nächste Geld kommen konnte. „Human needs" brauchte mich nicht mehr. Mit einem Mal merkte ich, wie müde ich war. Es war, als würde sich die anstrengende Zeit der letzten Monate in ein Gewicht verwandeln, das sich auf meinen Kör-

per senkte, bis mich die komplette Erschöpfung überwältigte.

Ich starrte die Samtwände an und meine Gedanken
drifteten ab. Anstatt mich auf meinen Job zu konzentrieren, stellte ich mir vor, wie der rotköpfige Hagen
bei Teppich-Kibek herumgeschlichen war, bis er sich
endlich überwunden hatte, den Verkäufer nach der
billigsten Wandbespannung zu fragen. Farbe egal,
Hauptsache schalldämmend. Wahrscheinlich war es
schon ein glücklicher Zufall, dass die billigste Sorte
nicht grün wie seine Augen gewesen war. Eigentlich
war es ein schönes Blau. Wie der Himmel in einer
Nacht an der Ostsee. Die Farbe des Universums, dachte ich. Und vielleicht, so dachte ich in meiner Trance
weiter, war ich gar nicht in einem Stöhnstudio. Vielleicht war dieser kleine Mann mit seinen mysteriösen
grünen Augen eine Art Zwischenwesen, das mich ans
Trommelfell des Universums geleitet hatte, damit ich
dem Weltall meine Wünsche direkt ins Ohr schreien
konnte, mit meiner ganzen positiven Energie. Vielleicht hatte mich ja auch Nicole telepathisch hierher
gelotst, direkt an die dunkelblaue Ohrmuschel des
Weltalls.

Vielleicht war ich die ganze Zeit viel zu rational
rangegangen. Hatte ich dieselbe Chance nicht schon
mal gehabt? Wochen zuvor, als ich mit Mika nachts am
Ostseestrand gelegen hatte, direkt unterm Sternenhimmel, als ich Sex mit ihm hatte und das Universum
für einen Moment sogar in mich hineingekrochen war,

wie ich damals dachte. Aber anstatt die Gelegenheit zu nutzen und mir etwas für meine Zukunft zu wünschen, hatte ich nur darüber nachgedacht, ob Mika diesmal bei mir bleiben würde. Vielleicht war das der Fehler gewesen. Vielleicht gehören sexuelles Verlangen und Wünsche, die man ins Universum schickte, irgendwie zusammen? Nicole hatte mir nie verraten, auf welche Weise sie ihre Wünsche absandte, aber bei ihr schien immer alles zu klappen. Vielleicht hatte sie die ganz geheimen Tricks für sich behalten. War sexuelles Verlangen nicht die stärkste Art sich etwas zu wünschen? Zumindest ist es wohl das älteste und ursprünglichste Wünschen, das Menschen seit ihrer Existenz kennen, so dachte ich. Vielleicht musste ich meine ganze sexuelle Energie sammeln und sie auf meine beruflichen Wünsche konzentrieren, damit etwas daraus wurde. Der blaue Samt an den Wänden schimmerte, als wollte er mir sagen, nun lass es schon raus, ich bin ganz Ohr. Ich schob den Ledersessel unter das Mikrofon, schob ein zweites Mal meine Jeans herunter und während meine Finger sich nun ernsthaft an die Arbeit machten, ohne sich weiter von Hagens Nähe stören zu lassen, konzentrierte ich mich in geistig-biologischer Einheit auf meine innigsten Wünsche.

Es lag nahe, dass ich zuerst an Mika dachte. „Oh, ja", hauchte ich und die Mikrofonkugel über mir schien diesen Laut gierig aufzusaugen. „oh ja, komm, komm, bitte", jammerte ich, aber ich konnte mir nichts vormachen. Ich glaubte nicht mehr wirklich daran, dass das mit Mika noch einmal etwas wurde. Und ich spürte, dass Nicole Recht hatte. Wünsche, an die man nicht glaubt, haben keine Energie in sich. Die Gedanken an Mika ließen mich höchstens spüren, wie müde ich war. Ich schloss die Augen und atmete tief durch, während meine Finger sich wieder stärker um den Mittelpunkt meines Körpers bewegten. Mir fiel die letzte offene Bewerbung bei einer sozialpädagogischen Einrichtung ein. Vielleicht war ja doch noch etwas zu erhoffen. „Oh, ja, bitte", bettelte ich die dunkelblauen Wände an. „Bitte, jaaaaaah"

Doch so konnte mich das Universum wohl nicht verstehen. Ich musste meine Wünsche schon benennen. „Ich will Gutes tun", bettelte ich, und meine Stimme wurde dabei hoch und kindlich, während ich meine Finger immer tiefer in mein Zentrum bohrte und mir vorstellte, dass sich dort eine direkte Verbindung zwischen mir und dem Universum versteckte. „Lass mich gut sein, mit meiner ganzen Liebe, oh ja... Bitte, bitte, gib mir diesen Job, ich will endlich ein guter Mensch sein können, jaaaah, ooooh....Bitte, liebes Universum, lass mich endlich etwas Sinnvolles tun, ja, oh, etwas, das der Welt nicht schadet, etwas, das sie ein bisschen besser macht, ja, bitte, oooh!" Die Worte flogen mir von den Lippen, während mich holprige Orgasmen aufrüttelten. Ich habe keine Ahnung, was ich dem Universum noch alles ins Ohr gerufen habe, denn ich geriet allmählich in einen Zustand, in dem es mir völlig egal war, ob Hagen oder alle Leute auf der

Reeperbahn oder die ganze Welt mich hören konnten. Ich wünschte mir sogar, alle könnten mich hören, denn ich war mit einem Mal völlig davon überzeugt, einen Moment der absoluten Wahrheit erreicht zu haben. Ich glaubte sogar zu erkennen, dass dieser ganze Sex im Grunde nur ein billiger Ausgleich für Leute war, die genauso wie ich von einem wirklich sinnvollen Leben ausgeschlossen waren. Und dass wir uns mit diesem bisschen Kitzeln und Reiben unserer Genitalien abspeisen ließen, als könnte uns das über die völlige Sinnlosigkeit hinwegtrösten, unter der wir in einer Welt litten, in der Geld zum Maß aller Dinge geworden war.

Und ich dachte, dass ich meine wahren Wünsche jetzt mit so überwältigender Intensität spürte, als wären es die Wünsche von Millionen, und als würde ich nur ein Medium der wirklichen, universalen Wahrheit sein, wobei es schon gar nicht mehr auf meine Worte ankam, Hauptsache, ich ließ sie heraus. Ich verlor jegliches Zeitgefühl. Ich glaube, ich schrie, was das Zeug hielt. Wie gesagt, ich war komplett betrunken.

Das nächste, woran ich mich erinnern kann, waren die Faustschläge, die gegen die Wand donnerten.

„Aufhören! Aufmachen!", brüllte Hagen, was ich durch die Wand nur gedämpft hörte. Allmählich kam ich wieder zu mir. Und endlich hatte ich mich wieder so weit im Griff, dass ich die Tür öffnen konnte. Ich stand auf und ließ Hagen aus seiner Tonkabine.

Mit dunkelrot angelaufenem Kopf fuhr er mich an: „Das war ja wohl für'n Arsch. Deine Urschreitherapie kannste woanders machen."

Ich musste meine Klamotten noch eine Weile sortieren, bis ich den Laden verlassen konnte. Hagen stand auf der Straße und rauchte eine Zigarette. Die Fledermaus an seinem Nacken zitterte. Der Bürgersteig war von Senfspuren, Bierlachen, benutzten Servietten und Flaschenscherben bedeckt. Und der Morgen erhellte diesen armseligen Anblick mit seinem gleichgültigen Licht.

„Bist eben doch nur ne Heike", sagte Hagen, ging in seinen Laden zurück, schloss von innen ab und ließ die Eisenjalousien herunter.

21

Ich hatte kein Brot mehr zu Hause und ging zu einer Bäckerei. Ich musste mich anstellen, und während ich wartete, betrachtete ich ungefähr dreißig Sorten Brot. Plötzlich bekam ich Angst davor, dass ich in wenigen Sekunden aus dreißig Brotsorten die auswählen musste, die ich wollte. Da sah mich die Verkäuferin auch schon an.

„Ein Brot bitte", sagte ich leise, in der Hoffnung, sie würde mir einfach irgendein Brot geben. Doch stattdessen fragte sie genervt: „Welches?"

Ihr scharfer Ton trieb mir die Tränen in die Augen. Sie war der erste Mensch, mit dem ich seit meinem Versagen in Hagens Stöhnstudio sprach.

Und das war eine Woche her. Ich holte tief Luft, aber mir fiel keine Antwort ein. Stattdessen hörte ich mich, wie ich in Gedanken die Verkäuferin anschrie: „Ein normales Brot verdammt noch mal, ist das denn so schwer? Es heißt schließlich Brot für die Welt und nicht Hansebäckers Vollkorn für die Welt oder Topfit-Sesam für die Welt..." aber während ich mir vorstellte, wie ich die arglose Verkäuferin anschrie, machte sich auch das Pioniermädchen Felicitas in mir stark und lenkte meine Aufmerksamkeit auf das Kollektiv der Brotkäufer, die mich mit missbilligenden Blicken betrachteten, weil ich mit meiner stummen Sturheit den Betrieb aufhielt. Und dann war da noch die psychologisch geschulte Sozialpädagogin in meinem Inneren, die mir nüchtern mitteilte, dass ich gerade dabei war, die letzten Fähigkeiten für ein normales Alltagsleben zu verlieren. Die Bäckerin bediente bereits die Kundin nach mir und ich schaffte es mit Mühe und Not, aus dem Laden zu kommen, ohne dabei in Tränen auszubrechen. Es war, als würden selbst meine Tränen nach innen laufen.

Ich ging nach Hause und wollte meine Wohnung nie wieder verlassen. Ich blieb auf meiner Couch sitzen und hörte CD's von Ella Fitzgerald, Billie Holliday oder Nina Simone. Ich konnte nicht mehr schlafen. Aber das Schlimmste war, dass ich nichts mehr empfand. Meine Gefühle waren wie ausgeschaltet. Dafür fing ich an, mich an Dinge zu erinnern, an die ich schon ewig nicht mehr gedacht hatte.

Kurz nachdem ich meinen Vater zum ersten und letzten Mal gesehen hatte, hatte ich angefangen, regelmäßig Westradio zu hören. Aber nicht einfach so. Heute würde man sagen, ich machte daraus ein Event. Damals habe ich überhaupt nicht darüber nachgedacht, ich habe einfach getan, was mir einfiel. Sobald die Musiksendung anfing, löschte ich das Licht in meinem Kinderzimmer und zündete eine Kerze an. Ich stellte mich so vor die Flamme, dass sie meinen Schatten an die Wand warf. Und während ein bayrisches Rundfunkhaus einen Song von Queen in mein Leipziger Kinderzimmer sendete, breitete ich die Arme zu einem dramatischen Ausdruckstanz aus und beobachtete dabei meinen Schatten. *„Sprad your wings and fly away"*, sang Freddy Mercury und ich bildete mir ein, er wüsste ganz genau, dass es mich gab und dass ihm diese Zeilen nur eingefallen waren, weil er sich ein Mädchen wie mich dabei vorgestellt hatte. Von seiner Musik ließ ich mich zu theatralischen Bewegungen hinreißen, je wilder ich meinen Körper drehte, je pathetischer ich meine Arme auf und ab schwang, umso mehr hatte ich das Gefühl, meinem engen Kinderzimmer davonzufliegen.

Eines Abends hatte jemand die Tür geöffnet. Er hatte sogar denselben Schnauzbart wie Freddy Mercury. Aber es war kein singender, homosexueller Brite, sondern Kalle, der gegenwärtige Freund meiner Mutter, der eigentlich nur auf Toilette wollte und sich in der Tür geirrt hatte. Er guckte mir zu, wie ich meine Arme sinken ließ und mir mit der Hand verlegen übers Gesicht wischte. Dann drehte er sich um und schrie durch den Flur: „Eh, deine Kleene hat wohl nich alle Tassen im Schrank?"

Meine Mutter war gekommen, hatte einen kurzen Blick auf die Kerze und auf mich geworfen, und gesagt: „Ach lass mal, manchmal spinnt sie ein bisschen."

Ich glaube, sie hielt sich damit für eine gute Mutter. Sie hatte mir nichts verboten, sie hatte sogar dafür gesorgt, dass Kalle seine unangebrachten Ambitionen zum Ersatzvater zügelte. Allerdings für den Preis, dass sie mich für verrückt erklärte.

Von da an schloss ich mein Kinderzimmer von innen ab und verbrachte ungezählte Abende hinter einer verschlossenen Tür, um meine expressiven Ausdruckstänze für niemanden zu tanzen.

Als ich mich wieder an diese Abende erinnerte, hatte ich plötzlich das Gefühl, dass ich in Wirklichkeit nie richtig aus meinem verschlossenen Kinderzimmer herausgekommen war. Und es kam mir vor, als hätte ich den Schlüssel, mit dem ich herauskommen könnte, irgendwann endgültig verloren.

Vielleicht schon drei Jahre später, als ich gerade 18 geworden war, und alle Welt um mich herum zu sagen schien: Tut uns leid, die Gesellschaft, für die wir dich erzogen haben, gibt es nicht mehr. Vergiss einfach alles, was du von uns gelernt hast.

Oder hatte ich den Schlüssel zur Welt auf meinem Umzug nach Hamburg verloren oder mit Mikas Herzinfarkt? Machte Danielas Tod die Sache endgültig, oder war es der Kontaktabbruch von Nicole, der schließlich auch meine letzte Verbindung zur Welt gekappt hatte? Spätestens in Hagens Stöhnstudio war die Tür endgültig zugeschlagen. Ich hatte es da drin komplett übertrieben, als ich es mit dem ganzen Universum aufnehmen wollte. Hagen hatte das Eisengitter zu Recht runtergelassen. „Ich passe nicht in diese Welt", erklärte ich mir. „Ich gehöre hier einfach nicht her."

Ich blieb in meiner Wohnung und sah den Zügen zu, die an meinem Fenster vorüberfuhren. Nur manchmal ging ich in die Küche, um von den Reserven, die ich noch hatte, etwas zu essen oder auch nur, um mir ein Glas Wasser zu holen.

Eines Abends, es war schon dunkel, sah ich wie ein Punk mit einer Irokesenfrisur auf die Böschung rannte, die zum Bahndamm führte. Auf halber Höhe hockte er sich zwischen die Zweige eines Strauches. Ich hatte kein Licht im Zimmer, so dass er mich nicht sehen konnte. Ich dachte: Jetzt sehe ich gleich einem Punk beim Kacken zu. Aber das blieb mir erspart. Er schien nur auf etwas zu warten. Nach einer Weile huschte ein zweiter Punk an meinem Fenster vorbei, entdeckte den ersten und hockte sich neben ihn ins Gestrüpp. Sie fummelten mit irgendetwas herum, dann warfen sie es in meine Richtung. Es landete auf dem Fensterbrett vor meinem Fenster. Plötzlich blitzte der Lichtkegel einer Taschenlampe auf und ich sah zwei Polizisten, die sich dem Gebüsch näherten. Panisch rasten die beiden Punks davon und die Polizisten ihnen hinterher.

Ich stand auf, um zu schauen, was auf meinem Fensterbrett lag. Es war ein zusammengedrückter Briefumschlag. Er enthielt Cannabis, abgefüllt in vier Plastiktüten zu je fünf Gramm. Es roch genauso wie das Zeug von Mika. Ich holte es hinein und schloss das Fenster wieder.

Kurze Zeit später kamen die Punks zurück und mussten feststellen, dass sie nicht an mein Fensterbrett heran reichten. Es liegt zu weit weg vom Bahndamm und wenn man darunter steht, ist es so hoch, dass man es nicht mal mit einer Räuberleiter erreicht. Nachdem die beiden sich vergeblich gemüht hatten, verschwanden sie wieder.

Kurze Zeit später klingelte es. Ich rührte mich nicht, fragte mich aber etwas besorgt, ob die beiden wegen ein paar Gramm Gras zu einem Einbruch bereit wären. Ich traute ihnen das nicht wirklich zu und behielt Recht. Nach einer Weile wurde es wieder vollkommen still. Und ich drehte mir meinen ersten eigenen Joint. Nachdem ich ihn geraucht hatte, fühlte ich mich überraschenderweise vollkommen glücklich. Ich sah auf meine fest verschlossene Wohnungstür und das verschlossene Fenster und plötzlich hatte meine Einsamkeit nichts Schlechtes mehr. Ich fühlte mich geborgen. Zum ersten Mal konnte ich wieder ein paar Stunden hintereinander schlafen. Ich wunderte mich über das Universum. Ich hatte mit allem gerechnet, aber nicht damit, dass es mir Haschisch aufs Fensterbrett werfen würde.

In den folgenden Tagen rauchte ich das Gras des Universums, trank literweise Leitungswasser und war glücklich, mit niemandem sprechen zu müssen, und von niemandem gesehen zu werden. Da ich nicht einkaufen ging, hatte ich kaum noch etwas zu essen. Am Ende hatte ich nur noch Mehl, Öl und Gewürze, aus denen ich mir Fladen buk. Ich hörte Musik und sah den Zügen zu. Von den Sräuchern vor meinem Fenster fielen die ersten Blätter. Der Herbst hatte begonnen und ich gewöhnte mich an den Gedanken, dass die Reise für mich zu Ende war. Ich war wieder dort angekommen, wo ich aufgebrochen war, in einem stillen Raum, in dem es nur mich gab. Nur, dass ich unterwegs auch die Lust zu tanzen verloren hatte.

Ich schaffte es gerade mal, aufzustehen, um eine neue CD in die Stereoanlage zu legen. Bis ich auch das sein ließ und nur noch den fahrenden Zügen lauschte.

Ich dachte nicht mehr viel. Und alles, was ich dachte, führte mich immer wieder zum selben Punkt. Was auch immer ich versucht hatte, es hatte ins Aus geführt. Die Liebe zu Mika, der Job bei „human needs" und nun sogar die Freundschaft mit Nicole, alles war mir aus den Händen geglitten. Der beste Beweis für mein überflüssiges Leben war mein Telefon. Niemand rief an. Abgesehen vom Anruf einer Telefongesellschaft, die mir einen neuen Vertrag anbieten wollte.

Von Tag zu Tag schien mir klarer, was das Universum für mich entschieden hatte. Die 20 Gramm Gras auf dem Fensterbrett waren mein Abschiedsgeschenk. Das einzige Ziel, das ich noch hatte, war, dieses Geschenk komplett aufzurauchen, bevor ich mich auf den Weg machte. Ich saß auf dem Stuhl, auf dem Mika seinen Herzinfarkt bekommen hatte und gewöhnte mich an den Anblick der schweren Eisenräder, die alle zehn Minuten über die Schienen vor meinem Fenster donnerten. Mit jedem Joint wurde meine Angst vor diesen Rädern kleiner und die Gewissheit größer, dass sie die sicherste Lösung waren, um der entsetzlichen Leere in mir zu entkommen.

Für den letzten Joint hatte ich eine große Menge Gras übriggelassen. So wurde er sehr stark und ich spürte weder Angst noch Trauer, als ich aufbrach. Nur ein großes leeres Ich, das die Welt lang genug gesehen hatte. Ich zog meine Jacke an und verließ meine Wohnung. Ich kletterte den Bahndamm bis zur Hälfte hinauf und stapfte los. Ich musste von der Straße weg, ich wollte auf keinen Fall, dass mir irgendjemand zusah. Aber am Bahndamm entlang standen Häuser, und alle hatten Fenster in Richtung Schienen. Jederzeit konnte jemand herausschauen.

Ich lief so lange, bis ich das letzte Haus erreicht hatte. Dem Stadtplan nach gab es dahinter ein Stück unbebautes Gebiet. Dort wollte ich hin.

Tatsächlich war das Gebiet nicht bebaut, aber es war alles andere als unbewohnt. Schmuddelige Wohnwagen und Tische und Stühle vom Sperrmüll standen auf einem verwaisten Parkplatz. Unter vollgehängten Wäscheleinen saßen die Bewohner in einem Stuhlkreis, um zu kiffen und Bier zu trinken. Ich erkannte die Punk-Bettler, die manchmal vorm Penny-Markt saßen. Hier wohnten die also. Von ihrem Bauwagenplatz aus konnten sie über die ganze Schienenstrecke sehen. Ich hätte mindestens einen halben Kilometer vor ihren Augen marschieren müssen, bevor ich wieder aus ihrer Sichtweite gewesen wäre. Sie hatten mich schon entdeckt.

„Guckt mal, schon wieder eine", schrie jemand, und ein anderer: „He, mach's nich. Komm lieber runter und trink n Bier mit uns."

Hinter mir donnerte ein Zug vorbei.

„Du hast deinen Zug verpasst!", schrie einer und alle grölten los.

„Wetten, dass sie's nicht tut!", schrie wieder jemand.

„Wetten, dass doch?"

Ich drehte ihnen den Rücken zu und kletterte das letzte Stück zu den Schienen hinauf. Ich hatte keine Lust mehr, weiter zu laufen, und diese Jungs schienen an solche Sachen ja gewöhnt zu sein. Auf die musste ich keine Rücksicht nehmen.

„Ein Sixpack drauf, dass sie's nicht macht!", hörte ich jemanden rufen.

„Ein Kasten drauf, dass sie's tut."

Ich wollte mir das Leben nehmen und die machten eine billige Wette draus! Na, wartet, dachte ich, euch wird das Lachen schon vergehen.

„Zwei Bierkästen!", erhöhte einer den Wetteinsatz.

„Quatsch, die kneift, das seh ich jetzt schon. Ich setz zwei Kästen und ne Flasche Wodka."

Ich sah über die Schienen, wo bald der nächste Zug auftauchen musste. Wenn ich es tat, würden ein paar von diesen Punks vielleicht wirklich geschockt sein. Mit etwas Glück würden sie sich vielleicht sogar Vorwürfe machen, dass sie nichts unternommen hatten.

„Zwei Kästen und zwei Flaschen, dass sie's nicht tut!", schrie jemand.

Kleinen Moment noch, dachte ich, die gute Laune wird euch gleich vergehen. Ich war entschlossen, mein Herzschlag dröhnte in meinem Kopf. Ich starrte auf die Schienen, die in der Abendsonne glänzten und spürte ihr Vibrieren bereits am ganzen Körper. Doch es war noch gar kein Zug in Sicht und ich begriff, dass es nicht das Vibrieren der Schienen war, das ich an meinem Körper spürte, sondern das meines Handys. Es steckte noch in meiner Jackentasche, wo es seit Wochen geschwiegen hatte.

Ungläubig holte ich es hervor und noch ehe ich mich daran erinnern konnte, dass ich das Gespräch jetzt auch nicht mehr annehmen brauchte, drückte ich auf den grünen Knopf. „Hallo?"

Auf dem Bauwagenplatz brachen die Punks in Gelächter aus.

„Die geht ans Telefon! Jetzt noch! Krass!"

„Tobias Wegner vom Kindernottelefon efau. Sie haben sich bei uns beworben."

Am Ende der Schienen tauchte der Zug auf. Die Punks hinter mir schrien durcheinander.

„Wetten, die hat schon vergessen, was sie grad machen wollte", schrie einer.

„Selbstmord ist kein Hobby, du Liese!", brüllte ein anderer.

Wenn ich mich schon umbringen wollte, dann jedenfalls nicht, um diesen Pennern irgendetwas zu beweisen, dachte ich plötzlich.

„Ich ruf Sie zurück", schrie ich ins Telefon und taumelte einen Schritt zurück. Der Zug raste vorbei.

Dann stieg ich die Böschung hinab und trat den Heimweg an.

„Ich krieg zwei Kästen und zwei Flaschen", hörte ich jemanden aufgeregt schreien.

Zuhause angekommen rief ich zurück. Tobias Wegner bot mir ein Praktikum an. Wir vereinbarten ein Vorstellungsgespräch für den nächsten Tag.

22

Die Beratungsstelle befand sich in einem Gründerzeithaus an der Alster. Um in die dritte Etage zu kommen, konnte ich mich zwischen einer steilen Marmortreppe und einem klapprigen Fahrstuhl entscheiden. Ich wählte letzteres.

Mit Ruckeln und Poltern ließ sich das Gefährt im Erdgeschoss nieder. Ich stieg ein und drückte auf den Knopf, neben dem der Aufkleber des Vereins klebte. „Nottelefon für Kinder e.V."

Mir kam der Gedanke, dass ich mich in den letzten Wochen nie gefragt hatte, ob es so ein Nottelefon für mich geben könnte. Im Spiegel des Fahrstuhls sah ich mein abgemagertes blasses Gesicht. Ich sollte wenigstens lächeln, dachte ich. Ich probierte es, und es sah ziemlich verkrampft aus.

Als Tobias Wegner die Tür öffnete, lächelte er nicht. Er sah mich auch nicht an, sondern an mir vorbei ins Leere. Er wies mir einen Platz zum Sitzen und zeigte dabei genau neben einen Stuhl. Bevor er sich setzte, fuhr er mit den Händen an Tischkanten und Armlehnen entlang und ich begriff endlich, dass er blind war.

Ohne umständliche Einleitung erklärte er mir, wofür er mich brauchte. Dabei blieben seine Augen die meiste Zeit ganz ruhig in ihren Höhlen liegen. Nur manchmal rollten sie kurz zur Seite und wackelten ein bisschen hin und her, bis sie sich an einer anderen Stelle wieder einjustierten. Ich zwang mich, sie nicht länger anzuschauen, weil ich das Gefühl hatte, je mehr ich sie anstarrte, umso mehr rollten sie hin und her.

„Du hast ja schon eine Menge Erfahrung", stellte Tobias fest. Wahrscheinlich hatte man ihm meine Bewerbung vorgelesen. „Da müssen wir dich nicht großartig einarbeiten. Wir würden dir gern einen eigenen Bereich geben. Wir brauchen dringend jemanden für die Pressearbeit. Und wir fanden, dein Bewerbungstext hat einen guten Stil, deshalb würden wir es gern mit dir versuchen. Und mit Marketing hast du ja schon Erfahrung."

Er gab mir einen Ordner mit dem Infomaterial des Vereins. „Du musst dich da mal ein bisschen einlesen."

Während ich durch bunte Handzettel blätterte, erklärte er mir, dass das die Flyer für die Kinder seien, die sie in Drogeriemärkten auslegten.

„Warum nicht Spielzeuggeschäfte?"

„Weil solche Kinder selten in Spielzeuggeschäfte kommen."

„Und warum gehen sie in Drogerien?"

„Weil's da Rasierwasser gibt. Und das enthält Alkohol und wird auch an Minderjährige verkauft."

Ich überflog einen Flyer, der für Kinder geschrieben war. „Kennst du das auch? Papa oder Mama schreien dich an oder schlagen dich. Du versuchst alles richtig zu machen, aber es wird nicht besser. Wir können dir helfen."

Ich fragte, ob solche Eltern denn immer Alkoholiker sein müssen.

„Im Prinzip nicht. Aber die Erfahrung zeigt, dass Alkohol fast immer im Spiel ist."

Ich las weiter. „Eure Anrufe bleiben anonym. Ihr müsst eure Namen nicht nennen und alles, was wir besprechen, bleibt unter uns."

In diesem Moment ging die Tür auf und eine Frau mit ungewöhnlich breiten Schultern kam herein. Sie entschuldigte sich, dass sie zu spät sei.

„Erika. Ich bin sozusagen die Chefin", sagte sie und lachte dabei, als hätte sie gerade einen Witz erzählt. Ihr Händedruck war fest und angenehm. „Und? Alles klar?", fragte sie.

„Ich frage mich gerade, wie die Pressearbeit aussehen soll, wenn der Verein den Kindern Anonymität garantiert", sagte ich zu ihr.

Sie schüttelte den Kopf. „Anonymität heißt doch nicht, dass wir ihre Probleme verheimlichen müssen. Im Gegenteil, wir müssen auf sie aufmerksam machen, dringend", erklärte sie und wendete sich dann an Tobias: „Melanie hat schon nach dir gefragt!"

Seine Augen rollten. „Gibt's was Neues?"

„Weiß ich doch nicht. Mit mir redet sie ja nicht mehr."

Erika musterte uns mit einem zerstreuten Blick. Sie sah auch nicht gerade frisch aus. Eher wie jemand, der viel rauchte und viel arbeitete.

„Wollen Sie es denn machen?", fragte sie mich.

Ich nickte zögernd. Auch wenn mir noch nicht so richtig klar war, was sie von mir erwarteten. Aber dieses Angebot war im Moment wohl die einzige Chance, die mich zurück ins Leben holte, und die musste ich dem Universum noch geben.

„Das ist aber schön", sagte Erika, drehte sich um und ging zu einer zweiten Tür. „Ich bin hier drin, wenn es noch Fragen gibt." Sie verschwand in ihrem Büro.

Ich sah wie Tobias lauschte, die Augen nach oben gerollt und mit angehaltenem Atem. Aus dem Inneren von Erikas Büro drang ein leises Klicken, wahrscheinlich ein Feuerzeug, dann war es still.

Tobias hielt sein unruhiges Augenpaar jetzt auf mich.

„Melanie ist unser treuestes Kind", erklärte er mir. „Sie ruft seit zwei Jahren an. Vor ein paar Monaten hat sie beschlossen, dass sie nur noch mit einem von uns reden will."

„Mit dir", vermutete ich.

Er nickte. „Liegt vielleicht daran, dass es hier nicht so viele Männer gibt." Er lachte.

„Und du hast sie wirklich noch nie gesehen?"

Ich schämte mich sofort für meine dumme Frage. Aber Tobias nickte. Für ihn schien es etwas zu geben, das er als „Sehen" bezeichnete.

„Was ist denn mit ihr?", fragte ich.

„Der übliche Mist. Ihre Mutter ist allein und hängt schon seit Jahren an der Flasche. Und sie schlägt wohl auch zu. Aber deswegen hat Melanie nicht bei uns angerufen. Sie hatte Angst, ihre Mutter würde sterben. Natürlich haben wir ihr unsere komplette Hilfe angeboten. Die Mutter könnte zu uns kommen, wir arbeiten mit dem Verein anonymer Alkoholiker zusammen. Oder wir könnten jemanden vom Sozialamt vorbei schicken und vor allem medizinische Hilfe. Wir haben ihr erklärt, dass sich erwachsene Menschen um ihre Mutter kümmern können. Aber sie wollte das nicht. Am Anfang ist das ja auch normal. Aber Melanie zieht das jetzt eben schon zwei Jahre durch. Sie ist praktisch so was wie die Sozialhelferin ihrer Mutter. Wir coachen sie nur."

„Wie alt ist sie denn?", fragte ich.

„Jetzt ist sie zehn."

Mein Blick hielt sich an einer Kinderzeichnung fest, die an einer Wand hing, zwei Strichmännchen mit abstehenden Haaren.

„Wieso könnt ihr nicht einfach hinfahren und sie da rausholen?"

„Wir wissen ja nicht mal, wo sie wohnt?"

„Kann man nicht die Polizei einschalten?"

„Was hättest du als zehnjähriges Kind von Leuten gehalten, die dir versprechen, dein Geheimnis nicht zu verraten und dir dann die Polizei schicken?"

Schwer zu sagen, dachte ich. Als ich zehn war, wäre ich noch nicht mal auf den Gedanken gekommen, anderen Leuten von meiner Mutter zu erzählen. Dass sie manchmal nachts in mein Bett kam und weinte und am nächsten Tag so tat, als wäre das nicht passiert, das gehörte nicht zu den Dingen, über die man mit seinen Schulkameraden sprach.

„Diese Kinder leiden unter einer schrecklichen Angst, sie würden ihre Eltern verraten", erklärte mir Tobias und ich wusste, was er meinte. „Wenn wir ihnen Anonymität versprechen, bieten wir ihnen sozusagen eine Brücke an", sagte er. „Aber an dieses Versprechen müssen wir uns dann auch halten. Natürlich stellen wir sicher, dass so ein Kind nicht bedroht ist. Meistens sind die Kinder schon nach ein paar Wochen bereit uns zu sagen, wo sie wohnen. Melanie ist die einzige, die es so lange durchzieht."

Ich sah wieder auf die Kinderzeichnung, wo kleinen Männchen die Haare zu Berge standen.

„Wie soll die Pressearbeit denn aussehen?", fragte ich. „Mit konkreten Fallberichten kann ich ja wahrscheinlich nicht arbeiten."

„Du wirst schon eine Möglichkeit finden, arbeite dich doch erst mal ein."

„Geld gibt's auch nicht, oder?", fragte ich und sah Tobias schüchtern an, bis mir einfiel, dass das nicht viel brachte. „Ich trau mich ja kaum noch, danach zu fragen", verbalisierte ich meinen Gesichtsausdruck.

Tobias warf seinen Kopf nach hinten. „Im Moment haben wir nicht genug Mittel. Deswegen sollst du diese Pressearbeit ja machen. Eine einzige große Spende und wir können dich für deine Arbeit bezahlen."

Das war immerhin eine Aussicht.

„Aber eigentlich würde ich auch gern mit den Kindern arbeiten", sagte ich leise.

„Wenn du am frühen Abend kommst, könntest du ab und zu das Nottelefon besetzen", sagte Tobias. „Wenn du willst, kannst du gleich dableiben und hospitieren."

Es war nicht so, dass das Telefon ununterbrochen klingelte. Das Wichtigste sei, dass es zu den angegebenen Zeiten immer besetzt ist, erklärte mir Tobias. Und das war von siebzehn bis einundzwanzig Uhr. Während wir auf ein Klingeln warteten, nutzte Tobias die Zeit, um mir eine Art Einführungsvortrag in die Arbeit am Nottelefon zu halten.

„Im Grunde darfst du hier nie vergessen, der größte Feind, gegen den wir vorgehen, ist die Mauer des Schweigens. Das Blödeste an dieser Mauer ist, dass man sie nicht sehen kann oder ertasten oder so. Gerade deshalb ist sie zuverlässiger als richtige Mauern. Man prallt an ihr ab und merkt es nicht mal. Verstehst du, was ich meine."

„Naja, vielleicht", sagte ich. Eigentlich hatte ich mich wohl gerade wochenlang hinter solchen Mauern verschanzt, aber ich war mir trotzdem nicht sicher, ob wir über dasselbe sprachen.

„Du kennst das doch bestimmt", begann Tobias wieder. „Du willst jemandem gegenüber etwas ansprechen, aber dann lässt du es sein, weil du spürst, dass der andere das nicht will."

Klar, dachte ich, Mikas Drogenprobleme zum Beispiel.

„Das meine ich mit unsichtbaren Mauern. Manchmal kann man die fühlen. Und ich selbst bilde mir sogar manchmal ein, ich könnte sie richtig sehen."

Das konnte ich mir zumindest ganz gut vorstellen.

„Aber dann ist es auch schwer zu unterscheiden, was du wirklich fühlst", fuhr er fort. „Setzt dir jemand anderes unbewusst eine Grenze, oder sind es vielleicht deine eigenen Erfahrungen, die dich plötzlich verstummen lassen."

Ich war sprachlos. Mir kam es plötzlich vor, als würde er in den klarsten Worten über mein Desaster mit Mika sprechen.

„Das Verhexte ist", erklärte er weiter, „je näher du so einer Mauer kommst, umso dicker wird sie. Ein bisschen dran kratzen hilft also gar nichts, im Gegenteil, damit löst du höchstens die nächste Verteidigungsstufe aus. Du musst schon ziemlich direkt drauf zu gehen, wenn du da durchkommen willst. Oder sie ganz bewusst aushalten, so dass das Kind sein eigenes Verstummen spürt."

Das Telefon klingelte. Es war Melanie. Nachdem Tobias sie begrüßt hatte, hörte er nur noch zu. Nur ab und zu sagte er: „Alles klar. Natürlich. Da hast du Recht." Ein einziges Mal formulierte er einen ganzen Satz: „Aber du musst darauf bestehen, dass sie die Flasche rausrückt!"

Dann lauschte er wieder aufmerksam und seine Augen standen minutenlang still. Aber als er auflegte, schlugen sie einmal heftig von links nach rechts und er hieb seine Faust auf den Schreibtisch, haarscharf neben die Tastatur seines Computers. „Verdammter Mist", schimpfte er.

Erika kam im Mantel und mit einem großen Lederbeutel über der Schulter aus ihrem Zimmer. „Was ist los?"

„Der Macker von der Mutter will zurückkommen", erklärte er.

Erika lachte komisch. „Damit habe ich schon lange gerechnet. In schlechten Zeiten erinnern die sich doch alle daran, dass sie eine Frau haben."

„Aber sie muss ihn doch nicht wieder rein lassen. Er hat sie verprügelt."

„Er wird sich schon entschuldigt haben", sagte sie und zog die Tür hinter sich zu. Draußen stöhnte der Fahrstuhl.

„Hört sich an, als ob ihr das egal wäre", sagte ich.

„Das ist es nicht", erwiederte Tobias. „Sie ist nur realistisch."

„Hast du mit dem Macker Melanies Vater gemeint?", fragte ich.

„Melanie glaubt, es sei ihr Vater. Aber das weiß man ja nie genau."

Draußen war es dunkel geworden und in den Fenstern im Haus gegenüber gingen die Lichter an. Früher haben mich erleuchtete Fenster im Herbst immer an Weihnachtskalender erinnert.

Als Kind liebte ich diese Dinger. Dabei war bei mir nicht einmal Schokolade drin. Das wäre meiner Mutter

zu teuer gewesen. Aber ich brauchte auch keine Schokolade. Ich freute mich einfach darüber, jeden Morgen
ein neues Bildchen von einem Spielzeug zu sehen. Ich
glaube, es liegt daran, dass so ein Weihnachtskalender
wie ein Versprechen ist. Er sagt: Wann immer du die
Tür zu etwas Unbekanntem öffnest, wirst du etwas
Schönes entdecken. Und wahrscheinlich liebte ich
meine Weihnachtskalender, weil sie dieses Versprechen immer hielten.

Während ich mit Tobias auf den nächsten Anruf
wartete, fiel mir ein, dass es vielleicht an diesen Weih-
nachtskalendern lag, warum ich hinter den erleuchte-
ten Fenstern eines fremden Wohnhauses nur schöne
Dinge vermutete. In meiner kindlichen Phantasie hatte
hinter jedem Wohnzimmerfenster eine vollständige
Familie gesessen, mit einer Mutter, einem Vater und
zwei Kindern, die jeden Abend ihre Schulhefte mit
guten Noten zum Unterschreiben vorlegten. Ich kam
gar nicht auf die Idee, dass es anders sein könnte. Und
ich dachte auch nicht daran, dass auch die Wohnung,
die ich mit meiner Mutter bewohnte, an Winteraben-
den mit hellen Fenstern nach außen leuchtete.

„Hast du eigentlich einen Vater?", unterbrach
Tobias meine Gedanken. Er wurde mir fast unheimlich. Es war, als könnte er Gedanken und Gefühle so
deutlich wahrnehmen, wie wir mit unseren Augen
Gegenstände sehen.

„Jeder hat doch einen Vater", antwortete ich, um
Gleichgültigkeit bemüht. „Warum fragst du?"

„Ach, seit ich hier bin, denke ich immer, Mädchen haben eine komplett andere Beziehung zu ihren Vätern als Jungs."

„Keine Ahnung. Ich hab meinen nur einmal gesehen."

Ich war froh, dass das Telefon wieder klingelte.

Ein Junge wollte wissen, ob man die Polizei rufen dürfe, wenn man von seinem Vater verprügelt wird. Gleich zu Anfang hatte er gesagt, dass er nicht für sich anrufe, sondern für einen Freund.

Tobias begann seine Antwort mit: „Dann sag deinem Freund folgendes...." Und redete dann in direkter Rede mit dem Jungen weiter. „Es ist dein absolutes Recht, dich selbst zu schützen und dir Hilfe zu holen, gegen wen auch immer ...."

Wahrscheinlich beherrschte Tobias eine Menge solcher Tricks. Ich wunderte mich, warum wir so etwas nicht im Studium gelernt hatten.

Als wieder eine Pause entstand, fragte ich ihn, wie es mit seiner Familie wäre.

Er winkte ab. „Stinknormal", sagte er. „Vater, Mutter, Schwester, allen geht's prima, alle haben sich lieb. Bis auf die üblichen Zankereien. Aber wegen mir ist meine Schwester ‚die mit dem blinden Bruder' und meine Eltern sind ‚die mit dem blinden Sohn'. Und ich glaube, die finden das gar nicht so schlecht, was Besonderes zu sein."

Bald wurden wir wieder vom Telefonklingeln unterbrochen. Ein Mädchen fragte, was es gegen seine

Albträume machen könnte. Tobias fragte zurück, ob es am Tag irgendwelche Dinge erlebte, die ihm Angst machten. Daraufhin schwieg das Mädchen noch eine Weile und legte dann auf.

„Das war Mist", schimpfte Tobias mit sich selbst. Und nach einigem Schweigen sagte er: „Das war zu direkt. Kleine Mädchen finden das nicht gut. Ich hätte sie doch einfach fragen können, was sie geträumt hat."

Später konnte er noch ein Mädchen davon überzeugen, die Mutter ans Telefon zu holen. Die Frau lebte allein mit dem Kind und hatte angefangen zu trinken. Tobias überredete sie dazu, am nächsten Tag zur Beratung zu kommen. Im Grunde war das der einzige Erfolg an diesem Abend. Aber Tobias meinte, ich hätte gerade einen ungewöhnlich erfolgreichen Abend erlebt.

23

Als ich nach Hause fuhr, beschäftigte mich vor allem die Frage, wie lange es dauerte, bis ich mit meiner Pressearbeit einen Sponsor gewonnen hätte. Und wovon ich bis dahin meine Miete und meine Beiträge für die Krankenkasse bezahlte, aber da wartete auf meinem Anrufbeantworter schon ein Anruf. Petra von „human needs" fragte, ob ich kurzfristig für jemanden bei einer Autostudie einspringen könnte.

„Aber Karin hat mich doch gefeuert", sagte ich ihr am nächsten Morgen am Telefon.

„Karin arbeitet nicht mehr bei uns", erklärte mir Petra und bat mich, um elf zum Briefing zu erscheinen.

Mit Tobias machte ich aus, dass ich mir meine Zeit beim Kindernottelefon frei organisieren konnte. So konnte ich die Jobs von „human needs" weiter übernehmen.

Karin hatte inzwischen gekündigt, erfuhr ich von meinen Team-Kollegen, und sie hatte Agnes wegen Mobbing verklagt, erklärten sie mir belustigt. Miriam lachte am lautesten. Sie hatte Karins Stelle übernommen.

Meine Kollegen rekrutierten schon seit einigen Tagen Teilnehmer für eine neue Studie. Bis zum Schluss hatten sie verzweifelt nach drei Testpersonen in der schwierigsten Quote gesucht, Mittdreißiger mit zwei Kindern und einem Netto-Haushaltseinkommen über 6.000 €.

Das waren Leute, die man höchstens einmal am Tag in die Leitung bekam, und wenn sie überhaupt zuhörten, endete es fast immer damit, dass sie auflachten. „Ich soll quer durch die Stadt fahren, und zwei Stunden lang irgendwelche Fragen beantworten, für 75 Euro? Davon kann ich ja grad mal das Kindermädchen bezahlen, das ich dafür engagieren müsste!"

Doch dann hieß es mit einem Mal, die gesuchten Teilnehmer wären gerade „extern rekrutiert" worden.

„Von so einer Firma", erklärte mir die blonde Svenja, „consumer connection oder so."

Und nun stand das Testwochenende bevor. Ein neues Hybrid-Auto sollte zur Probe gefahren werden. Das Briefing fand diesmal in den Räumen von „human needs" statt.

Bevor es losging, versammelten sich die Interviewer im Treppenhaus. Miriam saß jetzt im Supervisoren-Büro. Sie kam aber zu uns, um mitzurauchen. Es war noch nicht eine Minute vergangen, als eine Kollegin von ihr die Tür zum Treppenhaus aufriss und sie anschnauzte: „Weißt du, was wir alles zu tun haben? Und du stehst hier einfach rum?"

Miriam wurde rot, drückte ihre Zigarette wieder aus und ging zu ihrem Arbeitsplatz.

„Jetzt ist es aus mit der freien Mitarbeit", sagte ich. Aber niemand lachte.

Stattdessen sagte Svenja: „Ist doch wohl logisch, dass man funktioniert, wenn man einen festen Job hat."

Eigentlich hatte sie genauso eine hohe Arbeitsmoral wie ein vorbildlicher Komsomolze in einer Makarenko-Kolonie, dachte ich, nur dass es bei unserem Job nicht um eine Kartoffelernte ging. Im Grunde sah ich es genauso wie Gabi. Wir arbeiteten dafür, dass immer mehr Autos auf den Markt geworfen wurden, für deren Herstellung die letzten Ressourcen verschlissen wurden, und in Erdölländern tobten Kriege, in denen es letztlich um das Öl ging, das man fürs Benzin brauchte. Aber über so etwas sprachen wir nie. In unserem Alltag ging es um schedules, slots, screenings und summarys, um Datenlisten, deren Fertigstellung immer eine Sache von höchster Eile war. Dabei wurde uns auch nie gesagt, wofür genau die Daten verwendet wurden, die wir erhoben, und wenn wir nachfragten, bekamen wir höchstens die skeptische Gegenfrage, warum wir das wissen wollten. Es war kein Zufall, dass Svenja anstelle von „Arbeiten" „Funktionieren" gesagt hatte. Fragen nach dem Sinn unserer Arbeit hatten bei „human needs" nicht das Geringste zu suchen.

In diesem Moment im Raucherschacht merkte ich, dass ich in der Zeit, die ich allein in meiner Wohnung verbracht hatte, eine Trennung vollzogen hatte. Zwar hatte ich den Kopf noch auf den Schultern und ließ mich von „human needs" für einen neuen Job engagieren, aber ich hatte mich innerlich aus dieser Welt verabschiedet, ich war eine Fremde in diesem Marktforschungsinstitut und musste nur ein bisschen aufpassen, dass das niemand merkte.

Das Neue und Gute war, dass ich mein Fremdsein nicht als Manko empfand. Es mir war egal, was meine Kollegen von mir dachten. Ich zerbrach mir auch nicht mehr den Kopf darüber, worüber ich mit ihnen reden sollte. „Human needs" brauchte ich nur noch, um das Geld zu verdienen, das ich beim Kindernottelefon noch nicht bekam.

Dabei ähnelte meine Arbeit im Büro an der Alster in gewisser Weise der bei „human needs". Auch hier hatte ich eine Liste abzutelefonieren. Redaktionen von großen und kleinen Zeitungen, Radiostationen, Fernsehsendern. Das Gute war, dass ich den Angerufenen keine lästigen Fragen aufdrängen musste. Ich hatte eine wichtige Botschaft. Aus den vorhandenen Unterlagen hatte ich ein paar Zahlen zusammengestellt, mit denen ich die Redakteure beeindrucken wollte. „Wussten Sie, dass jedes Jahr mehr als 200.000 Kinder in unserem Land Opfer von häuslicher Gewalt werden? Und noch mehr Kinder müssen miterleben, wie ihre Mutter Opfer häuslicher Gewalt wird. In manchen Fällen auch der Vater."

Oder: „Haben Sie sich schon mal vor Augen geführt, dass Kinder am meisten unter diesen Verhältnissen leiden, aber von allen Betroffenen die größten Schwierigkeiten haben, um Hilfe zu bitten? Ein anonymes Telefon kann der einzige Rettungsanker sein."

Fast immer hatte ich jemanden am Apparat, der sich meine Botschaft mit mehr oder weniger großem Interesse anhörte, um mir dann zu erklären, dass er für diesen Themenbereich nicht zuständig sei, mir eine andere Nummer nannte, wo sich dann aber meist auch niemand zuständig fühlte. Es dauerte mehrere Tage, bis ich überhaupt einmal jemanden in der Leitung hatte, der mich nicht abwimmelte.

Er hieß Malte Hendriksen und war der Stimme nach zu urteilen kaum älter als ich. Wir einigten uns schnell auf das Du und tauschten kurz ein paar persönliche Informationen aus. Malte arbeitete mit Einstiegsgehalt bei der größten Boulevardzeitung von Hamburg und war für die Lokalnachrichten zuständig. Dabei machte er selbst kaum Reportagen, sondern wählte vor allem aus, was ihm sogenannte Leserreporter anboten. Es gibt offenbar jede Menge Leute, die unbedingt etwas für die Zeitung schreiben wollen, ohne dafür ein Journalistenhonorar zu erwarten.

„Also, das sind schon beeindruckende Zahlen, Frau Glück", sagte Malte. „Aber das ist ja im Grunde eine gesamtgesellschaftliche Thematik. Da müsstest du schon bei den großen Nachrichtenmagazinen anfragen."

„Da fühlt sich aber niemand zuständig."

Er grübelte weiter. „Also, wenn überhaupt, dann bringen wir höchstens mal so einen Fall in den Polizeinachrichten. Aber dafür passiert das zu häufig."

„Das verstehe ich nicht. Über häufige Fälle müsste man doch auch häufiger berichten."

„So funktioniert Presse nicht", erklärte mir Malte. „Unsere Nachrichten brauchen Skandalwert."

„Und dass jede vierte Frau in unserem Land mindestens einmal im Leben geschlagen wird, ist kein Skandal?"

„Realisten wissen das. Wir brauchen außergewöhnliche Stories."

Daran, dass Malte nicht auflegte, spürte ich, dass er mir wirklich helfen wollte. Wer weiß, vielleicht gehörten seine Mutter oder seine Schwester ja auch zu den 25 Prozent der Betroffenen.

„Du brauchst etwas anderes als eine Statistik, Felicitas. Eine ganz besondere Geschichte, etwas, das die Leser neugierig macht. Und vor allem ein Einzelschicksal."

„Malte, wir sind ein anonymes Nottelefon."

„Namen kann man doch ändern. Ruf mich an, wenn du eine Idee hast."

Kurz nachdem ich aufgelegt hatte, ging Erikas Tür auf. Sie schnappte sich einen Stuhl, setzte sich an meinen Schreibtisch und kurz erinnerte sie mich an Karin, doch Erika war nicht gekommen, um mit mir über ihren Privatkram zu reden.

„Wie läuft es?", fragte sie und ich bemerkte inzwischen schon fast mit einem gewissen Erstaunen, dass sie meine Antwort wirklich interessierte.

Ich konnte ihr ziemlich ausführlich von meinen Misserfolgen und von meinem Gespräch mit Malte erzählen.

„Das ist doch viel", meinte Erika und dachte eine Weile nach. „Vielleicht können wir ihm von Melanie erzählen. Sie ist doch wirklich außergewöhnlich."

„Aber Tobias hat mir neulich erst erklärt, euer ganzer Erfolg bei Melanie basiert darauf, dass ihr das Prinzip der Anonymität einhaltet. Ihr schaltet nicht mal die Polizei ein, aber die Presse soll jetzt ihre Geschichte erzählen?"

„Eben nur ihre Geschichte. Niemand muss erfahren, wie das Mädchen heißt. Du kannst ja auch ein paar Details ändern."

„Und wenn Melanie das mitbekommt?"

„Warum sollte sie es auf sich beziehen? Sie könnte doch auch denken, dass sie nicht die einzige ist, die dieses Problem hat und das stimmt ja auch."

„Ich weiß nicht, Erika...."

„Felicitas. Wenn es mit dieser Geschichte klappt, dann meldet sich bestimmt mindestens ein Spender und dann könnten wir dich dafür bezahlen, dass du ein paar der betroffenen Kinder persönlich betreust."

Sie reichte mir das Telefon. „Na, komm. Ruf diesen Malte nochmal an und mach einen Termin mit ihm aus."

„Nächsten Montag um zehn", schlug Malte vor.

Es war Freitag. „Ich fahre jetzt gleich zu einem Kongress und bin erst Montag-Nachmittag wieder zurück", sagte Erika.

„Geht nicht", sagte ich ins Telefon.

„Der Rest der Woche ist schon voll bei mir", erwiderte Malte, „und die nächste auch."

„Aber natürlich geht es", sagte Erika. „Du kannst das doch alleine machen. Und Tobias ist ja auch noch da."

„Also, was jetzt? Ich kann auch bei euch vorbeikommen", hörte ich Malte.

„Okay, zehn Uhr bei uns." Wir legten auf.

Erika stand auf und lachte: „Na, dann ist ja alles klar. Ich bin stolz auf dich!"

Sie schnappte ihren großen Lederbeutel, ging und schloss die Tür hinter sich.

Ich packte meine Tasche und wollte gerade selbst gehen, als das Telefon klingelte. Es war der Anschluss vom Nottelefon. Ich warf einen Blick auf die Uhr. Es war vier nach fünf. Laut Flyer war dieses Telefon täglich von fünf bis neun besetzt. Wo steckte Tobias?

Nach dem dritten Klingeln nahm ich ab.

„Nottelefon für Kinder", sagte ich unsicher.

Ich hörte ein helles Atmen. Dann die Stimme eines Mädchens. „Wie heißt du denn?"

„Felicitas. Und wie heißt du?"

„Nein, du machst das falsch", sagte das Mädchen. „Du musst sagen: Wie kann ich dir helfen. Damit ich meinen Namen nicht sagen muss."

„Okay. Danke. Also, wie kann ich dir helfen."

„Ist Tobias nicht da?"

„Er müsste jeden Moment kommen. Warte mal. Der Fahrstuhl geht grad, wahrscheinlich ist er das. Bleib mal dran."

Ich stand auf, öffnete die Tür, Tobias schlug mir seinen Stock auf die Füße.

Natürlich war das Mädchen am Telefon Melanie. Ihr Vater war inzwischen aufgetaucht. Sie erzählte, dass er sehr nett sei, und dass sie schon auf seinem Schoß gesessen habe, um mit ihm zusammen fernzusehen.

„Das geht aber ein bisschen schnell", war Tobias' Kommentar.

„Und wie geht's der Mutter?", fragte ich nach dem Gespräch.

„Hab ich ganz vergessen zu fragen", antwortete Tobias und ärgerte sich darüber. Als ich ihm von dem Pressetermin erzählte, freute er sich genauso wie Erika.

„Weißt du, was dir da gelungen ist? Das ist die meist gelesene Zeitung von Hamburg!"

„Wir müssen aber aufpassen, dass die Geschichte von Melanie nur der Aufhänger ist. Malte soll vor allem über den Verein insgesamt schreiben."

„Gute Idee. Wir können ihm eine Pressemappe zusammenstellen."

„Ich muss am Wochenende arbeiten."

„Und morgen Abend?"

„Das geht."

„Dann bis morgen."

Im Bus, der mich nach Hause fuhr, betrachtete ich die Häuserfassaden in ihrem Weihnachtskalender-Glanz. Als ich mir vorstellte, was es hinter diesen Fenstern gab, sah ich kaum noch „heilige Familien". Ich dachte an Daniela, an Mika, an Melanie und plötzlich war es, als gäbe es hinter den Fensterchen eines Weihnachtskalenders nur noch kleine Grafiken von verwahrlosten Zimmern, in denen einsame süchtige Menschen lebten. Der Schatten eines tanzenden Mädchens gehörte wohl zu den harmlosesten Dingen, die man da entdecken konnte und vielleicht sogar zu den schönsten.

24

Am nächsten Tag begann die Autostudie bei „human needs". Die Testfahrten wurden diesmal direkt vor der Haustür des Instituts gestartet. Die neuen Hybridautos wurden mit einer Kombination aus Benzin- und Elektromotor angetrieben. Sie hatten fast die Größe von Geländewagen und ich fragte mich, wie viele Ressourcen man wohl wirklich mit solchen Schlachtschiffen sparen konnte. Unsere Aufgabe war es, die Fahrer mit der üblichen Interviewtechnik zu begleiten und möglichst noch mal schriftlich alles zu notieren, was sie im Laufe der Testfahrt so sagten.

Am ersten Tag der Studie sah ich Clara wieder. Sie hatte einen neuen Namen, Clarissa von Gehren. Ihre Testfahrt machte sie mit einem meiner Kollegen. Als sie mich sah, grinste sie, aber nur ganz kurz, als dürfte niemand wissen, dass wir uns kennen. Wir „funktionierten" beide, einen Zwischenraum, indem wir uns hätten begegnen können, gab es nicht.

Als die letzten Teilnehmer gegangen waren, sagte Petra: „Für alle, die jetzt noch ein bisschen Zeit haben, habe ich noch einen kleinen Spaß."

Ein Whisky-Hersteller hatte „human needs" extrem kurzfristig mit einem Test beauftragt. Er hatte einen

Whisky mit Kirsch-Note entwickelt und wollte bei einer Testgruppe verschiedene Produktnamen testen.

„Der will in zwei Tagen Ergebnisse. Da kann er nicht verlangen, dass wir ihm noch ne astreine Stichprobe zusammenstellen", erklärte Petra. „Ein paar von euch können sich ja vorstellen, was eure Mutti oder euer Vati lieber hätten."

Natürlich blieben alle da. Schließlich bekamen wir nicht nur kostenlos Whisky, sondern auch zwanzig Euro für unsere Teilnahme an dieser Whisky-Studie. Dafür, dass wir unsere Kreuzchen bei den Whisky-Namen machten, die wir am besten fanden. Cherry oder Whisky Cher oder Cheary oder vielleicht Black and Red oder Blackred oder Redblack und so weiter. Nachdem alle ihre Fragebögen ausgefüllt hatten, waren die Testflaschen immer noch halb voll.

Es interessierte niemandem, was mit diesem Zeug noch passierte. Und die Festangestellten waren am Samstag-Abend auch nicht mehr da.

Petra warf die Beine auf ihren Schreibtisch und hielt eine halbleere Flasche in die Höhe. „Na, dann meine Lieben, auf einen schönen Feierabend."

Alle zehn Minuten goss sie unsere Probiergläser voll.

Meine Kollegen wetteiferten um die lustigste Geschichte aus dem Studio-Alltag. Ich genoss es, dass ich keinen Sinn mehr darin sah, mich an diesem Wettbewerb zu beteiligen.

„Weißt du eigentlich, dass sie die Krebsstudie wieder abgeblasen haben?", fragte mich Andreas, der Schauspieler, so laut, dass alle es mitbekamen.

„Nein weiß ich nicht, warum denn?", erwiderte ich.

„Na, weil die Probanden alle gestorben sind", antwortete er und alle lachten los. Wirklich alle.

Ich trank mein Glas aus. Es ist wirklich nicht schlimm, wenn du hier ein Außenseiter bist, dachte ich. Es ist viel besser so.

Plötzlich sprang Petra auf. Sie hatte gerade auf die Uhr gesehen.

„Es ist schon sieben. Ich muss nach Hause."

Sie war Mitte Dreißig, verheiratet und hatte zwei Kinder. Sie zog ihren Mantel an, schnappte ihre Tasche und sagte: „Ihr könnt alles stehen und liegen lassen. Der Putzmann kommt sowieso gleich. Der schließt dann alles ordentlich ab."

Kaum war sie weg, sprangen auch die anderen auf, warfen sich ein „Ja, gut, tschüss dann" zu und liefen davon.

Ich war beeindruckt. Wie konnten die noch so schnell reagieren? Die hatten doch genauso viel Kirschwhisky getrunken wie ich. Mühsam erhob ich mich von meinem Stuhl und überlegte angestrengt, wo ich Jacke und Tasche gelassen hatte. Beides lag unter meinem Stuhl. Als ich die Sachen hervorzog, sah ich den Autoschlüssel. Er war unter Petras Schreibtisch gefallen. Es war der Schlüssel für einen der Testwagen. Ich wollte Petra anrufen, aber ich hatte ihre Privatnummer nicht. Ich wälzte ein Telefonbuch, aber ihr Nachname stand nicht drin. Ich konnte den Schlüssel doch nicht einfach liegen lassen, dachte ich. Gleich kam der Putzmann, wer weiß, was der damit machte.

Mein Handy klingelte. Vielleicht war Petra das schon, dachte ich.

„Was ist mir dir los, kommst du nicht?"

Tobias hatte ich ganz vergessen. Die Pressemappe!

„Ich glaub, ich kann heute nicht mehr kommen", sagte ich. „Ich hab mir den Magen verdorben." Einigermaßen stimmte das ja auch.

„Das geht nicht, Felicitas. Ich brauch dich hier."

„Wir können die Pressemappe auch morgen noch machen!"

„Es geht nicht um die Pressemappe. Melanie ist hier."

Ich starrte durch die leere Büroetage. Wieso hatte Melanie ausgerechnet heute alle Mauern auf einmal niedergerissen?

„Sie redet nicht mit mir", sagte Tobias. „Wahrscheinlich ist sie total geschockt. Sie wusste ja nicht, dass ich blind bin. Ich brauch hier dringend jemanden. Ich bin Telefonberater, aber nicht für direkte Kontakte zuständig. Das wisst ihr genau."

Die letzten Worte jammerte er beinahe in den Hörer.

„Schon gut", sagte ich und steckte den Autoschlüssel in meine Tasche. „Bin schon auf dem Weg", sagte ich und rannte zur S-Bahn.

Sie hockte an der Wand und hatte ihren Anorak so fest um sich gezogen, als könnte sie sich damit vor uns verstecken. Es war der scheußlichste Anorak, den ich je an einem Kind gesehen habe. Lila, rosa, hellgrüne und blaue Dreiecke waren gegeneinander geschachtelt und völlig verblichen. Wahrscheinlich hatte die Mutter nicht mal fünf Euro für dieses Ding bezahlt. Melanie hatte die Kapuze über ihren Kopf gezogen und guckte auf ihre Füße, die in verblassten lila Gummistiefeln steckten.

„Hi", sagte ich. Sie schaute nur einmal kurz hoch, sah mir in die Augen und konzentrierte sich dann wieder auf ihre Gummistiefel.

„Sie hat heute Nachmittag angerufen", erklärte mir Tobias. „Sie hat gefragt, ob sie kommen kann und ich hab Ja gesagt. Du wolltest ja da sein. Sie ist schon seit um sieben hier."

Er beherrschte seine Wut auf mich nur mit Mühe. Aber natürlich wollte er mich nicht in Melanies Gegenwart anbrüllen.

Ich hockte mich neben das Mädchen. Ihre Haare waren völlig zerzaust. Auf der Wange hatte sie eine Schürfwunde. Sie wandte ihr Gesicht ab und legte ihre Hand auf diese Wunde.

„Wer hat dir so weh getan?", fragte ich. Sie antwortete nicht. „War das ein Erwachsener? Du brauchst nur nicken oder mit dem Kopf schütteln", sagte ich, ohne Erfolg.

Tobias war aufgestanden und hatte sich in unsere Nähe getastet.

„Melanie, niemand hat das Recht dir weh zu tun", sagte er. „Auch nicht, wenn es dein Vater war. Es ist absolut richtig, dass du hierhergekommen bist."

Er tastete sich an einem Heizkörper entlang, um sich hinzuhocken. Melanie sah ihn ängstlich an. Seine rollenden Augen waren ihr unheimlich, das war deutlich zu sehen.

Er kauerte jetzt neben ihr und ein nervöses Zucken kam in sein Gesicht. Seine Augen tanzten wild hin und her. Mit einer einzigen Bewegung fuhr er wieder hoch und ging ein paar Schritte weg. Er winkte mir und ich ging zu ihm.

„Riechst du das nicht?"

„Was?"

„Riech doch mal."

Ich ging zu Melanie zurück. Jetzt roch ich es auch. Ich musste diesen Geruch vorher komplett verdrängt haben. Das war es wohl, was Tobias mit dieser Mauer meinte, die manchmal ihre Wirkung tat, ohne dass man sie bemerkte. Ich hatte das nicht gerochen, weil es ein Geruch war, der einfach nicht an so ein kleines Mädchen gehörte. Er gehörte Mika, er gehörte in mein Bett, aber nicht an ein zehnjähriges Kind.

Ich berührte Melanies Arm und sagte: „Wenn du willst, kannst du dich da drüben waschen."

Ich zeigte auf das Bad.

Sie stand auf, durchquerte das Büro und zog die Badtür hinter sich zu. Das Schloss drehte sie zweimal zu.

„Eigentlich müssten wir eine Spurensicherung machen", sagte Tobias.

„Was meinst du damit?"

„Wir müssten sie jetzt gleich untersuchen lassen. Dann hätten wir einen handfesten Beweis. Wir haben eine Ärztin für solche Fälle."

„Sie hat sich grad eingeschlossen", erklärte ich ihm. Obwohl ich sicher war, dass er das bereits gehört hatte. Er tastete sich zur Badtür und legte sein Ohr dran. Von drinnen hörte man das Rauschen des Wassers.

„Melanie, wenn du dich jetzt untersuchen lässt, haben wir die besten Beweise gegen deinen ... gegen diesen...."

Das Wasser rauschte noch lauter als zuvor. Tobias zog sich einen Stuhl heran und setzte sich. Wir warteten.

„Wenn du sie gesehen hättest, würdest du ihr so eine Untersuchung nicht zumuten", sagte ich.

„Ich muss nicht sehen können, um mitzukriegen, wie es dem Mädchen geht."

Das Wasser hörte auf zu rauschen. Melanie machte ein paar Geräusche, aber heraus kam sie nicht.

„Könntest du sie heute Nacht mit zu dir nehmen?", fragte mich Tobias.

„Morgen geht die Autostudie weiter."

„Für die Betreuung von Melanie können wir dich bestimmt irgendwie bezahlen, dafür haben wir ein Budget."

„Okay, ich sag für morgen ab." Petra würde enttäuscht sein, aber es ging sicher auch ohne mich. Ich fragte mich nur, ob ich allein mit diesem schweigenden Mädchen klarkommen würde.

„Wenn Erika wieder da ist, suchen wir ein Kinderheim für sie", überlegte Tobias. „Ich will jetzt nichts über's Knie brechen und Erika kennt sich da besser aus."

Ich schaute auf die Tür zum Bad. Nichts bewegte sich. Tobias lauschte.

„Und was mache ich am Montag? Da habe ich diesen Pressetermin."

„Du kannst sie doch mitbringen", sagte Tobias.

„Bist du verrückt? Etwa um zu erzählen, was ihr gerade passiert ist?"

„Nicht direkt. Sie könnte aber erzählen, warum sie in dieser katastrophalen Situation zu uns gekommen ist."

„Tobias! Sie spricht nicht!"

Tobias wählte Erikas Nummer. Er erzählte ihr, was passiert war. Nach einer Weile gab er mir den Hörer.

„Melanie hat etwas Großartiges geleistet", erklärte mir Erika. „Sie hat erkannt, dass sie sich selbst in Sicherheit bringen muss. Und wir sind ihr Rettungsanker."

„Ja, das ist bestimmt so."

„Wenn wir das der Zeitung vermitteln können, können wir bald noch viel mehr Kindern helfen. Natürlich werden wir Melanies Namen nicht nennen. Aber es wäre schon gut, wenn der Journalist einen so unmittelbaren Eindruck von unserer Arbeit bekommen könnte."

„Erika! Melanie sagt keinen Ton", erklärte ich nochmal. „Und mit einem Journalisten will sie ganz bestimmt nicht reden."

„Warte es doch erst einmal ab", sagte Erika. „Und wenn sie das nicht will, dann kann sie das am Montag sicher auch selbst deutlich machen. Und dann hältst du dich natürlich dran." Dann legte sie auf.

Melanie steckte noch immer im Bad.

Tobias und ich stellten uns an die Tür, klopften ab und an dagegen und lauschten.

Ich rief: „Wir werden keine Ärztin rufen, Melanie. Keine Fremden. Niemand, den du nicht sehen willst. Du kannst mit mir nach Hause gehen und dort wird niemand sein außer du und ich. Versprochen."

Endlich bewegte sich der Riegel an der Tür.

Sie ließ sich nicht anfassen, nicht einmal, wenn wir über eine Straße gehen oder umsteigen mussten. Auf dem ganzen Weg von der Alster bis nach Ottensen hielt sie sich einen halben Meter hinter mir. Als ich in einen Spätverkauf gehen wollte, blieb sie am Eingang stehen und rührte sich nicht vom Fleck. Ich ging das Risiko ein, denn wir brauchten etwas zu essen. Tatsächlich stand sie nach fünf Minuten immer noch da und trottete wieder hinter mir her.

In meiner Wohnung setzte sie sich auf den Küchenstuhl und sah aus dem Fenster, wo die Züge vorbei rauschten.

Ich kochte Spaghetti und schüttete Tomatensoße in einen Topf. Sie beobachtete mich.

„Wie kochst du denn Spaghetti? Machst du es anders?"

Aber damit entlockte ich ihr auch keine Äußerung. Vielleicht kochte sie ja auch noch gar nicht.

Die Spaghetti aß sie wie alle Kinder. Umständlich und mit Leidenschaft. Nach allem, was in den letzten Wochen passiert war, hätte ich ihr stundenlang zusehen können. Es schien mir nichts Sinnvolleres zu geben als Melanies konzentrierter Kampf mit den widerspenstigen Spaghetti. Ihre Haare hingen in zotteligen Strähnen herab, und man konnte auch nicht sagen, dass sie ein besonders hübsches Gesicht hatte, aber sie umgab sich mit der Empfindlichkeit einer Märchenprinzessin. Und ich hatte das Gefühl, dass sie da etwas ganz richtig machte.

Als wir mit dem Essen fertig waren, fragte ich, worauf sie Lust hätte.

Anstatt etwas zu sagen, ging sie ins Wohnzimmer, setzte sich auf meine Couch und guckte auf den Fernseher. Unschlüssig drückte ich auf der Fernbedienung herum, Schauspieler von Werbespots und Schauspieler von Vorabendserien wechselten sich ab und ich hätte nicht entscheiden können, welche von beiden dümmere Sachen sagten. Melanie nahm mir die Fernbedienung aus der Hand und hielt sie mit ausgestrecktem Arm vor sich hin wie eine Waffe. Im Sekundentakt zappte sie durch die Programme, bis sie einen Action-Film gefunden hatte. Ein Rudel grauer Gorillas raste durch einen Urwald und jagte eine Gruppe von Menschen in Tropenuniformen.

Melanie sah ihnen mit regloser Miene zu. Aber dann wurde wieder Werbung eingeblendet. Eine Schauspielerin, die eine junge dynamische Frau darstellen sollte, erzählte, dass sie am Morgen den richtigen Durchfall-Hemmer eingenommen hatte, und nun den ganzen Tag lang eine junge dynamische Frau sein konnte.

Als ich mich nach Melanie umsah, war sie eingeschlafen. Ich machte den Fernseher aus und deckte sie mit einer Wolldecke zu.

Dann ging ich selbst ins Bett. Ich war erschöpft, ich hätte sofort einschlafen müssen. Aber sobald ich lag, erhoben sich meine Gedanken zu einem Aufstand. Ich hatte wirklich Respekt vor Erika und Tobias. Aber was sie sich von Melanie erhofften, konnte ich nicht verstehen.

Ich stand wieder auf und rief Tobias an. Er war sauer, weil ich ihn aus dem Bett geholt hatte. „Wir dürfen sie nicht mit diesem Journalisten zusammenbringen", sagte ich.

„He, Felicitas, jetzt reg dich doch mal ab. Erika hat doch schon gesagt, wenn sie nichts sagen will, dann muss sie auch nicht."

„Aber wir wissen doch jetzt schon, dass sie's nicht will. Ihre Reaktion im Bad hat das deutlich genug gemacht."

„Felicitas. Kinder ändern ihre Meinung schnell. Und ich glaube, du hast keine Ahnung, was unser Verein gerade für eine Riesenchance hat. Stell dir doch mal die Schlagzeile vor: Zehnjähriges Mädchen rettet sich selbst mit dem Kindernottelefon. Unser Verein würde in ganz Hamburg bekannt sein!"

„Ja, sicher. Aber für Melanie könnte das der Albtraum werden."

„Das weißt du doch gar nicht!"

„Was glaubst du, warum es ihr die Sprache verschlagen hat? Eben hat sie sich wie hypnotisiert einen Gorillafilm angesehen. Sie steckt bis oben hin voller Angst und Schuldgefühle."

„Aber sie hat nichts falsch gemacht!"

„Sie hat ihre Mutter allein gelassen. Und mit diesem Zeitungsinterview würde sie ihre Mutter an die Öffentlichkeit verraten."

„Meinst du wirklich, das könnte sie so sehen?"

„Ich hab auch mal mit einer Mutter zusammen gelebt, Tobias."

„Das trifft sich doch gut. Vielleicht sagt sie nur deshalb nichts, weil sie merkt, dass du sie auch so verstehst."

„Dann reicht es doch auch, wenn ich mit diesem Journalisten allein spreche."

„Das kannst du ja am Ende immer noch. Aber wir können es doch zumindest mal versuchen. Weißt du, die Kinder von heute gehen ganz anders mit den Medien um als wir früher. Vielleicht findet sie es sogar gut, wenn sie in die Zeitung kommt. So wie diese Mädchen, die sich zu Tausenden für eine Fernsehshow bewerben."

Ich schwieg. Ich fand es ungeheuerlich, dass Tobias Melanie mit kleinen dummen Puten verglich, die glaubten, wenn sie ein paar Lieder vor laufender Kamera sangen, würden sie reich und berühmt werden.

„Also, gute Nacht erst mal", sagte Tobias und legte auf.

Ich starrte auf die schwarz glänzende Fensterscheibe meiner Küche. Natürlich wussten Tobias und Erika, dass sie Kindern wie Melanie in erster Linie Sicherheit und Schutz bieten mussten. Andererseits brauchten sie dringend Geld, um genau das weiter tun zu können. Und natürlich konnte man davon ausgehen, dass Malte sich nur allzu gern auf die Geschichte von Melanie stürzen würde. Eine so große Chance auf öffentliche Aufmerksamkeit kam für diesen Verein vielleicht nie wieder. Und deshalb würden Erika und Tobias nicht aufhören können zu hoffen, dass Melanie sich irgendwie auf diesen Journalisten einließ. Dabei war ich sicher, dass Tobias Melanie zu nichts zwingen würde. Dennoch. Allein diese Hoffnung der beiden störte mich maßlos.

Ich hatte das Gefühl, dass alles, was Melanie jetzt brauchte, meine vollkommene Offenheit war. Ich wollte sie so behutsam, wie es nur ging, behandeln. Doch ich merkte, wie sich schon jetzt die Fragen in meinen Nacken bohrten: Wann redet sie wieder? Kann ich sie am Montag mitnehmen? Was mache ich mit ihr, wenn sie noch nicht redet? Lasse ich sie allein hier? Sage ich den Termin mit Malte ab? Erzähle ich ihre Geschichte, während sie stumm daneben sitzt? Oder kann sie am Montag schon wieder selbst sprechen?

Das waren bestimmt auch die Fragen, die Tobias und Erika sich stellten. Ich stellte mir vor, wie sie immer wieder bei mir anriefen: Na, wie sieht es aus, meinst du, sie kann das am Montag schaffen?

Ich zündete mir eine Zigarette an. Die Flamme des Feuerzeugs beleuchtete Ralf und Gabi auf ihrem Foto. Und da hatte ich plötzlich diese Idee.

Ralf würde mich sofort verstehen, dachte ich. Und Gabi auch. Gabi lebte seit Jahren in Klein-Butzow, um nichts tun zu müssen, das ihrem Gewissen zuwiderlief. Klein-Butzow erschien mir plötzlich wie die letzte Insel der Freiheit. Der einzige Ort, den ich kannte, der nicht von den Gesetzen der Verwertbarkeit verseucht war. Die Baracken, die Duschanlagen, nichts stand mit irgendetwas im Wettbewerb, alles war gut, wie es war. Meer, Strand und Himmel gab es seit Milliarden von Jahren und die Existenz von Geld und Industrie war nur eine vorübergehende Unannehmlichkeit. Ich holte den Autoschlüssel aus meiner Tasche und legte ihn vor mich auf den Tisch.

Warum soll ich eigentlich auf irgendjemanden Rücksicht nehmen, dachte ich. Wer nahm denn überhaupt noch Rücksicht? Weder Nicole, die alle sozialen Kontakte kappte, noch Mika, der sich einfach für eine andere entschied. Karin, Agnes, Petra und wie sie alle hießen nahmen keine Rücksicht auf die Bedürfnisse ihrer freien Mitarbeiter. Und die freien Mitarbeiter selbst lachten ihre Bedürfnisse und Sinnkrisen weg und beteiligten sich Witze reißend am großen Ökozid. Sie alle konnten mit einem Lächeln im Gesicht ihre Brötchen beim Bäcker kaufen. Was interessierte es mich persönlich eigentlich, ob es einen Artikel über Melanies Schicksal im großen Schmuddelblatt von Hamburg gab, das ich selbst verachtete? So lange auch nur irgendjemand auf Melanies Mitwirkung rechnete, interessierte mich dieser Artikel nicht die Bohne. Melanie interessierte mich. Und die brauchte jetzt Ruhe, ohne wenn und aber.

Ich warf meine Kippe weg. „Dann mache ich jetzt mal, was ich für richtig halte", erklärte ich der Nacht in meinem Küchenfenster.

Ich stand auf und ging in mein Wohnzimmer. Es war spät, die S-Bahnen fuhren nicht mehr und ich hörte nichts als das ruhige Atmen von Melanie.

Ich hockte mich vor die Couch, auf der sie tief und fest schlief. Die Schramme auf ihrem Gesicht hätte von einem Kinderspiel sein können. War sie aber nicht. Jedes Kind will ein guter Mensch sein, dachte ich. Und manche lässt man glauben, sie müssten dafür durch die Hölle gehen.

Es war Melanie ganz bestimmt nicht leichtgefallen, von zu Hause wegzulaufen. Sie weiß genau, wie unglücklich ihre Mutter jetzt ist, dachte ich. Ich wollte nicht, dass sie ihre Entscheidung bereuen musste.

Ich zog mich an und verließ auf Zehenspitzen meine Wohnung. In weniger als zehn Minuten stand ich auf dem Parkplatz von „human needs". Schwarz glänzte der Wagen ins Dunkel und bereitwillig blinkten seine Rücklichter dem Funkschlüssel in meiner Hand zu. Ich ließ mich in den Sitz hinterm Steuerrad sinken. Das Beste an dieser modernen Kiste war, dass sie so leise war. Fast lautlos rollte ich vor meine Haustür. In meiner Wohnung warf ich alles Essbare und ein paar Klamotten in zwei Taschen. Ich nahm mein Handy aus meiner Umhängetasche, schaltete es aus und legte es auf meinen Küchentisch. Für den Fall, dass die Polizei versuchen würde, mich über das Funknetz zu finden.

Dann ging ich ins Wohnzimmer, zog die Wolldecke fest um Melanie und trug sie nach unten. Zum Glück wachte sie nicht auf. Sie gab nur ein leises Murren von sich, als ich sie auf die Rückbank legte.

Ich stellte die Taschen auf den Beifahrersitz und dann gab ich Gas. Fast lautlos schnurrte der Hybridmotor, bis wir die Autobahn erreicht hatten. Dann gab ich Gas. Ab und an tauchten Autos im Rückspiegel auf, manche rasten an mir vorbei, manchen fuhr ich davon. Es war stockdunkle Nacht. Niemand würde uns erkennen. Nur der Mond und ein paar Sterne waren am dunklen Himmel zu sehen.

„Fly me to the moon!", sang Ella Fitzgerald in meinem Kopf, und ich sang leise mit. „In other words, please be true, in other words, I love you."

Ich hatte Angst, schließlich hatte ich dieses Auto gestohlen, auch wenn ich es nicht besitzen wollte, und ich fragte mich, ob man das, was ich tat, als Kindesentführung bezeichnen konnte. Aber gleichzeitig war ich glücklich, weil ich spürte, dass ich meine Angst aushalten konnte, zumindest wenn ich sang. Und weil ich wusste, dass das, was ich tat, genau das war, was ich in diesem Moment wollte, Melanie und ich brauchten einen Ort, der uns schützen würde, vor dem ganzen Begehren dieser Welt. Ich fuhr durch meine Angst hindurch, da hin, wo ich tun konnte, was ich selbst für richtig hielt. Der Mond schien heller zu leuchten und ich hatte das Gefühl, ihm immer näher zu kommen, während Hamburg immer weiter zurückfiel.

Einmal, als ich tanken musste, legte ich die Wolldecke über Melanies Kopf, bevor ich ausstieg. Aber es war sowieso Selbstbedienung und ich war die einzige Kundin. Gegen sieben Uhr morgens kam Melanie hinten auf der Rückbank in Bewegung. Wir waren in der Nähe von Stralsund kurz vor dem Rügendamm. Melanie setzte sich auf und krallte ihre Fäuste in den Vordersitz. Ich konnte nur einen kurzen Blick auf sie werfen und nahm eine Mischung aus Angst und Neugier in ihren Augen wahr.

„Wir machen Ferien, Melanie", erklärte ich ihr und bemühte mich um einen entspannten Tonfall. „Du hast viel Mist erlebt. Du musst dich erholen. Möchtest du was zu trinken haben?"

Schweigen.

Ich reichte ein Päckchen Kakaomilch nach hinten, fühlte, wie sie zugriff, hörte es rascheln und nach einer Weile hörte ich Sauggeräusche am Trinkhalm.

Alle weiteren Versuche, ein Gespräch mit ihr zu beginnen, scheiterten. Fragen wie „Warst du schon mal am Meer?", „Kannst du eigentlich schwimmen?" oder „Willst du vielleicht hier vorne sitzen?" gingen mit einer Durchschnittsgeschwindigkeit von hundertdreißig Stundenkilometern ins Leere.

Dafür schaute Melanie aus dem Fenster. Sie sah aus, als hätte sie noch nie Getreidefelder, Fischerdörfchen oder Kuhweiden gesehen.

Zum Glück war es noch früh, und auf den Bürgersteigen liefen nur wenige Leute, und die, die ich sah, schienen nicht besonders auf vorüberfahrende Autos zu achten.

Ich atmete auf, als wir den Feldweg erreichten, der nach Klein-Butzow führt. Als wir über die Sandfurchen schaukelten, krallte Melanie ihre Finger fest in die Kopfstütze des Beifahrersitzes.

„Tut dir das Schaukeln weh?", fragte ich.

Diesmal bekam ich kein gewöhnliches Schweigen zur Antwort. Melanie sandte diese hochangespannte Stille aus, in der ich sie zum ersten Mal angetroffen hatte. Es ist eine Stille, die unmissverständlich klar macht, dass ein bestimmtes Thema tabu ist. Um sie zu beruhigen, fing ich an ihr Geschichten zu erzählen, auch wenn ich mir nicht ganz sicher war, ob sie die Kindheitserinnerungen einer erwachsenen Frau interessierten. Ich war genauso alt wie sie gewesen, als ich zum ersten Mal nach Klein-Butzow gereist war. Ich erzählte ihr von meiner Mutter und von Nicole und ihren Eltern und von den Sandburgen, die Nicole und ich gebaut hatten. Irgendwann war Melanie zur Seite gesunken und wieder eingeschlafen.

Ich fuhr das schwarze Edelauto auf den ehemaligen Filmvorführungsplatz der Feriensiedlung. So konnte man ihn vom Feldweg aus nicht mehr sehen.

Ich stieg aus, öffnete die Tür zum Rücksitz, Melanie schlief noch. Ich ließ sie liegen und ging allein zum Bungalow von Gabi und Ralf. Schon von weitem sah ich, dass sich etwas verändert hatte. Auf den Beeten war das Unkraut in die Höhe geschossen.

Typisch Mann, dachte ich, ohne Gabi ließ Ralf die Pflanzen wohl einfach verkommen. Doch dann sah ich durch die Fensterscheiben und begriff, dass die Hütte verlassen war. Es waren noch zwei Betten, ein Tisch, zwei Stühle und eine Küchenecke drin, aber sonst war alles ausgeräumt. Ralf war also auch fortgegangen. Zum Glück war der Ölradiator noch da. Und die Tür war nicht verschlossen. Ich ging hinein, schaltete das Heizgerät an und setzte mich auf eins der Betten. Das andere stand zwei Meter von mir entfernt auf der anderen Seite des Raumes. Ralf und Gabi mussten schon lange getrennt geschlafen haben.

Ich war allein mit Melanie. Damit hatte ich nicht gerechnet.

25

Nachdem ich mich vergewissert hatte, dass auch sonst niemand mehr in dieser Siedlung war, ging ich zum Auto zurück. Melanie war inzwischen aufgewacht. Sie guckte aus dem Fenster und sah an einer Kiefer hinauf, als ob sie noch nie so einen hohen Baum gesehen hätte. Ich öffnete die Tür und reichte ihr meine Hand. Aber sie bewegte sich nicht. Erst als ich zur Seite ging und die Tür noch weiter aufsperrte, kletterte sie, den Blick zu Boden gesenkt aus dem Auto. Ich lief ihr voraus zum Bungalow von Gabi und Ralf und erklärte, dass wir dort wohnen würden, weil es der komfortabelste war.

Ich drehte mich um und sah, dass sie sich kaum zwei Meter vorwärts bewegt hatte. Bei jedem Schritt zog sie ihre Füße durch's Laub und schien dabei dem Rascheln der Blätter zu lauschen. Mir fiel ein, dass man hier überall das Rauschen des Meeres hörte. Vielleicht war sie noch nie am Meer gewesen und das unbekannte Geräusch machte ihr Angst.

„Was du die ganze Zeit rauschen hörst, ist das Meer", sagte ich zu ihr.

Sie sah mich an, als warte sie darauf, dass ich weiter sprach. Vielleicht konnte sie sich wirklich nichts vorstellen unter dem Wort Meer.

Ich versprach ihr, dass wir gleich nach dem Frühstück dorthin gehen würden.

„Ich mach uns ein paar Cornflakes und heiße Schokolade", sagte ich, als wir den Bungalow erreicht hatten.

Ich wollte nur Kaffee. Ich war so müde, dass mir die Augen zufielen. Melanies Schweigen machte es noch schlimmer.

„Hör zu, Melanie", sagte ich. „Wir sind hier, damit du dich von dem ganzen Mist erholst, der dir passiert ist. Aber wenn dir etwas nicht gefällt, musst du es sagen."

Sie senkte ihren Blick und löffelte ihre Cornflakes weiter. Sobald ihre Schüssel leer war, stand sie auf und stellte sich in den Türrahmen. Offenbar wollte sie mir sagen, dass sie jetzt ans Meer wollte.

Ich schnappte mir meine Kaffeetasse und wir gingen los.

Melanie lief hinter mir her. Die Zweige unter ihren Füßen knackten so laut, als würde sie mit jedem Schritt extra auf sie eintreten.

Schon bald hatten wir den Dünenkamm erreicht. Ein grauer Dunstschleier lag über dem Wasser. Von der Menschheit völlig unbeachtet schob die Ostsee ihre Wellen an den Strand. Sie brüllte dabei, als grolle sie den übergewichtigen Wassermassen, die sie seit Milliarden Jahren hin und her bewegen musste. Aber egal, wie hoch sie die Gischt an den Strand warf, immer wieder kamen die Wellen zurück.

Melanie stiefelte auf das Wasser zu, mit jedem Schritt im Sand versinkend. Vor den Grautönen von Himmel und Meer sahen ihre verblassten Anorakfarben richtig heiter aus.

Ich folgte ihr in einem Abstand von wenigen Schritten.

Auf dem nassen Sandstreifen, von dem sich das Wasser gerade zurückgezogen hatte, blieb sie stehen und wartete bis eine neue Wellenfront sie erreichte. Blasige Wasserkrausen spülten ihre Gummistiefel ab. Als das Wasser wieder zurückging, machte auch sie einen Schritt zurück und begutachtete die beiden Löcher in Schuhgröße dreißig, die sie im Sand hinterlassen hatte. Die nächste Wasserfront spülte das Relief wieder weg.

Ich blieb auf dem trockenen Sandstreifen und setzte mich, in jeder Sekunde bereit, aufzuspringen und zu Melanie zu rennen, sollte sie zu weit ins Wasser hinein gehen. Aus einer Entfernung von wenigen Metern beobachtete ich ihre Begegnung mit dem Meer und war mir nun ziemlich sicher, dass es ihre erste war.

Nach einer Weile nahm sie eine Hand, grub sie tief in den Sand hinein und zog mit ihrer Faust einen großen braunen Klumpen heraus. Sie wartete auf die nächste Welle, hielt dann ihre Hand am gestreckten Arm ins Wasser und sah gespannt zu, wie ihr der Dreck aus der Handfläche gespült wurde. Das machte sie wieder und wieder. Dabei hockte sie sich hin und die Wellenausläufer flossen zwischen ihren Beinen hindurch.

Es sah aus wie ein kindliches Spiel, eigentlich zu kindlich für ihr Alter. Aber vielleicht hatte sie in den letzten Jahren wenig Gelegenheit gehabt, ein unbesorgt spielendes Kind zu sein. Mit einem Mal unterbrach sie ihr Ritual, richtete sich auf und sah sich nach mir um.

Ich sagte laut: „Ich bin hier." Sie hielt ihren Blick noch einen Moment in meine Richtung, so lange, wie sie wohl brauchte, um zu verstehen, dass sie weiterhin machen konnte, was sie wollte und ich dabei in ihrer Nähe blieb.

Sie blieb Stunden am Strand, obwohl es schon kühl war. Manchmal stand sie auf, patschte ein bisschen durch die Wellen hin und her, doch meist fing sie schon nach wenigen Minuten wieder damit an, nassen Sand auszugraben und aus ihren Händen fortwaschen zu lassen.

Erst gegen Mittag stand sie auf, drehte sich vom Meer weg, lief an mir vorbei und marschierte geradewegs zum Bungalow. Wahrscheinlich hatte sie Hunger.

Ich folgte ihr. Ihr Anorak und ihre Hose waren völlig verschmiert.

Ich hätte Sachen zum Wechseln für sie gebraucht, aber ich wollte nirgendwo mehr hinfahren. Petra musste ja bereits das Hybridauto vermissen, und es war bestimmt schon im Suchraster der Polizei. Außerdem war Sonntag und es wäre schwierig gewesen, Kinderkleidung zu besorgen. Ich gab Melanie ein paar Sachen von mir, die engsten, die ich dabeihatte. Sie krempelte alles auf, zog sich einen Strick durch die Gürtelschlaufen einer Hose und band sie damit eng um ihren mageren Bauch.

Als wir Suppe aßen, klingelten die Löffel in unseren Tellern. Für einen Moment hatte ich Sehnsucht nach Mika, ich wünschte mir, er könnte hier sein. Er würde bestimmt wissen, was man mit einem Mädchen wie Melanie machen konnte, damit sie wieder lachte.

Kaum hatte sie zu Ende gegessen, stand sie auf, um ihren Teller und den Löffel zur Spüle zu bringen und dort abzuwaschen. Dann stellte sie sich neben mich und wartete, bis ich fertig war, damit sie mein Geschirr abräumen konnte. So ging sie offenbar seit Jahren mit ihrer alkoholkranken Mutter um.

„Du musst das nicht machen", sagte ich zu ihr. „Ich kümmere mich schon um dich."

Sie sah mich beleidigt an, als wollte ich ihr etwas verbieten.

„Es ist schon richtig so, dass ich für dich koche", sagte ich. „Und auch dass ich für dich abwasche. Du bist das Kind und ich die Erwachsene."

Melanies Gesichtsausdruck wurde finster. Ich erinnerte mich an Mika, wie er meine Küche mit seiner Kochkunst eingenommen hatte, und sah mich in ihr wieder. Ich schob ihr das Geschirr hin, damit sie machen konnte, was sie wollte. Sie wusch ab, ließ mich aber immerhin abtrocknen. Als alles fertig war und ich wieder mit ihr nach draußen wollte, fing es an zu regnen.

Wir setzten uns auf die Betten. Melanie starrte aus dem Fenster und sah zu, wie der Regen von den Bäumen tropfte.

„He, Melanie", rief ich leise. „Wir könnten was spielen. So was wie Ich sehe was, was du nicht siehst."

Sie reagierte nicht. Mir war, als füllte sich der ganze Bungalow mit ihrem Schweigen, als würde dieses Schweigen immer dichter und dichter werden, als würde ihre Sprachlosigkeit sich nach und nach auf alle meine Nerven setzen, bis ich nichts mehr dagegen tun konnte, und die Lähmung, die von diesem Kind ausging, langsam in mich hineinkriechen würde. Darüber musste ich eingeschlafen sein.

Als ich aufwachte, dämmerte es schon. Melanie war nicht mehr da. Ich sprang aus dem Bett, raste hinaus, es regnete immer noch, ich dachte, es wäre besser, nicht nach ihr zu rufen, man konnte nie wissen, ob jemand in der Nähe war. Ich rannte von einem Bungalow zum nächsten, riss Türen auf, sah hinter jeden Baum und rannte dann bis zur Düne, wo meine Blicke in das Nichts eines grauen Regentages rasten. Unverändert stöhnte die Ostsee vor sich hin. Soweit ich den Strand überblickte, war nichts von Rosa und Lila zu sehen, Farben, die mir plötzlich wie die schönsten der Welt erschienen.

Mit letzter Hoffnung lief ich zurück in die Siedlung. Mir war eingefallen, dass ich noch nicht in den Toiletten gesucht hatte. Tatsächlich war eine Toilettenkabine abgesperrt und als ich mich auf den Boden legte, konnte ich durch den Spalt lilafarbene Stiefel herab baumeln sehen.

„Es ist kalt hier", sagte ich. „Komm zurück in den Bungalow. Du willst doch nicht krank werden, oder?"

Es war, als hielte sie den Atem an, bloß um überhaupt nichts mehr von sich zu geben.

„Schön", sagte ich. „Dann bleib ich auch hier."

Ich hockte mich auf den Boden, den Rücken gegen die Nachbartür gelehnt. Ganz kurz dachte ich daran, die Tür aufzureißen, aber alles, was in irgendeiner Form gewalttätig war, wollte ich vermeiden.

Ich erinnerte mich an Tobias und dass er gesagt hatte, dass man eine unsichtbare Mauer am besten durchbrach, wenn man gezielt das ansprach, was sie verbergen wollte. Ohne ängstliche Vorsicht.

„Hör zu, Melanie", begann ich. „Wenn du nicht reden willst, dann rede ich eben. Und wenn du keine

Lust mehr hast, mir zuzuhören, dann kannst du's mir ja sagen."

Reglose Stiefel hinterm Türspalt waren die Antwort. Ich dachte, ich erzähle ihr einfach von meinem Vater. Sie sollte wissen, dass ich sehr wohl wusste, was es bedeutete, jahrelang auf den eigenen Vater zu warten. Ich erzählte ihr die ganze Geschichte von meiner Zeugung und den Westpaketen meiner Kindheit bis zu jenem verkrampften Mittagessen in Auerbachs Keller.

„Du kannst dir bestimmt gut vorstellen, wie enttäuscht ich damals war", sagte ich durch die Klotür. „Aber das ist natürlich nicht mit dem zu vergleichen, was dir passiert ist. Wenn du die Wahl gehabt hättest, dann wäre es dir sicher lieber gewesen, wenn dein Vater nur herumgenörgelt hätte. Das wäre sicher besser gewesen als das, was er mit dir gemacht hat."

Ich hörte wie Melanie vom Klodeckel runterrutschte und jetzt anfing, gegen die geschlossene Tür zu treten.

„Ich wollte dir nur sagen, dass dein Alter ein Riesenarschloch ist, dass er diese Situation so ausgenutzt hat. Du hast es absolut richtig gemacht, dass du dich vor ihm in Sicherheit gebracht hast."

Ich weiß nicht, ob sie das noch gehört hat. Ich konnte gerade noch sehen, wie der Türriegel von rot auf grün schnappte, dann flog die Tür auf und Melanie rannte hinaus, rannte durch den weißgekachelten Raum und lief davon.

Ich folgte ihr nach draußen und sah, dass sie Richtung Meer lief. Aber es regnete immer noch und jetzt am Abend war es auch kalt. Nach wenigen Schritten änderte sie ihre Richtung und lief zum Bungalow. Ich hatte das Licht brennen lassen. Die Fenster leuchteten ins Dunkel.

Als ich die Hütte erreichte, hatte sie sich schon unter der Decke ihres Bettes vergraben. Ich konnte nicht mal ihren Scheitel sehen.

Ich versuchte nachzudenken. Eigentlich hatte ich erwartet, dass Ralf noch hier gewesen wäre. Ich hatte gedacht, er und ich wären für eine Weile gute Betreuer für Melanie gewesen. Allein fühlte ich mich überfordert. Drängte ich sie zu sehr? Hatte ich vielleicht schon alles falsch gemacht? Brauchte sie bloß mehr Zeit?

Wir konnten auch nicht ewig hier bleiben. Aber wie lange konnten wir überhaupt bleiben? Ich dachte, vielleicht mussten wir einfach so lange bleiben, bis sie genug Schlamm ins Meer geworfen hatte, so lange, bis sie von sich aus anfing zu sprechen. Schon am nächsten Tag interessierte sie sich gar nicht mehr für den Sandschlamm. Stattdessen suchte sie jetzt den Strand nach großen Steinen ab. Wenn sie einen gefunden hatte, der ihr groß genug erschien, hob sie ihn bis über ihren Kopf, wartete, bis die Wellen angerollt kamen und warf ihn, so weit sie konnte, hinein.

Sie sah dabei so ernst aus, als täte sie etwas ungemein Wichtiges, als würde sie dem Meer etwas zurückgeben, das es dringend benötigte und sie, Melanie, wäre dafür verantwortlich. Und es schien, als würde ihr Schweigen einen helleren Klang bekommen.

Als sie mittags ihre Suppe aß, klapperte sie mit dem Löffel so laut gegen ihre Schüssel, als mache sie das ganz bewusst, um die Stille aus dem Raum zu vertreiben. Ich kam auf die Idee, dass ich sie vielleicht austricksen konnte. Vielleicht brauchte sie eine Gelegenheit, wo sie aus ganz profanen Gründen sprechen musste, wo das Sprechen sich an allen seelischen Blockaden vorbei von selbst wieder einschalten konnte. Hätte sie den Mund erst einmal wieder aufgemacht, würde sie sicher nicht mehr verstummen.

Ich machte eine Kakaomilch für sie heiß und stellte sie auf das Küchenbord, etwa einen Meter vom Tisch entfernt. Der süße Geruch erfüllte den ganzen Bungalow. Es fehlte eigentlich nur noch, dass Melanie jetzt sagte: „Kannst du mir die Tasse geben?"

Aber das tat sie nicht. Sie stand einfach auf und holte sich die Tasse und sah mich so genervt an, als hätte sie mein blödes Spiel durchschaut.

Ich ging wieder mit ihr zum Strand. Mit der Geduld der Ewigkeit ließ sich die Ostsee von Melanie mit Steinen bewerfen. Ich selbst fing an, Kieselsteine, die vor meinen Füßen lagen, aufzuheben und über den Sand zu schleudern. Es war ohnehin völlig egal, was ich tat. Warum sollte ich nicht einen ganzen Nachmittag Steine werfen.

Am Abend kehrten wir in den Bungalow zurück, ich kochte wieder Tütensuppe und als wir die ersten Löffel gegessen hatten, fragte ich in einer Art Alltagsreflex: „Schmeckt's?"

Melanie sah kurz auf und lächelte. Ich musste ziemlich verdutzt ausgesehen haben, denn ihr Lächeln verwandelte sich in ein belustigtes Grinsen, bevor es wieder verschwand.

Ich versuchte noch einmal, mit ihr zu reden. Über ihren Vater hatten wir schon geredet. Davon wollte ich nicht nochmal anfangen. Vielleicht war er ja auch gar nicht ihr größtes Problem. Zumindest war ich mir sicher, dass es ihr nicht gut ging, wenn sie an ihre Mutter dachte. Vorsichtig versuchte ich, die Sprache darauf zu bringen.

„Als ich so alt war wie du", begann ich. „Habe ich meine Mutter auch zum ersten Mal allein gelassen."

Ich sah, dass sie mir zuhörte, sie hielt ganz still und wartete.

„Ich wusste, dass sie Angst um mich hatte. Die hatte sie immer. Aber nach ein paar Tagen hatte ich meine Mutter völlig vergessen. Und damit ist es mir richtig gut gegangen. Später habe ich sogar gemerkt, dass ich das schon lange einmal gebraucht hätte."

Was ich Melanie nicht erzählte, war, dass ich die erste Trennung von meiner Mutter in einem Ferienlager erlebte, dass ich den ganzen Tag mit den zehn anderen Kinder aus meiner Gruppe verbrachte und dabei eine Menge Spaß hatte. Da war es natürlich leicht, die besorgte Mutter zu vergessen.

Melanie stand auf, trug unsere leeren Teller vom Tisch und wusch sie ab. Ich wusste nicht, ob meine Worte etwas Gutes oder Schlechtes bei ihr bewirkt hatten.

Schließlich hörte ich ganz auf, darüber nachzugrübeln, was ich gegen ihr Schweigen machen könnte, und ob ich es vielleicht mit irgendwelchen Zauberworten brechen könnte. Ich hörte auch auf, ständig an mir selbst zu zweifeln. Wir verbrachten zwei schöne Herbsttage. Zum Glück schien die Sonne wieder und wir konnten uns lange am Strand aufhalten. Melanie begann Sandburgen zu bauen wie andere zehnjährige Kinder und sie hatte nichts dagegen, wenn ich ihr dabei half. Sie sprach zwar nicht. Aber es gab trotzdem eine Art Unterhaltung zwischen uns. Wir ergänzten uns in unseren Handgriffen.

Ich konnte auch sagen: „Melanie, kannst du mir den Zweig dort geben", und sie gab ihn mir. Irgendwie gewöhnte ich mich sogar an ihre Stummheit. Erst am Abend, wenn sie eingeschlafen war, merkte ich, wie sehr mich das Schweigen dieses Kindes mitnahm. Ich hatte ein Gefühl, als wäre ich den ganzen Tag mit schweren Steinen auf meinen Schultern herumgelaufen. Wenn ich sicher war, dass Melanie fest schlief, ging ich noch mal hinunter zum Strand. Ich suchte mir die größten Steine und warf sie ins Meer. Dann wurde es etwas leichter.

Es war schon Mittwoch, als Gabi kam.

26

Ich falte die Zeitung noch einmal auseinander und lese den Artikel: „Ein Vertreter des Rotlichtmilieus, der namentlich nicht genannt werden will, berichtete von erotischen Tonaufnahmen, die er mit der Entführerin des kleinen Mädchens machte. Er äußerte, dass ihm eine außergewöhnliche Besessenheit an ihr aufgefallen sei."

Nicht zu fassen, denke ich, dieser Hagen ist tatsächlich zur Zeitung marschiert und hat seine Anekdote zum Besten gegeben. Ohne meine Verabredung mit Malte wäre meine Aktion sicher gar nicht in die Schlagzeilen gekommen. Aber da Malte mit mir verabredet war, hat er wohl mitbekommen, dass ich mit Melanie verschwunden bin und eben daraus eine Story gemacht. Und mit Hagens Informationen konnte er jetzt sogar eine Schlagzeile auf der Titelseite platzieren. Auch wenn ihr Inhalt noch so idiotisch ist, für den jungen Malte wird es ein großer Erfolg gewesen sein. Ich stecke das Blatt wieder weg.

Dann gehe ich los, um Äste zu sammeln. Besonders die dicken, die gut brennen. Ich nehme, so viel ich fassen kann, und trage sie hinunter zum Strand. Dort baue ich einen Reisighaufen und zünde ihn mit der brennenden Zeitung an.

In der Ferne sehe ich die Silhouetten von Gabi und Melanie. Endlich haben sie ihren Spaziergang beendet. Sie kommen heran und ich sehe, dass sie nicht besonders fröhlich aussehen.

„Was ist los?", rufe ich ihnen zu. „Langweilt ihr euch?"

Melanie schaut gespannt auf das glimmende Reisig und mustert die dicken Äste.

„Das wird ein Lagerfeuer", erkläre ich ihr.

Sie sieht mich an und zeigt mir ein Lächeln, ich zumindest sehe eins.

„Wie hältst du das nur so lange mit diesem Kind aus?", flüstert Gabi mir zu. „Dieses Schweigen macht einen ja völlig fertig."

„Sie hat sich von dir an die Hand nehmen lassen", erwidere ich.

„Aber nicht mehr als eine Minute."

„Das ist schon viel."

Ich frage sie, ob sie was zu essen mitgebracht hat.

„Klar", sagt sie. „Stockbrotteig und Würstchen." Und geht los, um alles zu holen.

Die Flammen schlagen hoch. Wir haben ein paar lange Äste in die Erde gesteckt. Die Enden ragen schräg über das Feuer und tragen Würste und Brotteig. Von Zeit zu Zeit drehen wir sie ein wenig.

Melanie sieht fasziniert zu, wie die Flammen das Brennholz zum Knacken bringen.

„Hast du schon mal an einem Lagerfeuer gesessen?", frage ich sie.

Sie schüttelt den Kopf. Das ist viel.

„Und? kannst du mir jetzt sagen, warum du das angestellt hast?", fragt Gabi mich.

Ich erzähle ihr von Malte Hendriksen und von Erikas Hoffnung auf einen Zeitungsartikel mit Melanies Geschichte.

„Es war, als wäre die ganze Welt nur noch Vermarktung. Als wäre nichts etwas wert, wenn man es nicht verwerten kann. Ich wollte da raus. Ich wollte meine Ruhe haben, mit Melanie. Und außerdem hatte ich auf Ralf gehofft. Er war doch auch mal Pädagoge."

Gabi lacht auf. „Du hast im Ernst gedacht, wenn ich hier verschwinde, bleibt Ralf allein da?" Sie schüttelt den Kopf. „Weißt du, was passiert ist? Er hat in seinem Golfpalast so ´ne Yogatante kennen gelernt. Zehn Jahre jünger als er! Dann ging alles ganz schnell. Er hat seine Sachen gepackt und ist mit ihr nach Berlin."

„Heißt diese Yogatante vielleicht Nicole?"

„Woher weißt du das?"

„Vom Universum", sage ich. Das ist also Nicoles Rückzug in die totale meditative Einsamkeit. Sie ist bis über beide Ohren verknallt und hat sich mit Ralf ins Liebesnest verkrochen.

„Und wie ist das jetzt für dich?", frage ich Gabi. „Du und Ralf, ihr wart doch ewig zusammen."

„Was ist schon für die Ewigkeit? Unsere Beziehung ist hier oben ganz langsam gestorben", sagt sie. „Ralf ist nicht der Typ für diese Einöde. Und außerdem hat es Mika auf den Punkt gebracht. Ich hab für eine billige Spießeridylle gearbeitet und mir eingeredet, es sein ein alternatives Projekt. Aber unsere Gäste haben auch nur Billigwürste von Aldi gegrillt und sich am Abend das Fernsehprogramm reingezogen. Da war nix alternativ. Ralf hat das im Grunde viel früher erkannt als ich."

„Und als Ralf weg war, bist du nach Hamburg gefahren und hast bei Mika geklingelt oder wie?"

„Ich dachte, ich treffe euch beide dort an. Aber Mika hat behauptet, zwischen euch wäre nichts mehr. Und dann....naja....mit Ralf ist schon Jahre nichts mehr gelaufen."

Sie schaut mich verlegen an und ich kann mir lebhaft vorstellen, wie freudig Mika sich ihren schlanken Körper nahm und dabei an Volkseigentum dachte.

„Schon klar", sage ich mit Blick auf Melanie, die scheinbar teilnahmslos mit uns am Feuer sitzt.

„Im Moment zieht er mit einer Filmassistentin ab", teilt Gabi mir mit. „Als ich versuchen wollte, ihn zu einem Aufenthalt in der Reha zu überreden, war Schluss."

Was hatte ich mir nur eingebildet? Mika bedient sich an Frauen wie an Sonderangeboten im Supermarkt. Trotzdem sage ich: „Ein paar Tage, die ich mit Mika erlebt hab, waren die schönsten meines Lebens."

„Das kann ich mir sogar vorstellen", antwortet Gabi.

Wir stecken uns Zigaretten an und denken beide darüber nach, was uns eigentlich zu Mika hingezogen hat.

„Ich glaube", versuche ich es vorsichtig. „Mika hat irgendwie ziemlich große Sehnsucht nach sich selbst. Aber sobald er sich selbst zu nahe kommt, läuft er vor sich davon. Und das hat mich gefesselt. Seine große Sehnsucht, genauso wie seine Angst."

Gabi denkt nach. „Für mich ist er ein typisches Opfer der Überflussgesellschaft. Einer der denkt, er könnte immer noch was Besseres haben, obwohl er das Glück schon in den Händen hält. Ich hab mir eingebildet, ich könnte ihm das bewusst machen. Aber so einfach ist das ja nicht."

„Ohne ihn hätte ich dich nicht kennengelernt", sinniere ich vor mich hin.

„Das Brot brennt an."

Das war Melanie!

Wir starren sie an.

„Was guckt ihr denn so? Das Brot brennt an. Jetzt macht doch was!"

Mir sind jetzt Brot und Würste egal, ich springe auf und umarme Melanie.

„Sie spricht wieder, sie spricht wieder, halleluja! Melanie, wie hast du das denn hingekriegt?"

„Es war langweilig, worüber ihr geredet habt. Und außerdem brennt das Brot wirklich an. Lass mich los!"

„Ist noch zu retten", sagt Gabi und zieht die Spieße schon aus dem Feuer.

Etwas später kauen wir an den Würsten, die im scharf gebackenen Stockbrot stecken. Wir tun so, als wäre es das normalste der Welt, dass Melanie sprechen kann. Ist es ja auch.

Endlich kann ich sie fragen, was sie tun möchte.

„Am liebsten würde ich noch hierbleiben", sagt sie. „Aber wir müssen zu Tobias, damit er sich keine Sorgen mehr macht." Und dann fügt sie leise hinzu. „Und außerdem will ich wissen, wie es meiner Mama geht."

Am nächsten Morgen steigen wir in Gabis roten Fiat. Auf der Straße zum Rügendamm kommen uns mehrere Polizeiwagen entgegen und fahren an uns vorbei. Wahrscheinlich haben sie Melanie nicht entdeckt, weil sie sich zu sehr auf ein schwarzes Hybridauto konzentrieren.

„So ganz kapiere ich immer noch nicht, wieso du nach Klein-Butzow abgehauen bist", sagt Gabi. „Also ich verstehe ja deine Bedenken, Melanie einem Journalisten auszuliefern. Aber wieso behauptest du, du müsstest sie vor der ganzen Welt schützen?"

Während sie am Steuer sitzt, erzähle ich ihr die ganze Geschichte, von meinem Umzug nach Hamburg, von meiner Jobsuche, von ‚consumer connection' und ‚human needs', von der Krebsstudie und Daniela und davon, dass ich ein Buch von Makarenko wiederentdeckt habe, genau in dem Moment, als Mika in meiner Wohnung einen Herzinfarkt bekam. Ich erzähle vom Abschied von Nicole und schließlich von Daniela und dem zynischen Gelächter meiner Kollegen über die verstorbenen Krebspatienten.

„Ich hatte nach dieser ganzen Zeit das Gefühl, dass ich in dieser Welt überhaupt niemanden mehr treffe, der sich noch von Herz und Verstand leiten lässt. Ich hatte Angst, dass ich mich schlimmstenfalls nicht mal mehr auf den guten Tobias verlassen konnte."

„Mhm, verstehe", sagt Gabi. „Aber jetzt musst du mir trotzdem noch erzählen, was mit dieser Sex-Hotline war."

Wenn sie unbedingt will, denke ich, und erzähle so knapp wie möglich, was in Hagens Studio passiert ist.

Gabi lacht. „Echt, das hast du gemacht?" Sie versucht ein erotisches Gestöhne und presst hervor: „Oh, bitte Weltfrieden, oh ja, komm! Gerechtigkeit, ja, komm! Oh, Menschlichkeit, komm! So?"

Ich sehe mich nach Melanie um, sie schaut aus dem Fenster und grinst.

„So ungefähr", sage ich.

„Schräg", sagt Gabi. „Echt schräg."

Wir sind in Hamburg angekommen und auf dem Weg zum Büro des Kindernottelefons. Gabi dreht sich halb zu Melanie und fragt: „Würdest du denn gern nochmal an die Ostsee fahren?"

„Klar!", sagt das Mädchen. „Aber dann lieber mit anderen Kindern."

„Das ist es!", sagt Gabi. „Das ist doch eine super Idee!" Doch bevor sie erklären kann, wie sie das meint, nähern wir uns dem Gebäude des Vereinsbüros und sehen schon von weitem, dass mehrere Leute davorstehen. Sie haben Kameras und Mikrofone dabei. Gabi fährt vorüber.

„Hast du die Telefonnummer von diesem Verein?"

Ich nenne sie ihr. Sie ruft an und sagt, dass wir Melanie zurückbringen wollen.

„Aber unten vorm Haus warten Journalisten. Das kann die Kleine jetzt überhaupt nicht gebrauchen", erklärt sie mit ihrer strengen Lehrerstimme.

Erika gibt uns die Adresse des Kinderheims, das sie schon für Melanie ausgesucht hat.

Eine halbe Stunde später treffen wir uns dort. Kein Journalist hat etwas mitbekommen.

Erika wartet mit einer Erzieherin, die sich sofort um Melanie kümmert. Das Mädchen fragt als erstes nach ihrer Mutter und erfährt, dass sie sich zum Alkoholentzug in einer Klinik befindet. Der Vater wurde festgenommen, nachdem die Mutter ihn angezeigt hat.

Schließlich wird es Zeit, dass wir uns verabschieden. Melanie hat immer noch meine Hose an und ich schenke sie ihr. Sie gibt mir die Hand.

„Tschüss", sagt sie leise. Und dann sagt sie noch. „Danke für das Meer." Und ganz zaghaft umarmt sie mich.

Wir machen aus, dass ich sie ab und zu besuchen komme, dann geht sie davon.

Ich schaue ihr nach und frage mich, ob ich wirklich genug für sie getan habe. Ich habe getan, was mir möglich war, denke ich. Und es war auf jeden Fall das Beste, was ich in diesem Jahr gemacht habe.

„Du hättest dich wenigstens mal melden können!", unterbricht Erika meine Gedanken.

„Das ist meine Schuld", sagt Gabi.

„Ihre?" Erika ist genauso erstaunt wie ich.

„Felicitas wollte am Sonntag-Abend wieder zurückfahren", behauptet Gabi. „Aber da war das Mädchen noch ganz verstört, und ich habe ihr davon abgeraten. Sie wäre am Montag auf keinen Fall bereit für Journalisten gewesen."

Was Gabi da von sich gibt, stimmt zwar im Wesentlichen, ist aber trotzdem gelogen, denn sie war ja erst am Mittwoch in Klein-Butzow.

„Wo zum Teufel wart ihr überhaupt?", fragt Erika mich und wieder kommt Gabi meiner Antwort zuvor. „In meinem Kinderferienlager an der Ostsee. Wir richten unser Angebot an Kinder aus Problem-Familien. Felicitas hat davon gehört und ist zu uns gefahren. Eine sehr gute Entscheidung, wie ich finde."

„Aber sie hätte uns informieren müssen", sagt Erika.

„Dort oben gibt es keinen Empfang", lügt Gabi weiter.

„Dein Praktikum ist trotzdem beendet", erklärt Erika. „Das haben wir der Presse schon erklärt. War ja eine tolle Publicity, für die du gesorgt hast!"

Klar, der Verein hat sich andere Schlagzeilen gewünscht. Aber nun ist er wenigstens bekannt und die öffentliche Distanzierung von mir war das Beste, das Erika in dieser Situation tun konnte.

Ich glaube, sie wartet darauf, dass ich mich entschuldige. Aber ich weiß nicht so recht wofür und sage einfach nichts.

„Naja", sagt Erika schließlich. „Das Wichtigste ist natürlich, dass es dem Mädchen gut geht. Immerhin spricht sie ja schon wieder."

Schließlich lässt sie uns gehen. Gabi und ich fahren nach Ottensen und gehen hinunter zum Elbstrand. Wir kaufen uns an einem Kiosk zwei Bier und setzen uns auf ein paar Steine direkt am Wasser. Seit ich nach Hamburg gezogen bin, sitze ich zum ersten Mal hier.

Und neben mir sitzt Gabi, die Frau, auf die ich noch vor wenigen Wochen furchtbar eifersüchtig war. Und die mir jetzt aus der Patsche geholfen hat.

„Danke", sage ich leise.

„Wofür?"

„Ohne dich hätte ich nicht gewusst, wie ich da rauskomme. Und dafür hast du sogar gelogen, was das Zeug hielt."

„Sagen wir mal, es waren Halbwahrheiten."

„Wieso? Du hast doch kein Kinderferienlager."

„Nein, aber ich werde eins aufmachen", antwortet sie mit fester Stimme.

„Ist das die Idee, die du vorhin hattest?"

„Ja, und ohne dich wäre ich vielleicht nie darauf gekommen."

„Verstehe ich nicht."

„Ich hab die letzten Jahre doch nur noch damit verbracht, von dieser Gesellschaft enttäuscht zu sein. Ich hatte immer das Gefühl, dass man uns die Revolution gestohlen hat. Anstelle eines besseren Sozialismus sind die Investoren gekommen und haben unser Land aufgekauft. Die Gesellschaft, die wir eigentlich erneuern wollten, ließ sich nicht mehr erneuern, weil man sie ganz einfach verschwinden ließ."

„Aber das ist doch nicht nur ein Gefühl, Gabi. Das war doch wirklich so", erwidere ich.

Wir schauen auf den Fluss, zwei Frauen, die ziemlich wenig von der Gesellschaft halten, in die sie unfreiwillig geraten sind. Das ist zumindest das, was ich denke. Vor uns strömen die Wellen dahin und lassen uns spüren, dass nichts auf dieser Welt so bleiben kann, wie es gerade ist.

„Eine Gesellschaft ist so gut oder schlecht wie die Menschen, die in ihr leben", sagt Gabi.

„Aber man muss doch auch eine Möglichkeit zum Gutsein bekommen", fahre ich hoch. „Du weißt doch jetzt, womit ich in den letzten Monaten mein Geld verdient habe. Und du hattest vollkommen Recht, so viele Jobs sind in Wirklichkeit nur Beihilfe zu großen oder kleinen Morden, zumindest zu unterschiedlichen Formen von Umweltzerstörung und Unmenschlichkeit."

Gabi lässt mich erst einmal ausreden, bevor sie in aller Ruhe sagt: „Ich habe das Land von Klein-Butzow gekauft."

„Echt? Wann denn?"

„Gleich nach der Wende, da war es sehr billig. Es wird Zeit, dass dort etwas Sinnvolles passiert. Und du hast gerade gezeigt, wofür dieser Ort ideal ist, für Kinder, die Erholung von ihren Eltern brauchen. Soweit ich weiß, gibt es in diesem Land nicht gerade viele Ferienlager."

„Naja, zumindest sind die nicht so selbstverständlich, wie sie in der DDR waren. Es gibt nur ein paar einzelne Anbieter", weiß ich.

„Dann werden wir eben so ein Anbieter", stellt Gabi fest. „Und zwar vor allem für Kinder wie Melanie, die Stress in ihren Familien erleben und die einfach mal raus müssen und denen wir Kraft geben können und vielleicht auch Unterstützung."

„Aber wie willst du das hinkriegen? Für so was braucht man doch Geld. Von den Eltern solcher Kinder ist ja wohl nichts zu erwarten."

„So viel Geld brauchen wir vielleicht gar nicht. Wir werden einen Acker anlegen und Gemüse anbauen, dann müssen wir schon mal weniger einkaufen. Und wir werden Tiere haben. Die Kinder können in der Erde wühlen, sich um die Tiere kümmern, im Meer baden. Und wir finden bestimmt auch junge Leute, die für ein kleines Honorar bei uns arbeiten."

„Da kannst du Gift drauf nehmen", antworte ich, und nehme mir jetzt schon vor, dass wir keine Praktikanten ausnutzen werden.

„Na, siehst du. Und für so ein Projekt finden wir bestimmt Sponsoren oder Unterstützung von Jugendämtern oder Stiftungen. Irgendeinen Weg werden wir schon finden."

Das „Wir" in Gabis Sätzen hört sich aufregend schön an. Ich kann noch gar nicht richtig glauben, dass sie das alles wirklich sagt.

„Felicitas, allein krieg ich das nicht hin! Lass es uns wenigstens versuchen!"

Wieder schaue ich auf den Fluss vor mir, der seit undenkbarer Zeit auf dem Weg zum Meer ist, und plötzlich spüre ich so viel Kraft in mir. Eine Kraft, die nur darauf wartet, sich für etwas einzusetzen, an dessen Sinn ich aus tiefstem Herzen glaube. Eine Kraft, in der sich Liebe entfalten kann, und Geduld und Nachsicht und Verständnis und Lachen, ganz ohne Ironie. Ein Feriendorf für Kinder, die Heilung von seelischen Wunden brauchen. Das wäre kein Job, das wäre etwas, wofür ich wirklich leben möchte.

„Nun sag schon ja", höre ich Gabi wieder. Ich sehe sie an. Ihre Augen leuchten. „Oder hast du keine Lust?"

DANKE

Dieses Buch hat einen langen Weg hinter sich. Es ist in mehreren Phasen entstanden, ich habe es mehrfach bei Verlagen und Agenturen angeboten und im Gegensatz zu meinen bisherigen Büchern nichts als Ablehnungen erhalten. Dabei bin ich mir sicher, dass es von allen meinen Büchern das ehrlichste ist. Dass ich es nun in dieser Fassung bei tredition selbst herausgebe, geschieht nicht zuletzt durch die Hilfe guter Menschen, denen ich an dieser Stelle danken möchte.

Karsten Müller für's Mut machen
Barbara Landbeck für das Cover
Christa für die Unterstützung
Moxi für das erste Felicitas-Hörspiel
Hilla, Birgit, Lydia, Carola, Angelika und Angela
für eure feedbacks, Anregungen und Korrekturen

Zeitfracht Medien GmbH
Ferdinand-Jühlke-Straße 7
99095 Erfurt, Deutschland
produktsicherheit@kolibri360.de